EDGAR WALLACE

Geheimagent Nr. 6

NUMBER SIX

Mary Ferrera spielt System

WE SHALL SEE

Zwei Kriminalromane

Wilhelm Goldmann Verlag

Aus dem Englischen übertragen von
Ravi Ravendro

Herausgegeben von Friedrich A. Hofschuster

Gesamtauflage: 274.000

Made in Germany · 1/82 · 13. Auflage
© der deutschsprachigen Ausgabe by Wilhelm Goldmann Verlag, München
Umschlagentwurf: Atelier Adolf & Angelika Bachmann, München
Umschlagfoto: Dell Books, New York
Satz: Presse-Druck, Augsburg
Druck: Mohndruck Graphische Betriebe GmbH, Gütersloh
Krimi 236
Lektorat: Friedrich A. Hofschuster · Herstellung: Peter Sturm
ISBN 3-442-00236-2

Edgar Wallace im Goldmann Verlag

<u>1922</u> wird der Goldmann Verlag in Leipzig gegründet.

<u>1926</u> veröffentlicht Goldmann die beiden ersten ins Deutsche übersetzten Kriminalromane des schon weltbekannten Edgar Wallace. Und nur ein Jahr später, nach der sensationellen Uraufführung von »Der Hexer« am Deutschen Theater in Berlin (Regie: Max Reinhardt), bricht das Wallace-Fieber aus. Goldmann hat damit eine neue Literaturgattung in Deutschland etabliert: den Kriminalroman.

<u>1932</u> stirbt Edgar Wallace in Hollywood. Als der Sarg nach England überführt wird, ist im Hafen von Southampton halbmast geflaggt und in Londons legendärer Zeitungsstraße, der Fleetstreet, läuten die Glocken: Großbritannien erweist seinem berühmten Sohn die letzte Ehre.

<u>1952</u> kommen die ersten Goldmann Taschenbücher auf den Markt. In der Reihe <u>Goldmann Rote Krimi</u> erscheinen im Laufe der nächsten drei Jahrzehnte sämtliche Kriminalromane von Edgar Wallace mit überwältigendem Erfolg. Über 40 Millionen Exemplare haben von 1926 bis heute ihre Leser gefunden. Und allein in Deutschland wurden 30 Kriminalromane von Edgar Wallace verfilmt.

<u>1982</u> erscheinen zum 50. Todestag alle 82 Kriminalromane in einer einmaligen Sonderausgabe und ein Edgar Wallace-Almanach.

1

Nachdem man auf der internationalen Polizeikonferenz in Genua drei Tage lang die verschiedensten Probleme erörtert hatte, kam man schließlich auch auf Cäsar Valentine zu sprechen. Es lag nichts Besonderes gegen ihn vor; die Beamten tauschten nur im Anschluß an den Fall Gale ihre Meinungen über ihn aus.

»Ich verstehe eigentlich nicht, was man diesem Mann vorwirft«, sagte Lecomte von der Pariser Sûreté. »Er ist reich, sehr bekannt und sieht vorzüglich aus – aber das alles kann man doch nicht als ein Verbrechen bezeichnen.«

»Wo mag er nur das Geld herhaben?« fragte Leary, der aus Washington kam. »Fünf Jahre lang war er bei uns in den Staaten, aber er hat immer nur Geld ausgegeben.«

»Auch das ist weder in Frankreich noch in Amerika ein Verbrechen«, erwiderte Lecomte lächelnd.

»Leute, die mit ihm in Geschäftsverbindung standen, hatten das Unglück, plötzlich zu sterben.«

Es war Hallett von der Londoner Kriminalpolizei, der diese unfreundliche Bemerkung machte.

Leary nickte.

»Ja, das stimmt auch mit unseren Beobachtungen überein. Die Vorsehung meinte es sehr gut mit Mr. Valentine. Er hatte sich vor ein paar Jahren auf der Chikagoer Börse in Weizen engagiert, und die Kursentwicklung ging gegen ihn. Die Preise fielen und fielen, und an der Spitze der Baissegruppe stand Burgess. Er war ein persönlicher Gegner Valentines und hätte ihn auch ruiniert, aber eines Morgens wurde er auf dem Boden eines Liftschachtes in seinem Hotel tot aufgefunden. Er war vom neunzehnten Stockwerk in die Tiefe gestürzt.«

Lecomte zuckte die breiten Schultern.

»Kann das nicht ein Zufall gewesen sein?«

»Wenn dies der einzige Fall wäre, könnte man es annehmen«, entgegnete Hallett. »Aber hören Sie weiter. Dieser Mr. Valentine befreundete sich mit dem Bankier George Gale in England.

Gale finanzierte ihn mit Bankgeldern, obwohl das niemals bewiesen wurde. Der Mann hatte die Gewohnheit, ein Nervenstärkungsmittel zu nehmen, das er in seinem Büro stehen hatte. Eines Abends wurde er mit der kleinen Flasche in der Hand in seinem Privatkontor tot aufgefunden. Das Etikett trug die Aufschrift der Medizin, aber in Wirklichkeit enthielt die Flasche ein starkes Gift. Als später die Bücher der Bank geprüft wurden, stellte sich heraus, daß eine Summe von hunderttausend Pfund fehlte. Valentines Konto war vollkommen in Ordnung. Man nahm allgemein an, daß Gale Selbstmord verübt hätte, und Valentine schickte zu seiner Beerdigung den größten Kranz.«

»Nun, ich will Valentine nicht verteidigen«, entgegnete Lecomte, »aber ich sehe wirklich noch keinen zwingenden Grund, den Mann für einen Verbrecher zu halten. Es mag immerhin Selbstmord gewesen sein. Können Sie vielleicht das Gegenteil beweisen? Sicher ist der Fall doch mit aller Gründlichkeit von Scotland Yard untersucht worden.«

Hallett nickte.

»Und es wurde nichts Belastendes gegen Valentine gefunden?« fragte Lecomte. »Sie halten den Mann trotzdem für verdächtig? Nun, wenn das tatsächlich der Fall sein sollte, helfe ich Ihnen mit sämtlichen Beamten der Sûreté. Ich werde ihn das nächste Mal Tag und Nacht bewachen lassen, denn gewöhnlich bringt er sechs Monate des Jahres in Frankreich zu. Aber offen gestanden sähe ich es lieber, wenn Ihr Verdacht besser begründet wäre.«

»Er ist mit der Frau eines anderen durchgebrannt«, begann Hallett noch einmal. Lecomte lachte laut.

»Verzeihen Sie«, entschuldigte er sich gleich darauf, »aber das ist nach französischem Gesetz kein Verbrechen.«

Die allgemeine Unterhaltung wandte sich dann anderen Dingen zu.

*

Ein Jahr später saß Hallett in seinem Büro in Scotland Yard am Schreibtisch und las mit düsterem Gesichtsausdruck einen Bericht durch.

Eine halbe Stunde lang dachte er darüber nach, dann klingelte er. Kurz darauf trat jemand in den Raum.

»Vor etwa sechs Monaten«, begann der Chef ernst, »haben Sie mir Ihre Ansichten über Mr. Valentine auseinandergesetzt. Bitte unterbrechen Sie mich nicht, hören Sie mich erst zu Ende an. Ich habe Sie gern – das wissen Sie. Und ich vertraue Ihnen, sonst würde ich Sie nicht vor eine so schwere Aufgabe stellen. Ich bin davon überzeugt, daß Ihre Theorien in gewisser Weise begründet sind. Deshalb habe ich mich auch so viel mit Ihnen befaßt und Sie für die Lösung dieser Aufgabe geschult.

Bei solchen Fällen muß man vor allem Geduld haben. Chefinspektor Burns schickte einen Mann nach den Minenfeldern, um einen Mörder zu suchen. Als Anhaltspunkt hatte der Beamte nur eine kleine Fotografie, auf der ein Teil der rechten Gesichtshälfte des Täters zu sehen war. Es dauerte drei Jahre, bis er ihn fassen konnte.

Lecomte von der Sûreté wartete fünf Jahre, bis er Madame Serpilot verhaftete. Als ich noch ein junger Beamter war, verfolgte ich die Bande von Cully Smith drei Jahre und acht Monate lang; erst dann gelang es mir, Cully zu überführen. Vielleicht kostet es Sie ebensoviel Zeit, Cäsar Valentine schachmatt zu setzen.«

»Wann soll ich beginnen?«

»Sofort. Niemand darf Ihren Aufenthalt erfahren, nicht einmal diese Dienststelle. Ihr Gehalt wird Ihnen jeden Monat postlagernd zugesandt, und in den Akten wird hinter Ihrem Namen die Bemerkung stehen: ›Sonderauftrag im Ausland‹.«

»Manches wird sehr schwierig sein. Mein Name –«

»Sie haben keinen Namen. Von jetzt ab heißen Sie Nummer Sechs, und niemand außer uns beiden weiß, wer Sie sind. Ich werde Auftrag geben, daß Scotland Yard aufgrund Ihrer Nachrichten, Wünsche – oder auch Hilferufe handelt. Gehen Sie nun und versuchen Sie, mit Valentine fertig zu werden. Vielleicht ist er tatsächlich der gefährlichste Mensch auf der ganzen Welt; andererseits wäre es aber auch möglich, daß die Gerüchte, die wir über ihn gehört haben, nicht auf Wahrheit beruhen. Sie übernehmen eine schwere Aufgabe. Man kann einen Mann nicht ins Gefängnis werfen, weil er viel Geld ausgibt, oder weil er mit der Frau eines anderen durchbrennt. Natürlich ist er bei den Männern nicht beliebt, und Leute, die hassen, nehmen es mit der Wahrheit nicht zu genau. Sie müssen kühn, aber vollständig unauffällig vorgehen, denn ich glaube, er hat überall auf der Welt seine Verbindungen. Zu meinem größten Erstaunen entdeckte ich, daß er sogar hier in diesem Amt einen Mann bestochen hatte, der ihm Nachrichten zukommen ließ. Dadurch wurden mir die Augen geöffnet, und ich erkannte, wie schwer es sein wird, diesen Fall aufzuklären. Ein Mann bezahlt nicht Tausende von Pfund, um einen Spion hier im Polizeipräsidium zu haben, wenn er nicht etwas zu fürchten hat.«

Nummer Sechs nickte.

»Also, die Welt steht Ihnen offen, und Sie können auf eine große Belohnung rechnen, wenn Sie Erfolg haben. Suchen Sie vor allem seine Freunde – Sie können in alle Gefängnisse Englands gehen und die Verbrecher verhören, die etwas von ihm wissen. Vielleicht hilft Ihnen das weiter.«

»Es ist eine sehr große Aufgabe, vor die Sie mich stellen, aber es ist die einzige auf der Welt, die ich mir wünsche.«

»Das weiß ich«, erwiderte Hallett. »Sie werden eine sehr einsame Zeit durchmachen, aber wahrscheinlich von allerlei Leuten unterstützt werden – ich denke an die Männer und Frauen, die Valentine ruiniert hat, die Väter junger Mädchen und die Männer von Frauen, denen er nachstellte. Sie werden gute Verbündete sein. Gehen Sie jetzt.«

Er stand auf und reichte Nummer Sechs die Hand.

»Also, leben Sie wohl, und viel Glück, Nummer Sechs«, sagte er lächelnd. »Wenn ich Sie von jetzt ab irgendwo auf der Straße treffe, werde ich Sie nicht erkennen. Sie sind für mich ein Fremder, bis Sie durch Ihre Zeugenaussage vor dem Kriminalgericht in Old Bailey Mr. Valentine für immer ausschalten.«

Nummer Sechs verließ das Büro, und Hallett trug in die amtliche Geheimliste hinter dem Namen von Nummer Sechs die Bemerkung ein:

»Mit Sonderauftrag im Ausland. Dieser Agent darf in keinem Bericht erwähnt werden.«

*

Ein Jahr später ließ Hallett Sergeant Steel in sein Büro kommen und erzählte ihm über die geheime Mission von Nummer Sechs soviel, als ihm ratsam erschien.

»Ich habe seit Monaten nichts mehr von Nummer Sechs gehört«, sagte er dann. »Fahren Sie nach Paris und beobachten Sie Cäsar Valentine.«

»Sagen Sie mir doch wenigstens, ob Nummer Sechs ein Mann oder eine Frau ist?«

Hallett grinste.

»Das will Cäsar auch schon seit Monaten wissen. Ich habe drei Beamte entlassen müssen, weil sie versuchten, das Geheimnis herauszubringen. Ich warne Sie also, nicht in denselben Fehler zu verfallen, sonst bliebe mir nichts anderes übrig, als auch Ihnen den Laufpaß zu geben.«

2

Kaum hundert Meter vom Quai des Fleurs entfernt hatte Chi So ein Restaurant.

Er selbst war ein Japaner, der sich als Chinese ausgab. Sein Lokal war nicht elegant, aber sehr beliebt. Viele Leute kamen hierher, um die exotischen Speisen zu genießen, die in seiner Küche zubereitet wurden, und gewöhnlich parkte eine große Anzahl von Wagen in der Nähe.

Tre-Bong Smith aß niemals bei Chi So, aber er verkehrte häufig dort. Das Restaurant befand sich in einem Eckhaus, das schon vor langer Zeit errichtet worden war. Unter dem Gebäude lag ein sehr geräumiger Keller, ein großer, gewölbter Raum, den Chi So in ein unterirdisches Lokal für seine Stammkunden verwandelt hatte.

Seit Wochen war Tre-Bong Smith mit größter Regelmäßigkeit jede Nacht um zwölf Uhr hier erschienen, um in einer der Kojen Opium zu rauchen und bis gegen vier Uhr morgens dort zu ruhen.

Aus vielen triftigen Gründen zog er es vor, nachts nicht in Paris herumzuwandern. Es tagte eine internationale Polizeikonferenz in der Stadt, und es war unmöglich für ihn, sich auf der Straße aufzuhalten, ohne Beamte von Scotland Yard zu treffen, die ihn sicher erkannt hätten.

Ob allerdings andere Besucher in dem schlanken, wenig gepflegten jungen Menschen einen früher bedeutenden Sportsmann der Universität Cambridge erkannt hätten, ist fraglich. Aber gewisse Abteilungen der Polizei hatten tatsächlich seinen Steckbrief.

In einem kleinen Café am Montmartre, in dem er abends meistens zu treffen war, hatte man ihm den Namen Tre-Bong Smith gegeben, weil er auf alle Fragen, die man an ihn richtete, »très bon« antwortete, anstatt »très bien«, wie es richtig hieß. Selbst als man später entdeckte, daß er ein tadelloses Französisch sprach und dieses »très bon« nur eine Angewohnheit von ihm war, behielt er den Namen. Auch im Lokal von Chi So wurde er so genannt. Man hielt ihn dort für einen sehr gefährlichen Mann.

Es gab Tage, an denen er seine Sous zählte. Manchmal blieb er Tage und Nächte unsichtbar, und wenn er dann wieder auftauchte, hatte er genügend Geld und wechselte Tausendfrancnoten mit der Eleganz eines Croupiers von Monte Carlo.

Aber wenn er sich überhaupt zeigte, verkehrte er regelmäßig bei Chi So.

Ebenso regelmäßig wie Smith besuchte auch Cäsar Valentine das Lokal. Jeden Montag, Donnerstag und Sonnabend erschien er pünktlich um zwei Uhr nachts in der Privatloge, wie die Gäste Chi Sos den Platz nannten. In einer Wand befand sich ungefähr in halber Höhe vom Boden eine halbkreisförmige Öffnung, vor der ein Balkon angebracht war. Dort brannte nie Licht, und der Raum war durch schwere Vorhänge abgesperrt. Man vermutete, daß Chi So ziemlich viel verdiente, indem er hier vornehme Leute, die einmal eine Opiumhöhle in Paris sehen wollten, gegen ein Eintrittsgeld einließ. Manchmal kamen auch Journalisten, die Geschichten aus dem Chinesenviertel verfaßten und das Milieu studieren wollten.

Cäsar Valentine kam für gewöhnlich durch eine Privattür direkt in den Keller, aber manchmal ging er auch durch die »Halle«, sah sich dort nach allen Seiten mit seinem frechen, herausfordernden Blick um und verschwand dann durch eine kleine Tür, hinter der eine eiserne Wendeltreppe zu der Loge hinaufführte. Dort hielt er sich gewöhnlich eine Stunde auf, schaute auf die Opiumraucher hinunter und betrachtete das merkwürdige Lokal mit den weißgetünchten Wänden, den großen, chinesischen Laternen und den vielen Kojen, in denen die Leute dem Opiumlaster frönten.

Chi So sagte, daß Cäsar Valentine ein »schöner Mann« wäre, und diese Beschreibung war nicht übertrieben. Valentine erschien stets in einem Frack, der ihm ausgezeichnet saß und seine schlanke Gestalt vorzüglich zur Geltung brachte. Er hatte klare, regelmäßige Gesichtszüge; seine braunen Haare waren an den Schläfen leicht ergraut. Als Tre-Bong Smith ihn zum erstenmal sah, hielt er ihn für achtundzwanzig. Bei ihrer zweiten Begegnung fiel jedoch das Licht einer Laterne direkt auf Valentine und ließ ihn bedeutend älter erscheinen. In seinen mandelförmigen braunen Augen lag ein melancholischer Ausdruck. Sein Kinn war etwas zu voll und zu rund; seine Wangen zeigten eine leichte Röte.

Eines Abends betrat Tre-Bong Smith wieder das Lokal Chi Sos durch die Seitentür, die die Opiumraucher benützten. Im Vorraum hatte er seinen Mantel ausgezogen.

Chi So, der ein blaues Seidengewand trug, rieb sich die Hände. Der kleine, häßliche Mann mit den schlauen Augen war herausgekommen, um seinen Stammgast zu begrüßen.

»Regnet es draußen, Mr. Smith?« fragte er mit seiner lispelnden Stimme.

»Es gießt ganz gehörig«, brummte Tre-Bong. »Eine entsetzliche Nacht, selbst für Paris!«

Chi So grinste.

»Sie können heute viel Opium rauchen. Ich habe eine neue Sendung aus China bekommen. Es sind auch viele Leute hier heute abend.«

Smith ging die Steintreppe hinunter zu der für ihn reservierten Koje. Sie lag der »Loge« direkt gegenüber.

Der Chinese O'San, der die Raucher bediente, brachte ihm seine Pfeife, steckte sie an und eilte dann davon.

Die üblichen Stammgäste, eine merkwürdig zusammengewürfelte Gesellschaft, hielten sich auch an diesem Abend hier auf. Neben Leuten aus den vornehmsten Kreisen und einigen Frauen beobachtete Smith einen alten Bettler, der seine Lebensgeschichte hatte drucken lassen und sie für ein paar Münzen an den Straßenecken verkaufte, und einen eleganten Herrn, den Attaché irgendeiner ausländischen Gesandtschaft. Tre-Bong merkte sich ihn, um später eventuell Nutzen daraus zu ziehen.

Der alte Lefèbre sah den zufriedenen Ausdruck in Tre-Bongs Gesicht und ging zu der Koje eines Bekannten.

»Smith scheint ja einen guten Fang gemacht zu haben«, meinte er. »Er sieht so vergnügt aus ... Vor einem Monat kam er von Enghien, hatte die Taschen voll Geld, und in der Seine fand man die Leiche des berühmten Sportsmanns Tosseau ... Chi So sollte doch solche Verbrecher nicht hier verkehren lassen.«

Der andere schimpfte und fluchte, weil er in seinen angenehmen Träumen gestört worden war, und Lefèbre ging wieder fort.

Tre-Bong lag in seiner Koje, stützte sich auf die Ellenbogen und war auch in Träume versunken. Sie waren jedoch von anderer Art, als man hätte annehmen sollen.

Punkt zwei Uhr kam Cäsar Valentine mit Chi So, der ihn gewöhnlich begleitete. Der Asiate war sehr unterwürfig, aber Valentine sagte nichts. Er ging zwischen den Kojen durch und machte vor dem Platz von Tre-Bong halt, der mit offenen Augen vor sich hinstarrte.

Valentine betrachtete ihn einen Moment zerstreut, dann wandte er sich ab und ging durch die kleine Tür, die Chi So für ihn geöffnet hatte. Kurz darauf erschien er in der Loge, legte seine weißen Hände auf die rote Plüschpolsterung der Brüstung und sah auf die Opiumraucher hinunter. Und immer wieder kehrten seine Blicke zu dem unrasierten Engländer zurück.

Um halb drei entstand plötzlich eine Unruhe; aufgeregte Stimmen waren auf der Treppe zu hören, die zur Opiumhöhle hinunterführte. Gleich darauf erschien Chi So. Er war außer sich vor Schrecken, ging schnell auf Tre-Bong Smith zu und sprach mit ihm. In einer Sekunde war Smith auf den Füßen.

»Sie müssen gehen – die Polizei sucht nach Ihnen – hier, diesen Weg!« Chi So zeigte auf den kleinen Ausgang, der zur Loge hinaufführte. »Mr. Valentine wird nichts dagegen haben.«

Mit zwei großen Sätzen war Smith bei der Tür, schloß sie hinter sich und stieg geräuschlos die Treppe hinauf.

Cäsar Valentine wandte sich um, als Tre-Bong eintrat.

»Sind Sie in Gefahr?« fragte er.

»Im Augenblick noch nicht, aber in ein paar Minuten wird es wohl soweit sein«, entgegnete Smith und öffnete sein Hemd auf der Brust.

Cäsar sah die Mündung einer kleinen Pistole, die der Mann unter dem Arm versteckt hatte, und begriff nun auch, warum Tre-Bong immer auf der rechten Seite lag.

»Kennen Sie den Ausgang? Ich will Ihnen den Weg zeigen.«

Er zog den Vorhang zurück, der eine Tür in der Wand verdeckte. Smith ging hindurch und kam in einen matt erleuchteten Gang.

»Geradeaus, dann nach rechts«, sagte Cäsar hinter ihm. »Die Tür öffnet sich sehr leicht.«

Smith fand die Tür und trat auf einen kleinen Hof hinaus. Cäsar Valentine eilte an ihm vorbei über den Hof und öffnete ein Tor, das auf eine Seitenstraße führte. Es regnete heftig, und ein scharfer Südwestwind blies ihnen ins Gesicht.

»Warten Sie«, sagte Cäsar.

Er legte seinen weiten Mantel um die Schultern.

»Sie sind jünger als ich, und der Regen wird Ihnen nicht schaden.«

Smith grinste im Dunkeln und zog das Dolchmesser aus der Hüfttasche.

Valentine führte ihn durch ein Labyrinth von kleinen Gassen, und kurze Zeit später standen sie auf dem verlassenen, düsteren Quai.

Plötzlich packte Valentine seinen Begleiter am Arm.

»Einen Augenblick. Sie sind doch der Mann mit dem lächerlichen Spitznamen – nicht wahr?«

»Ich kann nichts dafür, daß die Leute ihn mir gegeben haben«, erwiderte Smith ein wenig kühl.

Valentine lachte.

»Sie sind also Tre-Bong Smith?«

Der andere nickte.

»Das dachte ich mir doch gleich. Ich wollte nur keinen Fehler machen. Das ist ja eigentlich bei mir auch ausgeschlossen«, fügte er hinzu.

Smith sah zwei Scheinwerfer und vermutete, daß sie zu Valentines Auto gehörten. Mit schnellen Schritten ging er seinem Begleiter etwas voraus auf den Wagen zu. Aber als er kaum noch dreißig Schritte davon entfernt war, tauchte plötzlich ein Mann aus dem Dunkeln auf, packte ihn am Kragen, drehte ihn um und leuchtete ihm mit einer Taschenlampe ins Gesicht.

»Hallo!« sagte der Mann. »Sie sind doch Tre-Bong Smith? Ich verhafte Sie, mein Junge.«

Valentine hielt bestürzt an, zog sich in den Schatten zurück und beobachtete von dort aus die weitere Entwicklung.

Nur einen Augenblick zögerte Smith, dann schlug er mit einer schnellen Bewegung die Taschenlampe aus der Hand des Beamten. Im nächsten Moment hatte er ihn an der Kehle gepackt und drückte ihn gegen die graue Steinbrüstung, hinter der die Seine floß.

»Was, du willst mich verhaften, du Schwein?« zischte er.

Das Dolchmesser blitzte in seiner Hand, und mit unglaublicher Schnelligkeit stieß er zu.

Der Polizist sank lautlos zu Boden.

Smith sah sich hastig nach allen Seiten um, bückte sich dann, hob den Mann auf und warf ihn über das Geländer in den Fluß.

Ein Stöhnen war zu hören, aber Tre-Bong Smith lachte nur, als er das Messer nahm und ins Wasser schleuderte.

Valentine rührte sich nicht, bis die Waffe im Strom verschwand. Dann kam er hervor.

»Sie sind etwas hitzig, mein Freund«, sagte er nur, ging mit raschen Schritten zu dem Wagen und öffnete die Tür.

Der Chauffeur hatte bei der schlechten Beleuchtung nicht sehen können, was geschehen war, aber andere Leute konnten Zeugen dieses kurzen, unheimlichen Kampfes gewesen sein.

Gleich darauf fuhr der Wagen an. Als sie an der Stelle vorbeikamen, wo der Zusammenstoß mit dem Polizisten stattgefunden hatte, glaubte Smith eine Gestalt an dem grauen Steingeländer zu sehen. Er ließ das vom Regen beschlagene Fenster herunter, um hinauszuschauen.

Im Lichtkegel der Scheinwerfer entdeckte er ein junges Mädchen, das vollständig in Schwarz gekleidet war und über das Geländer in den dunklen Fluß sah. Als das Auto vorbeifuhr, wandte es den Kopf, und Smith konnte einen Augenblick ihr schönes, trauriges Gesicht erkennen.

Er beugte sich weiter hinaus und schaute zurück, aber Valentine packte ihn am Arm.

»Machen Sie doch nicht solchen Unsinn«, sagte Cäsar ärgerlich. »Wen wollen Sie denn sehen?«

»Ach, niemand«, erwiderte Smith und schloß das Fenster.

3

Cäsar Valentine hatte verschiedene Häuser und Wohnungen in und bei Paris. Tre-Bong Smith wußte das genau. Zuerst glaubte er, daß die Wohnung am Boulevard Victor Hugo das Ziel sein würde, aber der Wagen fuhr geradeaus über den Place de l'Etoile und raste die Avenue de la Grande Armée entlang.

In einer solchen Nacht war es schwer, die Richtung zu erkennen, aber nach einiger Zeit merkte Smith, daß sie auf Maisons Laffitte zuhielten. Gleich darauf bog das Auto in eine Seitenstraße ein, die von hohen Hecken umgeben war, und dann ging es über einen unebenen Feldweg zu einem halbverfallenen Tor. Es war so dunkel, daß man das Gebäude dahinter nicht sehen konnte. Auch als der Wagen stand und Smith ausstieg, blieb ihm keine Zeit, sich lange umzuschauen. Er sah nur, daß es ein ziemlich großes Schloß war.

Cäsar öffnete die Tür und führte seinen Gast in die große, dunkle Halle. Dann machte er Licht, und sie gingen quer durch den Raum in einen hohen, geräumigen Salon.

»Nehmen Sie Platz!« befahl Cäsar. »Wollen Sie etwas Wein trinken?«

Er nahm ein Tablett, eine Flasche und Gläser aus einem Schrank und stellte alles auf einen kleinen Tisch in Tre-Bongs Nähe.

»Trinken Sie«, sagte er kurz.

Smith goß sich ein Glas ein.

Cäsar legte seinen nassen Mantel ab und warf ihn über eine Stuhllehne. Dann ging er zum Kamin, drehte den elektrischen Ofen an und wärmte sich. Dabei betrachtete er Smith mit eigentümlichen Blicken und lächelte spöttisch.

»Mein Freund Tre-Bong Smith«, fragte er langsam, »haben Sie schon einmal gesehen, wie jemand mit der Guillotine der Kopf abgehackt wird?«

»Schon ein halbes dutzendmal«, entgegnete Smith prompt. »Auf das Brett geschnallt, Kopf in die Vertiefung – schnack! Kopf im Korb. Vive la France!«

Valentine legte die Stirn in Falten, als ob er sich über diesen leichtfertigen Ton ärgerte. Aber dann lachte er und nickte.

»Ich glaube, Sie sind der Mann, den ich brauche. Das ist die Haltung, die man dem Leben gegenüber einnehmen muß. Aber vergessen Sie ja nicht, daß man die Behörden nicht auslachen darf. Staatsgewalt ist nicht lächerlich, sondern grausam, ungerecht und tragisch.«

Smith zog seinen nassen Rock aus, während Valentine mit ihm sprach.

»Hängen Sie ihn ans Fenster, oder besser, legen Sie ihn auf einen Stuhl vor der Tür.« Cäsar zeigte auf einen Ausgang rechts vom Kamin. »Madonna Beatrice wird sich schon darum kümmern.«

Smith kam der Aufforderung nach und wunderte sich, wer wohl Madonna Beatrice sein mochte.

Plötzlich sah ihn Cäsar scharf an.

»Haben Sie eigentlich Blut an den Händen?«

Smith schüttelte den Kopf.

»Ich habe genau zwischen die vierte und fünfte Rippe gezielt«, erwiderte er ruhig. »Es fließt nur wenig Blut an dieser Stelle.«

Valentine nickte beifällig, während Smith seine Hände betrachtete.

»Viel Opium haben Sie auch nicht geraucht«, bemerkte er, trat auf seinen Gast zu und sah ihm in die Augen.

»Ich rauche niemals Opium«, entgegnete Tre-Bong kühl. »Ich gehe nicht in Chi Sos Spelunke, um zu rauchen, sondern um zu beobachten.«

Cäsar lachte aufs neue.

»Nun, Sie können ein guter Assistent werden. Aber ich warne Sie, sich mit mir irgendwelche Tricks zu erlauben. Ich habe Ihretwegen ein großes Risiko auf mich genommen. Sie können wissen, daß auch ich Chi Sos Lokal besuche, um zu beobachten, und zwar, um Sie zu beobachten.«

Smith hatte das bereits geahnt, aber er sagte nichts.

»Ich habe Sie mir dort angesehen. Chi So hat seine Kneipe mit meinem Geld aufgemacht. Der Platz ist für mich unbezahlbar. Ich erhalte von dem Gelben viele wertvolle Nachrichten. Als ich nun erfuhr, daß sich ein englischer Verbrecher in Paris vor der Polizei versteckt, weil er in Amerika wegen eines Mordes, wegen Fälschung und verschiedener anderer ziemlich blöder Verbrechen gesucht wird, interessierte ich mich für Sie. Aber ich halte derartige Verbrechen, wie Sie sie begangen haben, für töricht und albern. Damit kommt man nicht weiter, höchstens zur Guillotine oder zum Galgen.«

Smith hätte vielleicht auch seine Ansichten über Verbrechen geäußert, wenn sich in diesem Augenblick nicht die Tür geöffnet hätte und ein Mann eingetreten wäre. Er war klein, hatte rote Haare und ziemlich rohe Gesichtszüge. Seiner äußeren Erscheinung nach paßte er weder zu seiner Umgebung noch zu Cäsar Valentine. Er war zu auffallend gekleidet und benahm sich herausfordernd. Smith vermutete, daß der Fremde getrunken hatte.

»Nun, Ernest, was wollen Sie?«

Der Mann kam mit unsicheren Schritten näher und sah von Cäsar zu Smith hinüber.

»Hallo, Sie haben Besuch?« sagte er laut.

»Wie Sie sehen«, erwiderte Cäsar freundlich.

Eine Zeitlang schwieg Ernest, dann räusperte er sich.

»Ich gehe morgen.«

»So, Sie gehen morgen?« wiederholte Valentine liebenswürdig.

»Ja, nach London. Haben Sie vielleicht etwas dagegen?«

Cäsar schüttelte den Kopf und lächelte.

»Durchaus nicht.«

»Sie wissen doch, wohin Sie mein Gehalt zu schicken haben?«

»Ihr Gehalt? Ich dachte, Sie wollten meine Dienste verlassen?«

»Sie wissen, wohin Sie mein Gehalt zu schicken haben?« sagte Ernest in drohendem Ton. »Ich nehme zehn Jahre Urlaub.« Er lachte über seinen eigenen Witz. »Das wird mir guttun, meinen Sie nicht auch?«

»Und ich soll Ihnen für zehn Jahre das Gehalt schicken?«

»Es wird Ihnen schlecht bekommen, wenn Sie es nicht tun! Ich habe nicht drei Jahre lang Ihre schmutzige Arbeit fast umsonst getan. Jetzt kann der es ja machen.« Er zeigte mit dem Kopf auf Smith. »Ich bin gespannt, wie es ihm gefällt. Ich könnte schon ein ganzes Buch über Sie schreiben, Mr. Valentine.«

Cäsar lachte.

»Das würde sicher sehr interessant werden. Sind Sie den ganzen Abend aufgeblieben, um mir das zu sagen?«

»Ja. Ich habe Ihnen eine ganze Menge zu sagen, und ich würde Ihnen noch viel mehr stecken, wenn der nicht hier wäre.«

»Dann warten Sie bis morgen früh.« Cäsar legte gutgelaunt die Hand auf Ernests Schulter. »Legen Sie sich zu Bett, mein Freund, und sagen Sie Madonna Beatrice, daß sie zu mir kommen soll.«

»Immer Madonna Beatrice!« erwiderte der Mann ärgerlich. »Die ist ja eine Schönheit!«

Cäsar schob den unangenehmen Besucher hinaus.

»Eine merkwürdige Eigenschaft von Dienern, daß sie sich einbilden, sie würden irgendwelche dunklen Geheimnisse ihrer Herren kennen und hätten sie in der Hand.«

Es klopfte, und Cäsar drehte sich schnell um.

»Kommen Sie herein, Madonna.«

Smith war auf die Frau gespannt. Cäsar stand in dem Ruf, viele Liebesabenteuer hinter sich zu haben, und Tre-Bong erwartete deshalb, eine junge, schöne Dame zu sehen. Aber die

Frau, die hereintrat, war nicht jung und schön, sondern alt und korpulent. Das grauschwarze Haar hatte sie glatt aus der Stirn gebürstet und in einen Knoten aufgesteckt. Sie erschien in einem meergrünen Kleid mit großem, viereckigem Ausschnitt; um den Hals trug sie eine goldene Kette von ziemlich kitschigem Aussehen. Ihre dicken Finger waren mit Brillantringen geschmückt.

»Madonna, unser Freund hier bleibt einige Zeit bei uns«, wandte sich Cäsar in Spanisch an die Frau. »Bitte sorgen Sie dafür, daß ein Zimmer zurechtgemacht wird.«

Sie sah zu Smith hinüber und nickte. Er hatte inzwischen etwas entdeckt, was ihn mehr interessierte als ihre ungewöhnliche Aufmachung. Dieser aufmerksame Mann schaute auf ihre Füße und bemerkte, daß ihre festen Schuhe naß und schmutzig waren, als ob sie draußen umhergewandert wäre.

»Sí, Señor«, entgegnete sie.

Smith hätte gern gewußt, warum Cäsar sie Madonna nannte, was in Italien früher als Anrede gebräuchlich war, während er sich doch in spanischer Sprache mit ihr unterhielt.

Cäsar schien seine Gedanken zu lesen und beantwortete die Frage, als die Frau gegangen war.

»Madonna Beatrice ist sowohl Spanierin wie Italienerin. Ich werde Ihnen das an einem der nächsten Tage erklären.«

Er erwähnte die Ereignisse des Abends nicht weiter, sprach aber noch eine Weile mit Smith über Verbrecher und Verbrechen im allgemeinen.

»Die kleinen Leute sind wirklich zu bedauern. Nehmen wir zum Beispiel diesen Ernest, den Sie eben gesehen haben. Er ist ein ganz gemeiner Kerl, ein Falschspieler und Dieb. Ich nahm ihn in meine Dienste und brachte ihn mit mir nach Frankreich, als die Polizei gerade nach ihm fahndete. Hätte man ihn erwischt, so wäre er nicht ohne eine mehrjährige Strafe davongekommen. Ich habe ihm genug Geld gegeben, und ich habe ihm sogar Französisch beigebracht.«

»Mit Geld kann man sich keine Treue kaufen«, entgegnete Smith kurz.

»Das gebe ich zu.« Cäsar nickte. »Aber mit Geld kann man sich die meisten anderen Dinge kaufen, die in dieser Welt begehrenswert sind. Und wenn ich genügend Geld hätte, könnte ich von diesem Haus aus die ganze Zukunft Europas ändern. Mit Geld kann man Parteien und Politiker kaufen.«

Er seufzte, wandte Smith den Rücken zu und betrachtete ernst das Wappen über dem Kamin.

»Welche Bedeutung hat es eigentlich?« fragte Smith plötzlich.

Cäsar drehte sich wieder um.

»Sie meinen das Wappen? Verstehen Sie etwas von Heraldik? Nein? Eines Tages werde ich es Ihnen erklären.«

Er brach die Unterhaltung ab und führte Smith in die Halle zurück.

»Ihr Zimmer ist fertig. Morgen sprechen wir über Ihre Zukunft. Es wäre nicht klug von Ihnen, hier in Frankreich zu bleiben. Außerdem brauche ich Sie in England!«

Das Zimmer, in das er seinen Gast brachte, war einfach, aber gut möbliert.

»Natürlich trinken Sie morgens Tee – Sie sind ja Engländer. Alle notwendigen Toilettegegenstände finden Sie auf dem Frisiertisch, und Madame Beatrice hat sicher einen Schlafanzug für Sie herausgesucht – ah, dort liegt er. Also, gute Nacht.«

4

Tre-Bong Smith stand reglos und lauschte auf Cäsars Schritte, die sich immer mehr entfernten. Dann sah er sich eingehend und sorgfältig in dem Zimmer um. An der Tür fand er weder Schloß noch Riegel, aber das beunruhigte ihn weiter nicht. Cäsar hatte ihn bestimmt nicht nach Maisons Laffitte gebracht, um ihn zu betrügen.

Warum hatte Cäsar ihn wohl unter seinen Schutz genommen? Der Mann hatte doch den Zusammenstoß mit dem Polizisten am Quai des Fleurs gesehen und wußte, daß er sich selbst vor dem Gesetz schuldig machte, wenn er einen Verbrecher beherbergte.

Die Pläne Cäsars mußten sehr wichtig sein, sonst hätte er nicht ein derartiges Risiko auf sich genommen. Wenn die schwarzgekleidete junge Dame nun alles gesehen hatte! Eigentlich konnte es nicht anders sein. Warum hätte sie sich sonst über das Geländer gelehnt und in den Fluß hinuntergestarrt!

Smith rieb sein Kinn und runzelte die Stirn. Sie konnte alles verderben. Wenn sie zum Beispiel zur Polizei ging... Er fluchte, als er aus seinen nassen Kleidern schlüpfte und den Halfter abnahm, in dem er seine Pistole unter dem Arm trug. Die Waffe legte er unter das Kissen.

Der seidene Pyjama, den er fand, war etwas zu lang für ihn, aber er krempelte ihn hoch, drehte das Licht aus, zog die schweren Samtvorhänge beiseite und schaute aus dem Fenster. Man konnte von hier aus leicht in den Garten springen. Unten lag ein Blumenbeet. Eine Fluchtmöglichkeit war hier also im Notfall gegeben. Es regnete nicht mehr, und die Wolken waren zum Teil verflogen. Nur der Wind blies noch heftig.

In den kurzen Augenblicken, in denen der Vollmond hinter Wolkenfetzen sichtbar wurde, konnte sich Smith über seine unmittelbare Umgebung orientieren. Der helle Fleck am Himmel dort in der Ferne war Paris, und wenn er hier tatsächlich in der Gegend von Maisons Laffitte war, so befand er sich südwestlich von der Stadt. Er warf einen Blick auf seine Armbanduhr – Viertel nach drei. In zwei Stunden würde die Dämmerung anbrechen, aber er war nicht schläfrig. Direkt ihm gegenüber lag eine große Rasenfläche, die sich bis zu einem Gebüsch hinzog. Links sah er den gelblichen Fahrweg, der zur Landstraße führte.

Als eine Uhr in der Ferne vier schlug, war er am Einschlafen. Aber plötzlich hörte er ein Geräusch, das ihn wieder vollkommen wach machte. Es klang, als ob Wasser aus einem Hahn tropfte, aber doch wieder ganz anders.

Erst allmählich wurde ihm klar, daß es von draußen kommen mußte. Es mochte der Regen sein. Vielleicht war die Dachrinne oben schadhaft und lief über. Trotzdem stand er auf und schlich zum Fenster. Man konnte nicht vorsichtig genug sein.

Zuerst sah er nichts, obwohl der Himmel jetzt ziemlich wolkenfrei war und der Mond hell schien. Aber unerwartet bot sich ihm ein so merkwürdiges Bild, daß sein Herz schneller schlug.

Über den Rasen ging eine Frau. Sie trug ein weißes oder graues Kleid und schien etwas in der Hand zu halten. Smith konnte nicht sehen, was es war, bis sie sich umdrehte und zurückging. Der Mond schien ihr hell ins Gesicht, und Smith hörte deutlich das Klirren von Stahlketten. Er hielt die Hand vor die Augen, um nicht von dem Mondlicht geblendet zu werden, und schaute vorsichtig um die Ecke des Fensters.

Die Frau ging mit merkwürdig kurzen Schritten über den Rasen. Ihre Erscheinung wirkte zu dieser Stunde grotesk und phantastisch. Sie kam jetzt immer näher an das Fenster und plötzlich erkannte Smith, daß ihre Hände mit Ketten zusammengeschlossen waren. Auch an den Füßen trug sie Fesseln, die ihren Gang hemmten.

Während Smith noch verstört auf die Frau hinuntersah, hörte er eine leise, befehlende Stimme, die aus dem Schatten der Bäume zu kommen schien. Die Gefangene wandte sich in diese Richtung, Smith beobachtete sie, bis sie verschwand, dann ging er verwirrt zu seinem Bett zurück.

Aber die Überraschungen der Nacht waren für ihn noch nicht zu Ende. Er war gerade eingeschlafen, als er durch einen Schrei wieder aufgeweckt wurde. Im selben Augenblick taumelte jemand gegen die Tür seines Schlafzimmers. Im Nu sprang Smith auf und hielt die Pistole schußbereit in der Hand. Es dämmerte schon, und es war so hell im Zimmer, daß er sehen konnte, wie sich die Tür bewegte.

Plötzlich wurde sie aufgestoßen, und jemand fiel polternd ins Zimmer. Er stieß unartikulierte Laute aus, und seine Stimme war halb von Schluchzen erstickt, als er einen Versuch machte, sich zu erheben. Smith erkannte ihn jetzt.

Es war Ernest. Aber sein Gesicht sah nicht mehr rot und gesund aus, sondern grau und verzerrt.

»Cäsar, Cäsar!« flüsterte er, dann brach er zusammen.

Draußen waren eilige Schritte zu hören, und gleich darauf kam Valentine ins Zimmer. Er trug nur Pyjama und Schlafrock und war allem Anschein nach eben erst aufgewacht.

»Was ist denn los?« fragte er und sah auf den Boden. »Ernest! Was machen Sie denn hier?«

Er schüttelte die reglose Gestalt.

»Es tut mir leid. Der Mensch ist schon wieder betrunken«,

sagte er dann und hob ihn auf, als ob er ein Kind wäre. »Sie haben doch nichts dagegen?« Er legte den Bewußtlosen auf das Bett. »Machen Sie doch bitte Licht, Smith.«

Tre-Bong drehte den Schalter, und Cäsar neigte sich über den Mann. Als er aber die weitaufgerissenen, starren Augen sah, wandte er sich wieder ab.

»Er ist tot«, erklärte er ruhig. »Entsetzlich, daß das passieren mußte!«

5

So wurde Tre-Bong Smith in das Haus Cäsar Valentines eingeführt. Die Sache hätte für ihn gefährlich werden können, wenn die Polizei Nachforschungen über den plötzlichen Tod Ernests angestellt hätte. Aber es war bekannt, daß der Mann von Zeit zu Zeit epileptische Anfälle hatte und sich ab und zu entsetzlich betrank. Bei mehreren früheren Gelegenheiten hatte Cäsar bereits den Arzt rufen müssen, um ihn wieder zum Bewußtsein zu bringen.

Smith konnte nur vermuten, was Ernest zugestoßen war. Sicher hatte er in den frühen Morgenstunden wieder einen Anfall gehabt, war aufgestanden und zu dem Fremdenzimmer gegangen. Cäsar erklärte, daß er früher dort geschlafen hätte und daß ihn der Mann in seiner Not sicher um Hilfe bitten wollte. Die Worte »Cäsar, Cäsar!« bewiesen das ja auch.

Die üblichen Nachforschungen wurden von der Polizei angestellt, und Smith war erstaunt, wie leichtgläubig die Beamten die Erklärung Valentines hinnahmen. Solange sie im Haus waren, wurde Smith in einem kleinen Turmzimmer versteckt, das in der äußersten Ecke des Gebäudes lag. Die schweigende Madonna Beatrice brachte ihm sein Essen; andere Dienstboten sah er nicht.

Am Abend wurde er wieder in den großen Salon gerufen. Cäsar saß dort in einem bequemen Sessel, rauchte eine große Zigarre und las in einer Sammlung von Gedichten. Als Smith eintrat, sah er auf und lud ihn ein, Platz zu nehmen.

»In ein oder zwei Tagen will ich Sie aus Frankreich hinausschaffen. Hoffentlich sind Sie durch die Geschichte nicht nervös geworden? Sie ist wirklich sehr unangenehm.«

»Ja, für uns alle«, erwiderte Smith, nahm eine Zigarette vom Tisch und steckte sie an. »Sie haben gestern natürlich noch mit ihm gesprochen, nachdem wir uns getrennt haben?«

Cäsar runzelte die Stirn.

»Warum sagen Sie ›natürlich‹?«

»Weil er starb«, entgegnete Smith schroff. »Sie waren mit ihm zusammen, tranken noch ein Glas Wein mit ihm – und dann starb er.«

Valentine schwieg eine Weile.

»Wie kommen Sie darauf?« fragte er dann und sah Smith direkt in die Augen.

»Ich habe drei Jahre Medizin studiert, und im Verlauf dieser drei Jahre habe ich auch ein Gift kennengelernt, das tödlich wirkt, aber keine Spuren hinterläßt. Nur an Begleitsymptomen kann man es erkennen, und ich habe gesehen, daß Ernest daran gestorben ist.«

»So, haben Sie das gesehen?«

Smith nickte, und Cäsar lachte, als ob er sich darüber amüsierte.

»Dann benachrichtigen Sie am besten gleich die Polizei«, sagte er spöttisch.

»Ich habe allen Grund, das nicht zu tun«, erwiderte Smith kühl. »Aber ich halte es für richtig, daß zwischen uns beiden Klarheit herrscht. Legen Sie Ihre Karten auf den Tisch, wie ich es bereits getan habe.«

Cäsar erhob sich schnell und ging im Zimmer auf und ab.

»Sie sollen alle meine Karten zu gegebener Zeit sehen. Ich brauche einen Mann wie Sie, einen Mann ohne Herz und ohne Mitleid. Und eines Tages werde ich Ihnen ein großes Geheimnis verraten.«

Smith sah ihn merkwürdig an.

»Ich will Ihnen Ihr Geheimnis sofort sagen«, erklärte er langsam und zeigte auf das Wappen über dem Kamin. »Warum ist das hier angebracht? Warum sind die Bourbonlilien und das C

24

in den Teppich gewebt, Mr. Valentine? Ich weiß allerdings nicht, ob Sie geisteskrank oder klar im Kopf sind.« Smith sprach langsam und überlegt. »Es mag auch nur eine Form von Größenwahn sein. Ich habe schon Leute gesehen, die derartig extravagante Gedanken hatten. Aber ich glaube, ich verstehe Sie.«

»Nun, was ist denn das für ein Wappen?« fragte Valentine.

»Es ist das Wappen der Borgia. Ein Stier auf goldenem Grund ist das Familienwappen der Borgia; das C unten im Teppich war die Initiale Cesare Borgias.«

Valentine wanderte nicht mehr umher. Er blieb stehen und sah Smith mit vorgeneigtem Kopf an.

»Ich bin weder verrückt, noch leide ich an Größenwahn«, sagte er ruhig. »Aber ich bin der letzte direkte Nachkomme des berühmten Cesare Borgia, Herzogs von Valentinois.«

Smith sprach lange Zeit nicht, denn er hatte genug, um darüber nachzudenken. Während seiner Studienzeit in Oxford hatte er sich mit der Renaissance beschäftigt und kannte die Geschichte der Borgias sehr gut. In seinem damaligen Zimmer hing ein alter Stich an der Wand mit der Inschrift: »Caesare Borgia von Frankreich, Herzog von Valentinois, Graf von Diois und Issaudun, päpstlicher Vicar von Imola und Forli.« Und als er jetzt Cäsar ansah, erkannte er dieselben Züge in dessen Gesicht.

Valentine freute sich über die Überraschung, die er dem anderen bereitet hatte. »Nun?« fragte er schließlich.

»Es ist merkwürdig«, erklärte Smith. »Von welchem Zweig der Familie stammen Sie denn ab?«

»Von Girolamo«, antwortete Cäsar schnell. »Er war der einzige Sohn Cesares. Nach dem Tod seines großen Vaters wurde er nach Frankreich und von dort nach Spanien gebracht, wo ihn ein Kardinal erzog. Er heiratete; sein Sohn ging nach Südamerika und focht für die Spanier in Peru. Die Familie ließ sich dann für zweihundert Jahre in Amerika nieder. Erst mein Großvater kam als Junge nach England, und auch ich wurde dort erzogen.«

Die beiden standen einander gegenüber: der Abkömmling Papst Alexanders VI. und der Abenteurer, den dieser sich als Meuchelmörder gedungen hatte.

In Cäsars Gesicht zeigte sich ein Ausdruck der Genugtuung.

Schon früher hatte er Männern und auch Frauen gegenüber seine Abstammung enthüllt, aber ihnen hatte das Wort Borgia nichts bedeutet; sie ahnten nichts von der einstigen Macht und Größe dieses Geschlechtes.

Smith aber wußte es zu schätzen und zu würdigen, und darüber freute sich Cäsar.

Madonna Beatrice eilte plötzlich in den Salon, ohne anzuklopfen. Cäsar ging sofort zu ihr, als er ihr Gesicht sah, und die beiden unterhielten sich leise miteinander. In Cäsars Zügen zeigte sich Überraschung, dann sah er unschlüssig auf Smith.

»Sie soll hereinkommen«, sagte er schließlich.

Smith hatte alles gehört und war in größter Spannung. Sollte er die geheimnisvolle Frau sehen, die er während der Nacht im Garten beobachtet hatte? Oder handelte es sich um eine Geliebte dieses letzten Borgia?

Madonna Beatrice kam wieder ins Zimmer, und eine große, schlanke junge Dame folgte ihr. Sie war so schön, daß Smith fast der Atem stockte.

Sie sah von Cäsar zu ihm herüber und wieder zu Cäsar. Dann ging sie zu ihm und berührte seine Wange leicht mit den Lippen.

In Valentines Gesicht spiegelte sich Genugtuung, aber auch ein wenig Ärger. Plötzlich wandte er sich um und zeigte mit der Hand auf seinen neuen Freund.

»Stephanie, darf ich dir Mr. Smith vorstellen? Dies ist meine Tochter, Smith.«

Seine Tochter! Tre-Bong war erstaunt und überrascht, aber er faßte sich schnell und reichte ihr die Hand, die sie etwas zögernd nahm. Sie streifte ihn mit einem seltsamen Blick und wandte sich dann ab.

»Wann bist du nach Paris gekommen?« fragte Cäsar.

»Heute abend«, erwiderte sie.

Smith war sprachlos über diese Lüge, denn er hatte in ihr die junge Dame in Schwarz erkannt, die in der vergangenen Nacht die Szene am Quai des Fleurs beobachtet hatte. Ihr Blick hatte ihm verraten, daß sie Zeugin des Vorfalls gewesen war.

6

Smith hatte einen leichten Schlaf, aber er hörte trotzdem nicht, daß Cäsar Valentine um vier Uhr morgens in sein Zimmer kam. Erst als ihn jemand an der Schulter packte, wandte er sich um und hörte Cäsar lachen.

»Sie können sich nicht so weit herumdrehen, daß Sie die Pistole unter dem Kissen erreichen. Es wäre auch zu schade, wenn ich durch so einen Zufall ums Leben kommen sollte.«

Smith setzte sich auf und rieb sich die Augen.

»Was ist denn passiert?«

»Nichts Besonderes. Ich habe Ihnen nur Ihre Kleider gebracht.« Cäsar selbst war im Schlafrock. »Ich hoffe, sie passen Ihnen. – Den dicken Mantel habe ich gestern in Paris gekauft. Den werden Sie gut brauchen können.«

»Warum wecken Sie mich denn?« fragte Smith gähnend, als er aufstand.

»Ein Freund von mir geht nach London, ein junger Pilot, der öfter zwischen Frankreich und England hin und her fliegt. Er ist so liebenswürdig, Sie in seinem Flugzeug mitzunehmen. Einen Paß habe ich für Sie besorgt, Sie finden ihn in der Tasche Ihres Mantels.«

»Nach London geht es also? Was soll ich denn dort tun?«

»Auf mich warten«, erwiderte Cäsar. »Außerdem . . .«

Sein scharfes Ohr hörte Schritte auf dem Korridor. Er ging hinaus und kam mit einem Tablett zurück, auf dem das Frühstück stand.

»Madonna Beatrice hat für Sie gesorgt. Was Sie in London tun sollen? Das will ich Ihnen sagen. Ich hatte eigentlich die Absicht, es Ihnen gestern schon mitzuteilen. Aber die unerwartete Ankunft meiner Tochter machte das unmöglich.«

»Ich wußte nicht, daß Sie eine Tochter haben. Sie sehen nicht alt genug aus für so große Kinder.«

»Da haben Sie recht«, gab Cäsar zu, sprach aber nicht weiter darüber. »In London . . . Haben Sie übrigens Grund, nicht nach London zu gehen?«

»Nein, durchaus nicht. In England stehe ich noch nicht in den – Akten.«

Cäsar ging mit einer leichten Handbewegung über den Punkt hinweg.

»Sie werden im Bilton-Hotel wohnen. In Ihrer Manteltasche finden Sie auch ein kleines Notizbuch. Darin steht die Adresse, unter der Sie sich mit mir in Verbindung setzen können. Aber wir werden uns nur treffen, wenn es unbedingt notwendig ist. Ihre Aufgabe besteht darin, den Geheimagent Nummer Sechs zu finden.«

»Nummer Sechs?« Smith starrte ihn erstaunt an.

»Scotland Yard ist ein großes Amt, und ich habe allen Respekt vor den Leuten, die dort tätig sind.« Er setzte sich aufs Bett, während sein Gast zu frühstücken begann. »Aus irgendeinem Grund sind sie auf mich aufmerksam geworden und verdächtigen mich. Ich war lange in England, habe viel Geld dort ausgegeben, und Scotland Yard weiß nicht genau, wie ich in den Besitz dieser Mittel gekommen bin. Außerdem haben sich ein oder zwei unglückliche Zufälle ereignet.«

Smith fragte nicht näher nach diesen unglücklichen Zufällen, und Cäsar gab keine weitere Erklärung.

»Ich gehöre zu den Menschen«, fuhr er fort, »die gern rasch Bescheid wissen, selbst wenn es sich um das Schlimmste handeln sollte. Ich bin unruhig, wenn ich nicht weiß, was meine Gegner vorhaben, und ich gebe große Summen aus, um zu erfahren, welche Schwierigkeiten mich erwarten. Lange Zeit habe ich einen Beamten bezahlt, der in der Registratur von Scotland Yard tätig war, und vor ungefähr einem Jahr erhielt ich die Nachricht, daß der Leiter der Kriminalabteilung einen besonderen Agenten ausgeschickt hat, um mich zu überwachen.«

Smith pfiff leise vor sich hin.

»Hm«, meinte er. »Und das ist wahrscheinlich Nummer Sechs?«

Cäsar nickte.

»In Scotland Yard hält man mich für eine zweifelhafte Existenz, und es ist bezeichnend, daß der Agent, den man ausgeschickt hat, kein gewöhnlicher Beamter der Polizei ist, sondern irgendein Feind von mir, jemand, der mich aus persönlichen Gründen haßt.« Er zuckte die Schultern. »Es gibt natürlich eine Reihe von Leuten, die mir nicht gewogen sind, darunter ist vor allem ein gewisser Welland. Sie finden seine Adresse auch in dem Notizbuch. In letzter Zeit habe ich den Mann nicht getroffen, aber vor zwanzig Jahren war ich mit seiner Frau bekannt.« Er machte eine Pause. »Ich glaube, sie war glücklicher mit mir als mit ihm – das heißt, für einige Zeit.«

Smith gähnte.

»Wenn Sie mir Ihre Liebesgeschichten erzählen wollen, dann verschonen Sie mich lieber.«

»Unglücklicherweise starb sie, und sein Kind, das sie mitbrachte, starb auch. Bedauerliches Schicksal.« Cäsar stützte das Kinn in die Hand und schaute eine Weile, in Gedanken versunken, auf den Teppich. Plötzlich sah er wieder auf. »Welland ist irgendwie im Regierungsdienst beschäftigt. Einem Freund hat er gesagt, daß er mich umbringen will. Aber deshalb mache ich mir natürlich keine großen Sorgen. Vielleicht ist er Nummer Sechs. Sie sind ja begabt genug, das herauszubringen.«

»Haben Sie sonst noch jemand in Verdacht?«

»Ja, die Verwandten eines gewissen Mr. Gale«, erwiderte Cäsar nachdenklich. »Ich hatte geschäftlich mit ihm zu tun. Unsere Unternehmungen schlugen fehl, und der Mann beging Selbstmord. Tragische Geschichte.«

Smith nickte wieder. Er hatte von Mr. Gale gehört.

»Ich erinnere mich an den Fall; allerdings wußte ich nicht, daß Sie auch darin verwickelt waren. Gale war doch Bankdirektor? Nach seinem Tod fehlte eine Summe von hunderttausend Pfund bei der Bank?«

»Ja. Ein unglücklicher Zufall. Man wußte, daß ich geschäftlich mit ihm zu tun hatte, und seine Frau machte mir eine heftige Szene. Es war sehr peinlich. Sie klagte mich an ...« Er zuckte die Schultern. »Bald darauf starb sie.«

»Eines natürlichen Todes?« fragte Smith brutal.

Cäsar lächelte und legte ihm die Hand auf die Schulter.

»Sie sind ein Mann nach meinem Herzen. Sie gefallen mir.«

Kurz darauf verließ er das Zimmer, um sich anzuziehen. Er

mußte Smith zu dem Privatflugplatz bringen, wo sein Freund wartete. Er brachte die Maschine so rechtzeitig nach Croydon, daß Smith zum zweitenmal frühstücken konnte. Im Grund freute er sich darüber, daß er wieder in England war.

Obwohl er keine Sentimentalität kannte, hatte es ihn doch ein wenig geschmerzt, daß er Stephanie nicht mehr zu sehen bekam. Trotz der kurzen Begegnung hatte sich ihm ihr Bild unauslöschlich eingeprägt.

– Cäsars Tochter! Er lachte ironisch. Eine Borgia, und viel schöner als ihre Vorfahrin, die berühmte Lucretia!

Er nahm sich zusammen, schaltete Stephanie aus seinen Gedanken aus und konzentrierte sich auf den Auftrag, den ihm Cäsar gegeben hatte. Zu seiner Bestürzung mußte er feststellen, daß das Bilton-Hotel nicht nur elegant, sondern für seine Zwecke auch gefährlich war. Es lag in der Cork-Street und wurde von vermögenden Leuten besucht, die ihrem Vergnügen nachgingen. Deshalb war es sehr wahrscheinlich, daß er dort mit Leuten zusammenkam, die er früher in Paris und Rom getroffen hatte, als er noch in solchen Kreisen verkehrte.

Bei seiner Ankunft erfuhr er, daß nicht nur ein Zimmer für ihn bestellt war, sondern daß Cäsar auch den Geschäftsführer genau informiert hatte, welchen Raum er dem neuen Gast geben sollte.

»Ich kann leider Ihr Gepäck noch nicht auf Nr. 41 bringen lassen, weil der Herr, der dort wohnt, erst heute nachmittag abreist.«

Der Geschäftsführer nahm Smith beiseite und sagte leise:

»Hoffentlich nehmen Sie es mir nicht übel, wenn ich eine persönliche Frage an Sie richte? Sie – Sie . . .« Er suchte nach dem richtigen Wort.

»Nun?« fragte Smith interessiert.

»Sie – schnarchen doch nicht etwa? Entschuldigen Sie!«

»Nein, nicht daß ich wüßte«, erwiderte Smith belustigt.

»Ich habe Sie nur gefragt, weil Mr. Ross in der Beziehung sehr empfindlich ist und seit dreißig Jahren schon in unserem Hotel verkehrt. Er schläft in dem Zimmer neben Ihnen.«

»Wer ist denn Mr. Ross?«

Der Geschäftsführer war offensichtlich erstaunt, daß es einen Menschen in London gab, der Mr. Ross nicht kannte, und erklärte ihm, daß es sich um einen amerikanischen Multimillionär und exzentrischen Junggesellen handelte. Smith schloß aus der Schilderung, daß dieser Herr nicht gerade sehr liebenswürdig und umgänglich war. Mr. Ross brachte fast den ganzen Tag im Reform-Klub zu, und obwohl er seit dreißig Jahren in England lebte, hatte er doch keine Freunde. Im Bilton-Hotel bewohnte er Zimmer Nr. 40.

»Ein Millionär ohne Freunde ist allerdings eine Seltenheit«, meinte Smith und versprach, nicht zu schnarchen.

Da er von Cäsar reichlich mit Geld versehen worden war, machte er zunächst einen Besuch bei einem Schneider in der Bond Street und bestellte sich mehrere Anzüge. Dann schlenderte er den Strand entlang.

Am Trafalgar Square traf er unglücklicherweise den Mann, den er am wenigsten zu sehen wünschte. Er bemerkte ihn schon aus einiger Entfernung, aber er war klug genug, ihm nicht aus dem Weg zu gehen.

Hallett von Scotland Yard war auch nicht zu verkennen mit seiner gesunden Gesichtsfarbe, seinen weißen Haaren und seinem grauen Schnurrbart. Smith ging an ihm vorüber, aber Hallett blieb stehen.

»Hallo!« sagte er in väterlichem Ton. »Wieder in London, Mr. Tre-Bong Smith?«

»Wie Sie sehen«, entgegnete der andere vergnügt.

»Ich habe tolle Geschichten von Ihnen gehört. Mord, Raub und andere böse Dinge.« Er zwinkerte mit den Augen, und wenn Hallett das tat, bedeutete es selten etwas Gutes. »Seien Sie bloß vorsichtig, mein Freund, sonst geht es Ihnen hier schlecht. Ich warne Sie.«

»Fabelhaft liebenswürdig von Ihnen. Aber wenn es mir schlecht gehen sollte, geht es anderen auch an den Kragen. Im übrigen – nehmen Sie es mir nicht übel – lasse ich mich nicht gern mit Ihnen sehen. Man kommt dadurch zu leicht in schlechten Ruf.«

Hallett lachte grimmig und ging weiter.

7

Smith setzte seinen Weg fort. Er wunderte sich darüber, daß er für Cäsar bei bestimmten Adressen Nachforschungen anstellen sollte. Diese Arbeit hätte jedes Detektivbüro ebensogut übernehmen können. Aber es gab auch noch andere Dinge, die Mr. Smith nicht verstand.

Er wandte sich zur John Street Nr. 104. Hier sollte nach den Angaben im Notizbuch Mr. Welland wohnen.

Smith betrachtete das altmodische Haus zunächst von der gegenüberliegenden Straßenseite, dann klingelte er bei dem Hausmeister.

Ein alter Mann zwischen sechzig und siebzig öffnete die Tür. Er war freundlich und mitteilsam; im Knopfloch trug er die Bänder einiger Medaillen aus den afrikanischen Feldzügen.

»Sie wollen Mr. Welland sprechen?« fragte er erstaunt. »Aber der wohnt doch schon längst nicht mehr hier. Seit etwa zwanzig Jahren ist er fortgezogen. Das ist aber merkwürdig, daß Sie nach ihm fragen!« –

»Warum ist es denn so merkwürdig?«

Der Alte – er hieß Cummins – zögerte einen Augenblick, dann bat er Mr. Smith, hereinzukommen, und führte ihn in seine Wohnung, die im untersten Stock lag.

»Haben Sie Mr. Welland gekannt?« fragte Smith, als er Platz genommen hatte.

»Und ob!« entgegnete Mr. Cummins fast verächtlich und vorwurfsvoll. »Ich kenne ihn ebensogut wie meine eigene Hand. Ein netter, liebenswürdiger Herr. Er bewohnte die drei oberen Stockwerke.« Er schüttelte den Kopf. »Es war wirklich zu traurig, zu traurig.«

»Ich kenne nicht die ganze Geschichte«, erwiderte Smith.

Von Cäsar hatte er zwar verschiedenes über Welland erfahren, aber er traute ihm nicht. Man konnte sich nicht auf ihn verlassen. Cäsar hatte ihn in Dienst genommen und nützte ihn aus. Damit hatte Smith auch gerechnet. Aber er wollte, soweit es anging, auch Cäsar ausnützen. Und dieser war natürlich klug genug, um das zu wissen.

Mr. Cummins erzählte gern.

»Ach, Sie kennen nicht die ganze Geschichte? Nun, alles weiß ich eigentlich auch nicht. Aber was mir bekannt ist, sage ich Ihnen gern. Mr. Welland wohnte schon in diesem Haus, bevor er heiratete. Nach seiner Hochzeitsreise kam er wieder zurück, und später wurde ihm hier auch eine Tochter geboren. Er war sehr glücklich, aber seine Frau schien sich nicht mit ihm zu verstehen. Sie hatte viele Wünsche, wollte dauernd neue Kleider und Schmuckstücke haben. Mr. Welland, dessen Hauptinteresse künstlerischen Dingen galt, war das gar nicht recht.

Acht Monate nach der Geburt des kleinen Mädchens brachte Mr. Welland einen Herrn zum Essen mit. Ich weiß es genau, weil ich damals bei Tisch bediente. Es war ein sehr hübscher junger Mann – seinen Namen habe ich im Augenblick vergessen.«

»Hieß er vielleicht Valentine?«

»Ja, ganz recht! Wie gesagt, ein wirklich eleganter junger Mann, aber ein niederträchtiger Charakter. Er hatte viel Geld, ein Auto und ein großes Haus am Belgrave Square. Mir fiel es schon immer auf, daß er zu Besuch kam, wenn Mr. Welland ausgegangen war. Manchmal kam er allerdings auch, wenn er den Hausherrn antraf, aber nur sehr selten. Eines Tages hatte Mr. Welland dann eine furchtbare Auseinandersetzung mit seiner Frau wegen eines Ringes, den Valentine ihr geschenkt hatte, und als er am Nachmittag zurückkam, war sie fort und hatte ihr Kind mitgenommen. Sie war mit Valentine nach den Vereinigten Staaten gefahren. Man hat kaum wieder etwas von ihr gehört. Mr. Welland nahm sich die Sache sehr zu Herzen. Zuerst fürchteten wir, daß er den Verstand verlieren würde. Er kam zu mir in die Wohnung und sagte: ›Cummins, früher oder später stirbt dieser Kerl unter meinen Händen‹.«

»Was ist denn aus Mrs. Welland geworden?« fragte Smith.

Cummins schüttelte den Kopf.

»Die ist gestorben. Ich habe zufällig vor zwei Jahren davon gehört. Sie und ihr Kind starben am gelben Fieber, wenn ich mich nicht sehr irre. Aber es ist merkwürdig, daß Sie gerade jetzt hierherkommen und sich nach Mr. Welland erkundigen.« Der Hausmeister stand auf und ging zu einer Kommode. »Ich habe heute morgen eine Schublade aufgeräumt, und da fand ich dieses Bild. Das schenkte er mir an seinem Hochzeitstag.«

Smith sah das Gesicht eines gebildeten Mannes. Besonders fielen ihm die hohe Stirn, die lange, gerade Nase, das feste Kinn und der energische Gesichtsausdruck auf.

»Können Sie mir das Bild leihen, damit ich einen Abzug davon machen lassen kann?«

Cummins sah unschlüssig drein.

»Ich möchte mich eigentlich nicht davon trennen. Sehen Sie, hier steht eine Widmung. Aber ich mache Ihnen einen anderen Vorschlag. Wenn Sie dafür bezahlen wollen, lasse ich beim Fotografen eine Aufnahme davon machen.«

»Damit bin ich einverstanden«, sagte Smith und reichte ihm eine Pfundnote, um das Geschäft abzuschließen.

Verwundert verließ er dann die John Street. Welche Absicht mochte Cäsar nur verfolgen, wenn er ihn in ein Haus schickte, das Welland schon längst verlassen hatte? Sicher hatte der Mann doch durch Detektive erfahren, daß Welland nicht mehr in der John Street wohnte.

Als Smith zum Hotel zurückkam, erwartete er eine Mitteilung. Cäsar hatte ihm noch gesagt, daß er Paris mit dem Mittagszug verlassen und am Abend in London eintreffen würde.

Aber es war weder ein Brief noch ein Telegramm von ihm angekommen.

Smith ging auf sein Zimmer, das jetzt von seinem Vorgänger geräumt war, setzte sich in einen Sessel und überdachte seine Lage. Er war in die Dienste eines der gefährlichsten Leute getreten, die es überhaupt auf der Welt gab, und weil er einen Polizisten in die Seine geworfen hatte, mußte er jetzt praktisch Detektivarbeit leisten!

Smith war neugierig, welche Schurkereien Cäsar von ihm verlangen würde. In Paris wäre er gern noch geblieben, um Näheres über die gefesselte Frau auszukundschaften. Er selbst hatte schon viel durchgemacht, aber der Anblick dieser Frau hatte ihn erschüttert. Zweifellos war sie Cäsars Gefangene, und die Stimme, die im Dunkeln kommandiert hatte, war die Madonna Beatrices. Was hatte diese Frau wohl getan, und warum behielt Cäsar sie bei sich? Sonst kam es ihm doch nicht darauf an, seine Feinde auf dem schnellsten Weg beiseitezuschaffen.

Wenn Cäsar zu ihm gekommen wäre und gesagt hätte: »Ermorden Sie diese Frau – ich habe nicht den Mut dazu«, so hätte er das verstanden. Aber er hätte den Befehl keineswegs kaltblütig ausgeführt, denn er tötete keine Frauen.

Smith folgte einem plötzlichen Impuls, ging zum Britischen Museum, setzte sich dort in die Bibliothek und frischte seine Kenntnisse über die Familie Borgia wieder auf.

Er ließ sich eine kleine Monographie über Alexander VI. und die Borgias geben, die ein amerikanischer Professor geschrieben hatte. Nach zwei Stunden hatte er das Buch von Anfang bis zu Ende durchgelesen.

Nach seiner Ansicht gehörten Zufälligkeiten zwar zum normalen Leben, aber er fand es doch seltsam, daß ein anderer Herr dasselbe Buch verlangte, während er eifrig darin las. Er erfuhr das, als er es zurückgab.

»Ich freue mich, daß Sie es nicht länger behalten haben«, sagte der Beamte und atmete auf. Nachdem er eine Notiz gemacht hatte, brachte er das Buch einem alten Herrn, der auf einem Stuhl in der Nähe wartete. In den alten, faltigen Händen hielt der Mann einen Schirm. Er wandte Smith sein hartes, zerfurchtes Gesicht zu und schaute ihn vorwurfsvoll an. Dann nahm er das Buch und ging zu einem der Lesetische.

»Man sollte nicht glauben, daß ein Mann mit einem Millionenvermögen sich hierhersetzt und auf ein Buch wartet, das er im Laden für ein paar Schillinge kaufen kann«, meinte der Beamte, als er zurückkam.

»Millionenvermögen?« wiederholte Smith verwundert und betrachtete den Alten genauer.

»Das ist doch Mr. Ross! Haben Sie noch nichts von ihm gehört? Er ist äußerst sparsam und geizig. Der würde lieber zehn Meilen weit laufen, als einen Schilling ausgeben.«

Smith lachte.

»Ich weiß noch etwas anderes von ihm. Er kann es nicht leiden, wenn andere Leute schnarchen.«

Smith betrachtete den alten Herrn sehr genau, bevor er die

Bibliothek verließ. Der Mann mußte etwa siebzig Jahre alt sein. Auch fiel Smith die schäbige Kleidung des Millionärs auf.

Er kehrte zum Hotel zurück, aß zu Abend und hatte eigentlich die Absicht, ins Theater zu gehen. Aber als er in die Halle trat, reichte ihm der Portier einen Brief. Die Adresse war mit Maschine geschrieben.

Er öffnete den Umschlag.

›Beobachten Sie Ross, seine Rechtsanwälte sind Baker und Sepley, 129, Great James Street. Wenn er dorthin geht oder die Leute zu sich kommen läßt, muß er sofort erledigt werden.‹

In der rechten unteren Ecke stand: »Quais Fleurs.«

Das sollte zugleich eine Mahnung und ein Erkennungszeichen sein. Auch die Mitteilung war mit Maschine geschrieben.

Das war also Cäsars Absicht! Deshalb hatte er ihn nach London geschickt und Zimmer 41 für ihn belegt.

Er steckte den Brief in die Tasche und grinste.

Zu schnell hatte sich der großzügige Cäsar ihm gegenüber in einen Tyrannen verwandelt. Smith hatte sich entweder mit der Rolle eines gedungenen Mörders abzufinden, dem bald die Londoner Polizei auf den Fersen sein würde, oder Cäsar zeigte ihn wegen eines gewissen Vorfalls in Frankreich an. Nun, auf jeden Fall ging aus dem Schreiben hervor, daß sich Cäsar in London aufhielt. Und das war eine große Neuigkeit.

8

Smith saß in der Halle des Hotels, las eine Abendzeitung und beobachtete unauffällig Mr. Ross, der aus dem Speisesaal kam und mit dem Fahrstuhl zum zweiten Stock hinauffuhr. Nach einiger Zeit folgte er ihm, ging in sein eigenes Zimmer und wartete, bis er das Knipsen des Lichtschalters hörte. Das war für ihn das Zeichen, daß sich Mr. Ross zurückgezogen hatte und daher an diesem Abend nicht mehr mit seinen Rechtsanwälten zusammenkommen würde. Smith verließ nun das Hotel und besuchte ein Theater, um sich zu zerstreuen.

Um halb zwölf kam er zurück. Ein Mann, der das Gebäude beobachtete, sah ihn und gab dem anderen Beamten ein Zeichen, der Smith den ganzen Abend gefolgt war. Die beiden verglichen ihre Aufzeichnungen. Vielleicht wußte Smith, daß er überwacht wurde, vielleicht auch nicht. Nach Halletts Warnung mußte er mit dieser Maßnahme eigentlich rechnen. Er ging auf sein Zimmer und legte sich sofort zu Bett. Als er sich gerade ausziehen wollte, hörte er ein leises Geräusch. Es war ihm, als ob die Tür im nächsten Zimmer geschlossen worden wäre. Er drehte das Licht aus, ging zur Tür und öffnete sie vorsichtig. Aber obgleich er ziemlich lange lauschte, konnte er nichts hören.

Zimmer Nr. 40, das Mr. Ross bewohnte, bestand eigentlich aus drei zusammengezogenen Räumen: einem Schlafzimmer, einem Bad und einem Wohnzimmer. An der Korridortür des Wohnzimmers stand: Nummer 40a. Smith trat in den langen Gang hinaus, ging leise zu Nummer 40 und lauschte. Er konnte aber nicht den geringsten Laut hören. Dann schlich er zu der Tür von Nummer 40a, horchte angestrengt und vernahm nach einiger Zeit Stimmengemurmel.

Er ging bis zum Ende des Korridors, um zu sehen, ob Angestellte in der Nähe wären. Aber in dem vornehmen Bilton-Hotel verkehrten meist nur ältere Ehepaare, die frühzeitig schlafen gingen. Smith schlich wieder zurück und versuchte, die Tür von Nummer 40 zu öffnen. Zu seinem Erstaunen gab sie nach, und er trat ein. Er sagte sich, daß er seine Anwesenheit leicht erklären könnte, falls man ihn überraschte. Er war ein Neuling im Hotel und hatte sich eben in der Zimmernummer geirrt.

Ein Lichtschein auf dem Boden verriet ihm die Stelle, wo sich die Verbindungstür befand. Kühn schaltete er für eine Sekunde das Licht ein und entdeckte, daß das Zimmer leer und das Bett unberührt war, wie er erwartet hatte. Geräuschlos drehte er den Schalter wieder ab, schlich auf Zehenspitzen durch das Zimmer und lauschte an der Tür zu dem zweiten Raum. Zwei Leute sprachen dort miteinander. Die eine Stimme klang rauh und hart, die andere leise und sanft – die Stimme einer Frau. Und diese Stimme kam ihm bekannt vor, obwohl er kaum ein Wort verstehen konnte.

Er bückte sich und schaute durch das Schlüsselloch, konnte aber nur die Lehne eines Sessels sehen. Wieder lauschte er angestrengt und hörte nun einige Worte, die Ross mit erhobener Stimme sprach.

»Wenn sie tatsächlich auf dieser Erde leben, dann werden wir sie auch finden. Es ist doch merkwürdig, daß ich getäuscht worden sein soll . . .«

Dann drückte plötzlich höchst unerwartet eine Hand die Türklinke nieder, und Smith eilte davon. Er stand draußen auf dem Gang, ehe jemand das Schlafzimmer betreten haben konnte. Es blieb ihm keine Zeit, die Tür zu schließen. Deshalb ließ er sie angelehnt und schlüpfte in sein eigenes Zimmer zurück.

Geduldig wartete er hinter der Tür und lauschte, aber er hörte kein Geräusch. Nach fünf Minuten wagte er es, die Tür wieder zu öffnen. Nahezu eine halbe Stunde stand er im Dunkeln, dann kamen die beiden heraus. Er hörte, wie der Mann sagte: »Gute Nacht, mein Liebling« und die Frau küßte. Behutsam machte er die Tür etwas weiter auf. Draußen im Korridor brannten alle Lichter, so daß ein Irrtum vollkommen ausgeschlossen war.

Die Gestalt, die gleich darauf an seiner Tür vorbeikam, war nicht eine Dame, wie er erwartet hatte, sondern Ross selbst! Der alte Mann war also ausgegangen und hatte die Frau in seinem Zimmer zurückgelassen. Smith war sekundenlang so verwirrt und bestürzt, daß er sich nicht rühren konnte. Dann nahm er hastig seinen Hut und eilte den Korridor entlang, um den alten Mann einzuholen. Aber als er an der Treppe ankam, fuhr der Fahrstuhl bereits nach unten, und als er die Stufen hinunterraste, kam er gerade noch rechtzeitig, um zu sehen, wie Mr. Ross durch die Schwingtür hinausging. Draußen wartete ein Auto auf den Millionär. Er stieg ein, und der Wagen fuhr sofort ab.

Smith rief ein vorüberfahrendes Taxi an.

»Folgen Sie dem Wagen«, sagte er schnell.

Der Chauffeur hatte keine Schwierigkeiten, den Auftrag auszuführen, denn die Straßen waren leer. Die Fahrt ging die Regent Street hinauf zum Portland Place.

Dort hielt das Auto vor einem großen Haus. Der alte Herr stieg aus und schloß die Tür auf. Smith merkte sich die Nummer

– 409. Von seinem eigenen Auto aus beobachtete er, daß der Wagen, in dem Mr. Ross gekommen war, nicht abfuhr. Er stieg aus, bezahlte den Chauffeur, trat in einen dunklen Hausflur und wartete.

Nach einer halben Stunde öffnete sich die Tür von Nr. 409, und eine junge Dame in langem, schwarzem Mantel kam heraus.

Smith schlüpfte aus seinem Versteck und eilte auf sie zu.

Sie ging schnell zu dem Wagen, aber im Licht einer Straßenlampe konnte er ihr Gesicht deutlich sehen. Es war Stephanie – Cäsars Tochter!

»Was ist mit dem alten Mr. Ross geschehen?« fragte sich Smith verwirrt, als er zum Hotel zurückkehrte. Aber er mußte sich zur Ruhe legen, ohne dieses Rätsel gelöst zu haben.

Am nächsten Morgen schickte ihm Cäsar in seinem befehlshaberischen Ton eine neue Nachricht, daß er ihn im Green-Park treffen sollte.

Es war ein heller, sonniger Tag, und Cäsar trug einen eleganten weißgrauen Anzug. Er winkte Smith, neben ihm auf einem Gartenstuhl Platz zu nehmen.

»Ich hatte eigentlich nicht die Absicht, Sie hierherkommen zu lassen, aber es ist verschiedenes passiert, und deshalb hielt ich es für ratsam, mit Ihnen zu sprechen. Ich wollte Ihnen sagen, wie Sie sich im Notfall mit mir in Verbindung setzen können.«

»Ich weiß, wie ich mit Ihnen in Verbindung kommen kann, ob es sich um einen Notfall handeln mag oder nicht«, erwiderte Smith ruhig. »Die Adresse ist Portland Place 409.«

Cäsar sah in scharf an.

»Woher wissen Sie das? Mein Name ist in keinem Adreßbuch zu finden.«

»Ich weiß es eben«, erklärte Smith leichthin.

»Sie sind mir gefolgt! Ich bin gestern abend ausgewesen«, sagte Cäsar vorwurfsvoll.

Smith lachte.

»Ich gebe Ihnen mein Wort, daß ich Ihnen niemals gefolgt bin. Ich wüßte auch gar nicht, wie ich Mr. Ross und Sie zu gleicher Zeit beobachten könnte.«

»Aber wie haben Sie es erfahren?«

»Lassen Sie mir doch auch meine kleinen Geheimnisse.«

»Sie sind mir also doch gefolgt«, entgegnete Cäsar und nickte. Dann sprach er nicht mehr über diesen Punkt. »Was halten Sie eigentlich von Ross?«

»Ein würdiger alter Herr. Er gefällt mir.«

Er erwähnte nicht, daß er gesehen hatte, wie Mr. Ross Cäsars Haustür öffnete. Das hatte noch Zeit.

»Sein Vermögen wird auf zehn bis zwanzig Millionen Pfund geschätzt«, sagte Valentine ernst. »Er hat keine Erben, und er hat auch kein Testament gemacht. Wenn er stirbt, fällt sein Eigentum an den Staat.«

Smith sah ihn erstaunt an.

»Woher wissen Sie denn das?«

»Das weiß ich eben. Es ist mein Geheimnis.«

Beide schwiegen eine Weile.

»Männer und Frauen arbeiten von morgens bis abends im Schweiß ihres Angesichts jahrein und jahraus«, fuhr Cäsar dann fort. »Und sie sind froh, wenn sie gerade soviel verdienen, daß sie leben und weiterarbeiten können. Ich strenge mich nicht an, weil ich genug Verstand besitze, und weil ich das menschliche Leben nicht unter demselben Gesichtswinkel betrachte wie die gewöhnlichen Leute. Das tun Sie auch nicht. Nun stellen Sie sich einmal vor, daß Mr. Ross ein paar Zeilen auf einen Bogen schriebe, seine Unterschrift darunter setzte und diese von einem Zimmermädchen und dem Kammerdiener beglaubigen ließe. Durch diese Zeilen könnten wir reiche Leute werden . . .«

»Sie meinen, wenn Mr. Ross ein Testament zu unseren Gunsten machte und dann das Zeitliche segnete?«

»Sie sind immer so direkt und geradezu«, entgegnete Cäsar und lachte leise. »Aber haben Sie nicht schon einmal darüber nachgedacht, wie leicht man Eigentum übertragen kann, wenn eine der beiden Parteien stirbt? Wenn wir beide in die Bank von England einbrechen wollten, hätten wir auch nach jahrelangen Vorbereitungen nicht die mindeste Aussicht auf Erfolg. Aber aller Wahrscheinlichkeit nach würden wir gefaßt werden.«

Smith nickte.

»Und auch wenn wir einen kleinen Scheck fälschten, zum Beispiel auf den Namen von Mr. Ross, kämen wir nicht weit. Es wäre viel Arbeit damit verbunden, wir müßten viele tüchtige Leute täuschen, und schließlich würde es uns doch nicht ganz gelingen.«

»Das ist mir vollkommen klar.«

»Also ist es doch viel einfacher«, bemerkte Cäsar, »daß wir Mr. Ross dazu bringen, ein kurzes Testament zu schreiben.«

»Meiner Meinung nach wird das sehr schwer sein. Sie können eher seinen vorzeitigen Tod arrangieren, als ihn veranlassen, ein solches Dokument zu unterzeichnen.«

Cäsars Augen glänzten.

»Augenblicklich habe ich allerdings die Absicht, ihn daran zu hindern, ein solches Testament zugunsten von irgend jemand aufzustellen. Ich habe sogar den Wunsch, daß Mr. Ross stirbt, ohne sein Vermögen einer bestimmten Person zu vermachen.«

Smith sah ihn erstaunt an.

»Meinen Sie das wirklich? Sie sagten doch vorhin, daß sein Vermögen in diesem Fall in den Besitz des Staates übergeht?«

»Wenn er keine Erben hat. Vergessen Sie das nicht.«

»Aber hat er denn Erben? Er ist doch Junggeselle . . .«

»Nein, er ist Witwer. Er hatte ein Kind, das ihn verließ und später starb. Wenn dieses Kind noch lebte, würde er wahrscheinlich sein ganzes Vermögen einem Hundeasyl vermachen oder irgendeine andere Dummheit begehen.«

Langsam begriff Smith die Zusammenhänge.

»Wie alt würde seine Tochter sein, wenn sie noch lebte?«

»Siebenundvierzig«, erwiderte Cäsar schnell. »Drei Jahre jünger als ich.«

Cäsar war also fünfzig. Es gab Tage, an denen er so alt aussah, aber an diesem Morgen hätte man ihn für nicht älter als fünfunddreißig gehalten.

»Ja, siebenundvierzig würde sie jetzt sein. Sie lief von zu Hause weg, als sie etwas über zwanzig war, und heiratete einen umherziehenden Musiker. Der alte Mann machte daraufhin ein Testament, in dem er sein Vermögen einem Waisenhaus hinterlassen wollte. Seine Tochter enterbte er vollständig. Als er dann hörte, daß sie gestorben war, vernichtete er das Testament und hatte wohl die Absicht, ein neues anzufertigen. Sie sehen, ich bin über das Privatleben von Mr. Ross sehr gut informiert.«

»Und wenn sie nun nicht gestorben ist?«

Cäsar drehte sich hastig nach ihm um.

»Zum Teufel, was soll das heißen?«

Zum erstenmal sah Smith Bestürzung in den Zügen dieses Mannes.

»Und wenn sie nun nicht tot ist?« wiederholte er.

»In dem Fall würde sie das Vermögen erben – wenn er stirbt.«

»Würden Sie die Frau dann in der Öffentlichkeit zeigen?«

Cäsar schwieg.

»Würden Sie die Frau vor einem englischen Gericht auftreten lassen, so daß sie den Leuten von ihrer jahrelangen Gefangenschaft in einem abgelegenen französischen Schloß erzählen könnte . . .? Wie sie nur nachts draußen umhergehen durfte und außerdem noch an Händen und Füßen mit Ketten gefesselt war?«

Cäsars Gesicht sah plötzlich eingefallen und müde aus, aber Smith fuhr erbarmungslos fort, denn er war entschlossen, Cäsar zum Aufdecken seiner Karten zu zwingen.

»Sie haben mir eben gesagt, daß die Tochter von Mr. Ross einen umherziehenden Musiker heiratete. Das halte ich für nicht ganz richtig. Meiner Meinung nach heiratete sie einen Mann, der wahrscheinlich ein hochbegabter Amateur war, die Musik aber nicht als Beruf ausübte. Wenn ich nicht sehr irre, hieß dieser Mann Welland.«

Cäsar sank mehr und mehr in sich zusammen, und Smith hatte momentan die Oberhand.

»Sie entdeckten ihre Verwandtschaft mit Ross und überredeten sie, mit Ihnen ins Ausland zu gehen und darauf zu warten, daß Welland sich von ihr scheiden lassen würde – aber das tat er nicht. Dann wurde die Frau unruhig, vielleicht ist ihr Kind gestorben. Aber jedenfalls blieb sie am Leben.«

Cäsar hatte sich wieder gefaßt; ein zynisches Lächeln spielte jetzt um seinen Mund.

»Sie sind tatsächlich ein erstaunlicher Kerl«, sagte er spöttisch. »Sie haben mir beinahe die ganze Wahrheit gesagt. Das Kind starb, und in der Zwischenzeit wurde Stephanie geboren. Es ist meine Absicht, Stephanie als die Erbin der Ross'schen Millionen zu präsentieren. Jetzt wissen Sie alles. Sicher haben Sie viel von dem, was Sie mir erzählten, nur vermutet. Sie sind viel schlauer und gerissener, als ich dachte. Hier können Sie ein großes Vermögen erwerben, wenn Sie mit mir zusammenarbeiten. Im anderen Fall . . .«

»Bringen Sie mich schnell und schmerzlos um die Ecke?« entgegnete Smith lachend. »Sehen Sie sich aber vor, daß mein Dolchmesser nicht schneller ist als Ihre Gifte.«

Er sah auf den Boden und entdeckte einen Brief.

»Haben Sie das fallen lassen?« fragte er, bückte sich und nahm das Kuvert auf. »Ihre Adresse steht darauf.«

Cäsar schüttelte den Kopf.

»Ich habe es nicht fallen lassen.« Er las die Anschrift: »Cäsar Valentine.«

Der Brief war mit Siegellack verschlossen. Cäsar riß ihn auf und runzelte die Stirn. Smith war nicht sicher, ob sich der Mann fürchtete; aber jedenfalls war Valentine aufs neue aus der Fassung gebracht.

»Woher mag der Brief nur gekommen sein?« fragte Cäsar schnell und sah sich um. Aber es war niemand in der Nähe zu entdecken.

Es waren nur ein paar Zeilen in großen Druckbuchstaben auf ein Blatt Papier geschrieben:

»Cäsar, auch Sie sind nur ein Mensch und müssen einmal sterben. Denken Sie daran.«

Die Unterschrift lautete: »Nummer Sechs.«

Smith las die Worte, aber Cäsar riß ihm das Papier aus der Hand, zerknitterte es und warf es mit einem Fluch fort.

»Wenn ich diesen Welland treffe, bevor er mich findet, dann kostet es ihn den Hals!«

»Nun, wir werden Welland wohl zuerst finden«, erwiderte Smith zuversichtlich und lachte.

9

Große Verbrecher darf man wie große Helden nicht aus unmittelbarer Nähe betrachten. Smith entdeckte Fehler an Cäsar Valentine, die er niemals vermutet hätte. Der Mann war unheimlich eitel; auf der anderen Seite reichten seine Fähigkeiten aber auch an Genialität heran. Allerdings besaß er mehr Veranlagung zum Diplomaten als zum Feldherrn. In dieser Beziehung glich er seinem berühmten Vorfahren, der größere Erfolge durch Bestechung als durch Waffengewalt erzielt hatte.

Cäsar ließ Smith am Nachmittag wieder zu sich kommen, und zwar in sein Haus am Portland Place. Ein Diener führte den jungen Mann in die Bibliothek, wo Valentine bereits ungeduldig auf ihn wartete.

»Welland muß unter allen Umständen gefunden werden!« Mit diesen Worten begrüßte Cäsar seinen Komplicen. »Ich habe die Angelegenheit Privatdetektiven übergeben. Die Leute sollen keine Ausgabe scheuen, um vorwärtszukommen. Ich bin fest davon überzeugt, daß der Mann noch lebt, denn er wurde von einem meiner Agenten vor zwei Jahren in York gesehen.«

»Verdammt, warum haben Sie mich denn dann mit den gleichen Nachforschungen beauftragt?« fragte Smith ungeduldig. »Warum mußte ich denn zu dem Haus in der John Street gehen?«

»Es bestand doch die Möglichkeit, daß er sich mit dem dortigen Hausmeister in Verbindung gesetzt hatte. Es gibt zwei Leute, die hinter dem Geheimagenten Nummer Sechs stecken könnten. Der eine ist der Sohn des Bankdirektors Gale –«

»Der ist in Argentinien«, unterbrach ihn Smith. »Er hat dort eine Farm.«

»Wie haben Sie das herausgebracht?«

»Das war nicht allzu schwer. Die Beamten der Bank, die Sie beraubt haben –«

»Die ich beraubt habe?« fragte Cäsar schnell.

»Nun, die irgend jemand beraubt hat«, entgegnete Smith mit einer gleichgültigen Handbewegung. »Es kommt jetzt nicht darauf an, wer es getan hat. Auf jeden Fall stehen die Beamten mit dem jungen Gale in Verbindung. Anscheinend will er alles Geld, das die Bank verloren hat, zurückzahlen. Den können Sie also ruhig ausschalten.«

»Dann muß es Welland sein. Meine Informationen von Scotland Yard sind über alle Zweifel erhaben. Der Mann, der sich selbst Nummer Sechs nennt –«

»Es kann ebensogut eine Frau sein.«

»Keine Frau würde das wagen. Es bleibt nur übrig, daß es Welland ist. Es ist ein Amateur, der sich mit dem Chef von Scotland Yard in Verbindung gesetzt und ihn überredet hat, ihm den Auftrag zu geben. Bedenken Sie doch, daß man hier in England nichts gegen mich hat. Beweisen können sie nichts, und sie wissen auch nichts Genaues über ein Verbrechen, das ich begangen haben könnte. Sie haben nur einen Verdacht und fühlen sich unbehaglich, wenn mein Name genannt wird. Das ist alles.«

Smith stimmte ihm bei. Es hatte im Augenblick keinen Zweck, ihm zu widersprechen.

»Gehen Sie jetzt zum Hotel zurück und beobachten Sie diesen Mr. Ross«, sagte Cäsar unvermittelt. »Ich werde Welland auf mich nehmen. Hat er Besuch gehabt?«

»Ross? Nein.«

Smith konnte ebensogut lügen wie Cäsar Valentine, der ihn vollständig in der Hand zu haben glaubte. Er liebte das Leben ebensosehr wie andere Menschen, und er wußte, wie gefährlich es war, Valentine zu hintergehen. Der rätselhafte Besuch des Millionärs im Haus Portland Place Nr. 409 während Cäsars Abwesenheit mußte doch aufgeklärt werden.

»Was hätten Sie eigentlich angefangen, wenn Sie mich nicht getroffen hätten?« fragte Smith plötzlich. »Der unglückliche Ernest hätte Ihnen doch bei der Durchführung Ihrer Pläne hier in London nicht helfen können.«

»Der hat seinen Zweck erfüllt«, entgegnete Valentine kühl. »Er hat gewisse Aufgaben gehabt, die wichtig genug waren, aber er hatte natürlich nicht den nötigen Verstand. Der arme Kerl!«

Cäsar Valentine heuchelte diesmal nicht, davon war Smith überzeugt. Sicher tat es diesem Mann aufrichtig leid, daß er diesen aufsässigen Diener hatte beseitigen müssen, dessen skrupelloser, grausamer Charakter ihm irgendwie verwandt gewesen war.

Die Beobachtung von Mr. Ross war etwas langweilig. Smith hätte sich lieber intensiver beschäftigt. Er hielt mit seiner Meinung auch nicht zurück, als er Cäsar am nächsten Morgen traf.

»Es tut mir leid, daß ich Sie nicht jeden Tag einen Mord begehen lassen kann«, erwiderte Cäsar ironisch. »Überwachen Sie ruhig Mr. Ross.«

»Er bringt die meiste Zeit im Reform-Klub zu und liest langweilige Magazine«, beklagte sich Smith. »Es wird wirklich zu blöde.«

»Sie setzen die Beobachtungen fort«, erklärte Cäsar entschieden.

Am selben Abend telefonierte er aufgeregt mit Smith.

»Er ist gefunden worden!«

»Wer?«

»Welland – ich gehe jetzt zu ihm.« Smith glaubte ein leises Zittern in Cäsars Stimme zu hören. »Die Detektive haben seine Spur in Manchester gefunden und ihn nach London verfolgt. Er wohnt in einem Vorort.«

»Ach so!« Smith wußte im Augenblick nicht, was er sonst sagen sollte. »Und dort wollen Sie ihn aufsuchen?«

Aber Cäsar hatte den Hörer bereits aufgelegt. Er war wie immer impulsiv.

Am nächsten Tag hatte Smith bei der Rückkehr ins Hotel ein unangenehmes Erlebnis.

Zwölf Monate lang hatte er sich in den Verbrecherkrejsen von Paris einen gewissen Namen gemacht. Aber es war ihm doch sehr peinlich, zu entdecken, daß seine eigenen Koffer und seine Schreibmappe von anderen erbrochen und durchsucht worden waren. Nur ein Amateur und Anfänger würde das Schloß aus einer neuen Ledermappe herausschneiden. Es tat ihm leid um das gute Stück, das er erst am Tag vorher gekauft hatte. Als er in sein Zimmer trat, lagen die Schriftstücke auf dem Boden verstreut. Nur ein in solchen Dingen unerfahrener Mann konnte Kleider durchwühlen, ohne sie wieder sorgfältig zusammenzulegen und in den Schrank zu hängen.

Smith ließ den Geschäftsführer kommen und zeigte ihm die Unordnung. Dieser entschuldigte sich bestürzt. Weder er noch einer der anderen Angestellten hatten einen Fremden ins Hotel kommen sehen. Die einzige, die nicht im Hotel wohnte, war die junge Dame, die Mr. Ross öfter besuchte. Aber sie war so vornehm, daß sie eigentlich unmöglich als Täterin in Frage kommen konnte.

Als sie erwähnt wurde, beruhigte sich Mr. Smith etwas. Er hatte schon gefürchtet, daß ein Beamter von Scotland Yard ihm einen Besuch abgestattet hätte. Besonders fürchtete er verhältnismäßig junge Beamte, die erst kurze Zeit im Dienst und manchmal übereifrig waren. Nur sehr ungern hätte sich Smith bei Mr. Hallett über einen seiner Leute beschwert.

Aber schließlich sagte er sich, daß ein Polizeibeamter niemals so systemlos vorgegangen wäre. Nur ein Amateur konnte diese Verwüstung angerichtet haben. Als er auch noch einen Blutfleck auf dem Löschblatt entdeckte, zweifelte er nicht mehr daran.

10

Smith fuhr mit einem Taxi nach Portland Place Nr. 409. Mr. Valentine war nicht zu Hause, wie ihm der Diener mitteilte, und wollte auch erst spät am Abend wiederkommen. Smith ließ sich daher bei der jungen Dame melden, die zugegen war, und gab dem Mann eine Karte mit der Aufschrift »Lord Henry Jones«.

Er wurde ins Wohnzimmer geführt. Kurz darauf erschien Stephanie mit seiner Karte in der Hand. Sie blieb an der Tür stehen, als sie ihn sah. Smith verstand es, mit Frauen umzugehen, aber die Gegenwart dieses jungen Mädchens machte ihn befangen.

»Ach, Sie sind es!« rief sie.

»Ja.« Er war verlegen wie ein Schuljunge. »Ich wollte Sie in einer wichtigen Angelegenheit sprechen.« Zufällig sah er auf ihre Hand und bemerkte einen Verband an einem Finger. Nun lachte er und gewann seine Haltung wieder.

»Mein Vater ist ausgegangen«, erklärte sie abweisend, »und ich fürchte, daß ich nichts für Sie tun kann.«

»O doch, Sie können mir sogar sehr viel helfen, Miss Valentine«, entgegnete er kühl. »Zum Beispiel können Sie mir einige Informationen geben.«

»Worüber?«

»Zunächst einmal über Ihren Finger. Haben Sie sich sehr verletzt?«

»Wie meinen Sie das?« fragte sie schnell.

»Als Sie heute morgen meine Ledermappe aufschnitten, ist Ihnen wohl das Messer oder die Schere ausgeglitten; ich habe einen Tropfen Ihres kostbaren Bluts auf meiner Schreibunterlage gefunden.«

Sie wurde dunkelrot und sehr verlegen, war aber klug genug, nichts darauf zu erwidern.

»Wollen Sie mir keinen Stuhl anbieten?« fragte er.

Sie wies mit der Hand auf einen Sessel.

»Was hofften Sie denn in meiner Mappe zu finden? Etwa Beweise für meine Verbrechertätigkeit?«

»Die habe ich bereits. Sie vergessen anscheinend, daß ich in jener Nacht am Quai des Fleurs war.«

Sie sagte nicht, welche Nacht sie meinte, aber er brauchte sie um keine weitere Erklärung zu bitten. Smith wunderte sich über ihre außerordentliche Ruhe und Gelassenheit. Sie zitterte nicht, und doch mußte das, was sie gesehen hatte, für sie ein schreckliches Verbrechen bedeuten. Und nun sprach sie ganz nebenbei von »jener Nacht«, als ob sie selbst Mittäterin statt Zuschauerin gewesen wäre.

»Ja, ich erinnere mich. Merkwürdig, daß ich dergleichen nicht vergesse.«

Seine Ironie machte keinen Eindruck auf sie.

»Darf ich Ihnen eine Tasse Tee anbieten, Mr. Smith?«

Er nickte zustimmend.

Sie klingelte, ging dann zu ihrem Stuhl zurück und schaute ihn lächelnd an.

»Sie halten mich also für eine Einbrecherin, Mr. Smith?«

»Nein, so würde ich es nicht bezeichnen. Aber ich dachte, Ihr

Vater hätte Sie vielleicht gebeten, in mein Zimmer zu gehen . . .«
Er brach ab, weil ihm die rechten Worte fehlten.

»Ja, wir sind merkwürdige Leute«, sagte sie unvermittelt.
»Mein Vater, Sie und auch ich.«

»Und Mr. Ross«, fügte er leise hinzu.

Sie sah ihn einen Augenblick bestürzt an.

»Gewiß«, entgegnete sie dann schnell. »Auch Mr. Ross. Mr.
Valentine hat Sie doch im nächsten Zimmer einquartiert, damit
Sie ihn überwachen sollen?«

Ihre Worte brachten ihn aufs neue in Verwirrung, aber er
wußte seit langem, daß der Angriff die beste Verteidigung ist.

»Ich halte es eigentlich für unnötig, Mr. Ross im Auftrag Ihres
Vaters zu beobachten«, erwiderte er etwas von oben herab, »besonders wenn er es hier in seiner Wohnung ebensogut tun kann
wie ich.«

»Wie meinen Sie das?«

»Nun, Mr. Ross kommt doch zu Besuch hierher«, entgegnete
er unschuldig.

»Mr. Ross?«

Sie schaute ihn scharf an, und plötzlich schien sie zu verstehen. Nur einen Augenblick gelang es ihr, sich zu beherrschen,
dann lehnte sie sich im Stuhl zurück und lachte.

»Fabelhaft!« sagte sie. »Mr. Ross in diesem Haus! Haben Sie
ihn denn kommen sehen?«

»Ja«, antwortete Smith kühl.

»Haben Sie auch beobachtet, wie er wieder fortging?«

»Nein.«

»Solange hätten Sie aber warten sollen«, meinte sie mit erkünsteltem Ernst. »Sie hätten doch aufpassen müssen, bis er wieder herauskam. Dann hätten Sie ihn zum Hotel begleiten und
ins Bett bringen müssen. Dazu sind Sie doch angestellt?«

Smith fühlte sich unbehaglich. Er wußte nicht, ob sie zornig
war, oder ob sie nur Spaß machte.

»Sie haben also gesehen, wie Mr. Ross hierherkam«, sagte sie
nach einer Weile. »Haben Sie das meinem Vater erzählt?«

»Nein.«

Ihre Unterhaltung wurde unterbrochen, denn ein Diener rollte

den Teewagen herein. Als er wieder gegangen war und sie ein-
gegossen hatte, lehnte sie sich zurück. Sie hielt den Blick zu Boden gesenkt, als ob sie über ein Problem nachdächte.

»Mr. Smith, Sie halten mich wahrscheinlich für entsetzlich
schlecht, weil ich so leichtfertig über die schreckliche Szene am
Quai des Fleurs spreche. Aber ich habe Grund dazu.«

»Ich glaube diesen Grund zu kennen«, entgegnete er ruhig.

»Wirklich? Eigentlich sollte ich mich vor Ihnen hüten und
nach der Polizei rufen, wenn Sie in meine Nähe kommen. Sie
sind wirklich ein schlimmer Verbrecher, nicht wahr?«

Smith grinste verlegen. Von allen Menschen glückte es ihr
allein, ihn ständig in Verwirrung zu bringen.

»Ja, vielleicht haben Sie recht, obwohl ich –«

»In England noch nicht in den Akten geführt werde – ich
weiß.«

Er starrte sie betroffen an. Woher kannte sie diese Redewen-
dung, die er selbst gebraucht hatte?

»Ich bin ein merkwürdiges junges Mädchen, weil ich ein merkwürdiges Leben hinter mir habe. Meine Jugend verbrachte ich in
einer kleinen Stadt in New Jersey . . .«

»Seltsam!« erwiderte Smith, während er den Tee umrührte.

»Werden Sie bitte nicht ironisch«, entgegnete sie lächelnd. »Ich
war sehr, sehr glücklich in Amerika, obwohl ich keine Eltern zu
haben schien. Nur mein Vater kam gelegentlich, und er ist –
wie soll ich sagen – ziemlich kühl und unnahbar.«

Smith nickte.

»Ich hätte lange Zeit in New Jersey bleiben können, vielleicht
mein ganzes Leben, denn ich liebe die Gegend. Aber –« sie zögerte einen Augenblick – »ich machte eine schreckliche Entdek-
kung.«

»Und was war das?« fragte er interessiert.

»Das will ich Ihnen nicht sagen, wenigstens im Augenblick
noch nicht.«

Seine Neugierde war in hohem Maße erregt.

»Vielleicht könnten Sie mir und auch sich selbst sehr viel helfen, wenn Sie es mir sagten.«

Sie sah ihn unschlüssig an und schüttelte dann den Kopf.

»Ich will Ihnen etwas davon erzählen, und ich verlange nicht einmal von Ihnen, daß Sie darüber schweigen. Sicherlich tun Sie das ohne Aufforderung, denn ich kenne ja auch ein Geheimnis von Ihnen.«

»Ich fürchtete schon, Sie würden mich verraten –« begann er, aber sie brachte ihn durch eine Handbewegung zum Schweigen.

»Darüber wollen wir nicht sprechen. An einem der nächsten Tage werden Sie sowieso eine Überraschung erleben.«

»Was haben Sie in New Jersey entdeckt?«

»Nach dem Tod meiner Mutter fuhr mein Vater nach Europa«, entgegnete sie langsam. »Er ließ eine Anzahl von Sachen in der Obhut seines Rechtsanwalts Cramb zurück. Dieser bezahlte meine Auslagen und auch die Kosten des Haushaltes. Als ich später alt genug war, um selbst Geld zu verwalten, erhielt ich jeden Monat eine bestimmte Summe von ihm. Während Mr. Valentine nun in Europa war, starb der alte Herr plötzlich und seine Praxis ging in fremde Hände über. Der neue Inhaber sandte mir eine Kassette zurück, die Mr. Cramb aufbewahrt hatte. Mein Geld erhielt ich von da ab durch eine Bank. Die neuen Rechtsanwälte wollten in dem Büro aufräumen, in dem sich allerhand Akten und andere Dinge angesammelt hatten.

Ich hatte nicht die leiseste Idee, was ich damit machen sollte. Mrs. Temple, die damals den Haushalt führte, redete mir zu, die Sachen als eingeschriebenes Paket an meinen Vater nach Europa zu schicken. Ich suchte aber aus Neugier einen Schlüssel, um die Kassette zu öffnen, und das gelang mir auch. Sie war mit Papieren und Dokumenten gefüllt, die mit Ausnahme von ein paar losen Schriftstücken und Fotografien sorgfältig gebündelt waren. Ich nahm sie heraus und schickte sie meinem Vater. Als ich dann die losen Dokumente durchsah, fand ich eines darunter, das mich veranlaßte, nach Europa zu fahren. Vater hatte mich schon oft darum gebeten, aber ich glaubte nicht, daß er es ernst meinte. Aber nun war mein Entschluß gefaßt.«

»Wie lange ist das denn her?«

»Etwa zwei Jahre.«

»Das erklärt allerdings viel. Und was machen Sie nun hier in England?«

Er erhielt eine Antwort, auf die er nicht gefaßt war.

»Ich modelliere in Wachs. Hat Ihnen das mein Vater nicht erzählt?«

»Sie modellieren?«

»Gewiß. Ich will es Ihnen zeigen, wenn Sie sich dafür interessieren.«

Sie führte ihn zu einem kleinen Raum, der auf der Rückseite des Hauses lag und wie eine Werkstatt ausgestattet war.

Er betrachtete erstaunt die hübschen Plastiken, die zum Teil noch unvollendet waren.

»Sie sind ja eine Künstlerin, Miss Stephanie – Miss Valentine«, verbesserte er sich.

»Sie können ruhig Miss Stephanie sagen«, entgegnete sie mit einem bezaubernden Lächeln. »Halten Sie mich wirklich für eine Künstlerin?«

»Ja, selbstverständlich, wenn ich auch nicht viel von Kunst verstehe.«

»Aber Sie wissen doch vermutlich, was Ihnen gefällt? Nun haben Sie mich enttäuscht, Mr. Smith. Ich dachte, ein Mann von Ihrer Bildung würde etwas Originelleres sagen.«

Sie hatte tatsächlich Talent, das bewiesen ihre Arbeiten. Smith kam aus dem Staunen nicht heraus.

Plötzlich schrak sie leicht zusammen. Smith folgte der Richtung ihres Blicks und sah auch nach dem Schrank, der in einer Ecke stand. Rasch machte sie die Schranktür zu, schloß ab und steckte den Schlüssel in ihre Tasche. Als sie sich umdrehte, glühte ihr Gesicht.

»Was haben Sie denn da zu verstecken?«

Sie sah ihn argwöhnisch an.

»Das Familiengespenst«, versuchte sie zu scherzen. »Aber jetzt wollen wir zu unserem Tee zurückgehen.«

Smith sah ihre Verlegenheit. Was mochte der geheimnisvolle Schrank enthalten? Warum hatte sie gelacht, als er ihr erzählte, daß er Mr. Ross bis zu diesem Haus verfolgt hatte? Sie war wirklich ein merkwürdiges junges Mädchen!

»Das Familiengespenst«, wiederholte sie nach einer Weile unvermittelt. »Wir haben überhaupt viel zu verbergen, Mr. Smith.«

»Das ist wohl in allen Familien so«, entgegnete er etwas lahm.

»Aber bei uns – Borgias ist es ganz besonders schlimm.«

»Borgia? Warum erwähnen Sie diese alte Familie?«

»Wußten Sie denn das nicht? – Aber natürlich wissen Sie es«, erwiderte sie vorwurfsvoll. »Haben Sie noch niemals von dem alten, berühmten Geschlecht der Borgias gehört? Können Sie begreifen, daß mich mein Vater nicht Lucretia genannt hat?«

»O ja, das kann ich begreifen.« Er nickte bedächtig.

»Wie erklären Sie es sich denn?«

»Die Erklärung dafür lag wahrscheinlich in der Kassette, die Sie vor zwei Jahren aufräumten.«

Sie erhob sich und reichte ihm die Hand.

»Ich hoffe, es hat Ihnen hier gefallen. Aber jetzt müssen Sie wohl zum Hotel zurückgehen.«

Smith stand bereits auf der Straße, bevor ihm zum Bewußtsein kam, daß sie ihn fortgeschickt hatte.

11

Ein Wärter weckte John Welland aus einem unruhigen Schlaf. Die Beamten der Anstalt kannten ihn nicht als John Welland, aber der Name, den er sich zugelegt hatte, ist nebensächlich.

»Sechs Uhr«, sagte der Wärter kurz und ging wieder hinaus.

Welland erhob sich und kleidete sich an. Um halb zwölf passierte er das kleine, schwarze Tor und ging die Straße entlang zu einer Haltestelle.

Ein Gefangener, der am gleichen Morgen entlassen worden war und noch mit einigen Bekannten sprach, zeigte mit dem Kopf nach ihm und sagte ein paar Worte, durch die alle anderen auf ihn aufmerksam wurden.

Welland stieg in eine Straßenbahn, fuhr zur City und nahm dort ein Auto. Damit fuhr er eine Strecke zurück, entließ den Wagen, legte ein langes Stück Weg zu Fuß zurück und suchte durch möglichst unerwartete Änderungen der Richtung Leute abzuschütteln, die ihm vielleicht folgten.

Schließlich kam er in eine ruhige Straße und trat in ein kleines

Haus. Niemand begrüßte ihn, aber in der Küche brannte der Gasofen, und jemand hatte das Geschirr zurechtgestellt. Er setzte den Wasserkessel auf, stieg dann die steile Treppe zu seinem Schlafzimmer hinauf und zog sich dort um.

Als er sich im Spiegel betrachtete, sah er ein graues, von vielen Furchen durchzogenes Gesicht. Lange vor der Zeit war er gealtert. Mit einem Seufzer stieg er wieder hinunter und goß den Tee auf. Dann setzte er sich vor den Gasofen und stützte die Ellbogen auf die Knie.

Nach einer Weile hörte er, daß die Haustür aufgeschlossen wurde; er sah sich um, als eine gutmütig aussehende alte Frau mit einem Marktkorb hereinkam.

»Guten Morgen«, sagte sie in breitem Dialekt. »Ich wußte, daß Sie heute zurückkommen würden, aber ich dachte nicht, daß Sie so schnell hier wären. Haben Sie sich schon Tee gekocht?«

»Ja, das ist schon erledigt«, entgegnete Welland.

Sie sprach nicht über seine Abwesenheit; daran war sie vermutlich gewöhnt. Während sie den Korb auspackte, plauderte sie ununterbrochen, so daß es ihm mit der Zeit zuviel wurde. Er ging in das kleine Wohnzimmer und schloß die Tür.

Die Frau machte ihre Arbeit, bis sie hörte, daß er Violine spielte. Dann setzte sie sich hin, legte die Hände in den Schoß und lauschte der melancholischen Melodie. Es klang so schwermütig, daß ihr beinahe die Tränen kamen, und sie schüttelte den Kopf.

Gleich darauf kam Welland wieder in die Küche.

»Ach, das war so schön«, sagte sie. »Ich wünschte nur, Sie würden etwas Lustigeres spielen. Man wird sonst zu traurig.«

»Aber das beruhigt mich«, entgegnete er mit einem müden Lächeln.

»Sie sind wirklich ein ausgezeichneter Musiker. Und ich habe das Violinspiel so gern. Haben Sie eigentlich schon einmal öffentlich gespielt?«

Welland nickte, nahm seine kleine Pfeife vom Kamin und stopfte sie aus einem alten Tabaksbeutel.

»Das dachte ich mir doch«, sagte sie triumphierend. »Ich habe meinem Mann heute morgen gesagt —«

»Hoffentlich haben Sie dem nicht zuviel von mir erzählt, Mrs. Beck?«

»Nein, ich bin sehr vorsichtig. Einem jungen Mann, der gestern herkam, habe ich gesagt –«

Welland nahm die Pfeife aus dem Mund und runzelte die Stirn.

»Was war denn das für ein junger Mann?«

»Er wollte wissen, ob Sie zu Hause seien.«

»Hat er meinen Namen genannt?«

»Ja. Das war das Merkwürdige. Er ist der erste, der hierherkam und sich nach Ihnen unter Ihrem richtigen Namen erkundigte.«

»Was haben Sie ihm denn geantwortet?«

»Daß Sie wahrscheinlich morgen wiederkommen würden, vielleicht auch erst nächste Woche, ich wüßte es nicht genau. Sie sind ja auch ziemlich unpünktlich, Mr. Welland. Ich sagte ihm, daß Sie manchmal viele Monate fortbleiben . . .«

Welland preßte die Lippen zusammen. Er wußte ja, daß es nutzlos war, dieser Frau Vorwürfe zu machen.

»Es ist gut, Mrs. Beck«, sagte er. »Ich möchte aber nicht, daß Sie über meine Beschäftigung sprechen.«

»Das tue ich niemals, Mr. Welland«, erwiderte sie verletzt. »Ich weiß ja auch gar nichts darüber. Es geht mich schließlich nichts an, was Sie mit Ihrer Zeit machen. Sie können ebensogut ein Einbrecher wie ein Polizeibeamter sein, so oft sind Sie von zu Hause fort.«

Welland antwortete nicht. Als die Frau ihre Arbeit beendet hatte und nach Hause ging, dachte er wieder an den jungen Mann, der ihn besuchen wollte. Er legte die Kette vor die Tür und war fest entschlossen, sich nicht zu melden, wenn jemand kommen sollte.

Bis zum Abend meldete sich auch niemand. Welland saß in seinem Wohnzimmer, hatte die Vorhänge zugezogen und las. Plötzlich wurde an die Tür geklopft. Er legte das Buch hin und lauschte. Das Klopfen wiederholte sich.

Vorsichtig trat er auf den Gang hinaus. Jemand schlug mit einem Spazierstock gegen die Tür.

»Wer ist da?« fragte Welland.

»Lassen Sie mich herein«, erwiderte eine undeutliche Stimme. »Ich möchte mit Ihnen sprechen.«

»Wer sind Sie denn?«

»Lassen Sie mich ein.«

John Welland erkannte jetzt die Stimme; er wurde bleich.

Einen Augenblick glaubte er, daß sich alles um ihn drehte, und er mußte sich an der Wand festhalten, um sich zu stützen. Schließlich faßte er sich wieder, aber seine Hände zitterten noch, als er die Kette abnahm und die Tür öffnete. Draußen war es dunkel; er konnte die große Gestalt nur undeutlich sehen.

»Kommen Sie herein«, sagte er.

»Kennen Sie mich?« fragte der Fremde.

»Ja, Sie sind Cäsar Valentine.« Nur mühsam brachte Welland die Worte über die Lippen.

Er führte Cäsar ins Wohnzimmer. Nur der kleine Tisch trennte sie, während sie einander gegenüberstanden und sich mit feindseligen Blicken maßen.

»Was wollen Sie?«

»Ich möchte Sie in einer wichtigen Angelegenheit sprechen«, sagte Cäsar kühl.

»Wo ist meine Frau?« fragte Welland und atmete schwer.

Cäsar zuckte die breiten Schultern.

»Sie ist tot. Das wissen Sie doch.«

»Und wo ist mein Kind?«

»Warum sprechen Sie über Dinge, die uns beiden doch nur peinlich sind?« entgegnete Cäsar vorwurfsvoll, als ob er selbst der Beleidigte wäre. Er setzte sich, ohne aufgefordert zu sein. »Welland, Sie müssen vernünftig werden. Die Vergangenheit ist tot und erledigt. Warum nähren Sie immer noch Ihren Haß?«

»Der Haß ist das einzige, was mich noch am Leben hält, Valentine, und er wird mich aufrechthalten, bis ich Sie umgebracht habe!«

Cäsar lachte.

»Lassen Sie doch das Theater. Sie wollen mich umbringen? Schön, ich stehe vor Ihnen – warum bringen Sie mich nicht um? Haben Sie denn keinen Revolver oder Dolch? Fürchten Sie sich?

Dauernd haben Sie mich bedroht. Jetzt haben Sie die beste Gelegenheit, Ihre Drohung wahrzumachen.«

Cäsar nahm einen Browning aus der Tasche und legte ihn auf den Tisch.

»Hier, nehmen Sie diese Waffe und schießen Sie mich nieder.«

Welland warf einen Blick auf die Pistole, schaute dann wieder zu dem Mann auf, der ihm gegenüberstand, und schüttelte den Kopf.

»Nein, nicht auf diese Weise. Aber wenn die Zeit gekommen ist, werden Sie sterben, und Sie sollen mehr leiden, als ich in all den Jahren gelitten habe.«

Ein längeres Schweigen trat ein, dann sprach Welland weiter.

»Ich freue mich, daß ich Sie wiedergesehen habe«, sagte er halb zu sich selbst. »Sie haben sich nicht geändert. Sie sind noch derselbe, der Sie früher waren, Valentine. Sie sollten eigentlich glücklich sein, denn Ihr ganzes Leben haben Sie sich immer das genommen, was Sie haben wollten. Und ich habe alles verloren!«

Er bedeckte das Gesicht mit den Händen, und Cäsar betrachtete ihn neugierig. Schließlich nahm er die Pistole wieder und steckte sie in die Tasche.

»Wenn also die Zeit gekommen ist, werde ich sterben« sagte er höhnisch. »Eben hatten Sie eine gute Chance. Außerdem hatten Sie schon einmal eine Möglichkeit, die ganze Sache zu erledigen. Ich habe Sie doch darum gebeten, sich von Ihrer Frau scheiden zu lassen.«

»Scheiden!« stöhnte Welland.

»Sie hätte dann wieder heiraten und glücklich werden können. Wollen Sie jetzt wenigstens vernünftig sein?«

»Haben Sie mir weiter nichts zu sagen? Dann gehen Sie. Es war eine Genugtuung für mich, Sie wiederzusehen, denn all meine Hoffnungen und Pläne sind dadurch aufs neue belebt worden, Cäsar Valentine. Sie haben mir das Leben zur Hölle gemacht. Ich habe mehr gelitten, als Sie ahnen können, aber der eine Tag wird kommen . . .!«

Trotz aller Ruhe und Selbstsicherheit überlief Cäsar ein Schauder. Er war wütend darüber, daß ein anderer Mann ihm Furcht eingeflößt hatte.

»Sie haben Ihre Chance gehabt und nicht ausgenützt, Welland. Das war Ihr Fehler. Nun will ich offen mit Ihnen sprechen. Soviel ich weiß, sind Sie irgendwie im Regierungsdienst tätig. Ich habe Grund zu der Annahme, daß Sie mich ausspionieren sollen. Aber ich sage Ihnen, daß der Mann noch nicht geboren ist, der es mit Cäsar Valentine aufnehmen kann.«

Er schlug mit der Faust auf den Tisch, daß die Lampe tanzte.

»Es war Unsinn, daß ich Sie in Ruhe ließ, daß ich mich nie um Sie kümmerte. Ich hätte das Spiel in der Hand gehabt, wenn ich selbst gehandelt hätte, statt darauf zu warten, daß Sie Ihrer Frau die Freiheit geben.«

Cäsar war um den Tisch herumgegangen und stand nun dicht neben dem Mann, dem er so schweres Unrecht zugefügt hatte. Plötzlich packte er ohne die geringste Warnung Welland an der Kehle. Welland war kein Schwächling, aber Cäsar besaß geradezu übermenschliche Kräfte und schleuderte ihn zu Boden. Welland wehrte sich verzweifelt, aber vergeblich. Cäsar drückte ihm die Arme mit den Knien nieder und würgte ihn.

»Morgen wird man Sie hier aufgehängt finden«, flüsterte er.

In dem Augenblick klopfte es an der Tür, und er sah sich um.

»Sind Sie noch auf, Mr. Welland?« fragte eine Frauenstimme. »Ich habe noch Licht gesehen. Ich bin es – Mrs. Beck.«

Cäsar ließ sein Opfer los und schlich aus dem Zimmer, während sich Welland taumelnd aufrichtete. Er war halb besinnungslos und konnte weder sprechen noch schreien. Valentine ging ins Zimmer zurück und knipste das Licht aus, dann eilte er geräuschlos zur Tür und öffnete.

»Alles finster?« fragte die Frau. »Ich hätte doch darauf schwören können, daß ich Licht sah.«

Cäsar ließ sie im Dunkeln an sich vorübergehen, dann sprang er hinaus und schlug die Tür hinter sich zu.

12

»Sie sehen aus, als ob Sie eine schlechte Nacht gehabt hätten«, sagte Smith.

»Eine schlechte Nacht?« fragte Cäsar zerstreut. »Ich . . ., ach ja, ich bin erst spät in die Stadt zurückgekommen.«

»Haben Sie Mr. Welland aufgesucht?«

Cäsar antwortete nicht.

»Vermutlich waren Sie bei ihm, und ich nehme an, die Unterredung war so unangenehm, daß Sie am liebsten nicht mehr daran denken möchten.«

Cäsar nickte.

»Ich bin neugierig, was Welland tun wird«, sagte er nach einer Weile. »Wenn ich nicht unterbrochen worden wäre, wüßte ich es jetzt.«

Smith sah ihn scharf an.

»Das klingt ja, als ob Sie ein gefährliches Abenteuer gehabt hätten. Würden Sie nicht so liebenswürdig sein, mir zu erzählen, was sich zwischen Ihnen und diesem interessanten Mr. Welland abgespielt hat?«

»Ich hätte Sie hinschicken sollen«, erklärte Cäsar düster. »Wir Borgia haben eine gewisse Schwäche, eine krankhafte Sucht nach theatralischen Effekten. Sie hätten wahrscheinlich keinen Fehler gemacht.«

Er berichtete in kurzen Worten, was vorgefallen war.

Smith wurde ernst.

»Unglaublich! Sie sind doch sonst ein Künstler darin, andere Leute aus dem Weg zu schaffen, und nun schweben Sie in Gefahr, jeden Augenblick wegen dieses blödsinnigen Angriffs verhaftet zu werden! Das durfte nicht kommen.«

Cäsar schüttelte den Kopf.

»Er wird mich nicht anzeigen. Der Mann ist fanatisch. Er hofft, mich eines Tages umzubringen – mit weniger gibt er sich nicht zufrieden. Jede andere Lösung lehnt er ab.«

»Besser, er bringt Sie um als mich. Aber ich möchte Ihnen doch den Rat geben, in Zukunft vorsichtiger zu sein. In England können Sie sich derartige Dinge nicht ungestraft leisten. Und sollte

Welland tatsächlich Nummer Sechs sein, so kommen Sie in Teufels Küche.«

»Welland ist Nummer Sechs. Die Detektive haben doch Nachforschungen in meinem Auftrag angestellt. Der Mann reist im Land umher und ist oft mehrere Tage von zu Hause fort, manchmal sogar Wochen und Monate. Außerdem noch ein wichtiger Punkt – er besucht die Gefängnisse.«

»Meinen Sie, daß er dort eingesperrt wird?« fragte Smith.

Aber Cäsar war nicht in der Stimmung, zu scherzen.

»Ich habe Ihnen doch gesagt, daß ich sehr gut über alles informiert worden bin, was sich in Scotland Yard ereignete. Als Hallett diesem Agenten Nummer Sechs seine letzten Anweisungen gab, war einer meiner Leute in der Bibliothek, die direkt neben Halletts Büro liegt. Er hatte ein Loch durch die Wand gebohrt, das durch einen Bücherschrank in dem Büro und durch ein Regal in der Bibliothek verdeckt wurde. Wenn der Mann an der betreffenden Stelle einige Bücher herausnahm, konnte er alles hören, was nebenan gesprochen wurde.«

Smith nickte.

»Auf diese Weise ist es also herausgekommen? Das muß allerdings ein sehr tüchtiger Mann gewesen sein. Aber wie verhält sich nun die Sache mit den Gefängnissen?«

»Hallett sagte zu dem Agenten – oder der Agentin –, daß er oder sie freien Zutritt zu allen Gefängnissen haben würde. Das geschah natürlich unter der Voraussetzung, daß ich Freunde oder Verbündete dort hätte.«

»Das war natürlich eine verrückte Idee. Sie sind nicht der Mann, der sich Zuchthausvögel als Komplicen aussucht!«

»Sie habe ich allerdings zu meinem Gehilfen gemacht«, entgegnete Cäsar ein wenig taktlos.

Smith lachte.

»Ich war noch nie im Gefängnis – wenigstens bis jetzt. Sie sind also davon überzeugt, daß Welland Nummer Sechs ist? Und zwar nur deshalb, weil er häufig Gefängnisse aufsucht?«

»Ist nicht gerade er der Mann, der eine solche Aufgabe übernehmen würde? Hallett sagte doch, daß sein Agent ein Amateur wäre. Alles weist auf Welland hin.«

Smith war an diesem Morgen eigentlich nach Portland Place gekommen, um das junge Mädchen zu sehen, und nicht, um mit ihrem Vater zu sprechen.

»Wo ist Welland jetzt?«

»In Lancashire, wie ich . . .« Cäsar brach plötzlich ab und starrte auf den Schreibtisch. »Das habe ich vorher nicht gesehen.«

»Was meinen Sie denn?«

Cäsar nahm einen versiegelten Briefumschlag von der Schreibunterlage. Das Kuvert glich genau dem anderen, das er im Green-Park aufgehoben hatte. Er riß es hastig auf und las die mit Maschine geschriebene Mitteilung laut vor:

»Cäsar, auch Sie sind nur ein gewöhnlich Sterblicher! Denken Sie daran!   Nummer Sechs.«

Betroffen starrte er auf das Papier, dann sank er schwer in einen Sessel.

Cäsar hatte richtig vermutet: Welland erstattete keine Anzeige, obwohl Mr. Smith es tagelang befürchtete und so nervös wurde, daß er zweimal den Millionär aus dem Auge verlor, den er doch beobachten sollte. Während dieser Zeit passierten zwei Dinge, die ihn beunruhigten.

Zunächst erwähnte Cäsar nebenbei, daß Stephanie auf ein paar Tage nach Schottland gefahren wäre. Er schien sich in ihrer Abwesenheit bedeutend wohler zu fühlen. Zweitens hielt sich Mr. Ross dauernd in seinen Räumen auf und kam nicht zum Vorschein. Infolgedessen konnte man ihn nicht beobachten.

Am Abend des zweiten Tages wurde das Geheimnis um Mr. Ross nur noch dunkler. Smith war schon während des Essens müde gewesen und zog sich frühzeitig zurück. Er lag auf seinem Bett und war schon halb eingeschlafen, als er hörte, daß die Klinke seiner Tür heruntergedrückt wurde. Gleich darauf trat jemand ein und drehte nach kurzem Zögern das Licht an. In der kurzen Sekunde, bevor es wieder ausgeschaltet wurde, erkannte Smith den alten Mr. Ross in seinem Schlafrock. Die Schritte entfernten sich leise, dann wurde die Tür des Millionärs zugeschlagen und von innen abgeschlossen.

Das war an sich merkwürdig genug. Eine erstaunliche Tatsache, daß der Mann, den er bewachen sollte, umgekehrt ihn bewachte. Allem Anschein nach hatte Ross die vermeintliche Abwesenheit seines Beobachters ausnützen und dessen Zimmer durchsuchen wollen. Smith war nun wieder vollkommen wach geworden, ging auf dem Korridor bis zur Tür des Nebenzimmers und dachte darüber nach, welche Ausrede er gebrauchen könnte, um hineinzugehen und seinen Nachbar auszufragen. Er überlegte es sich jedoch anders und ging in die große Halle hinunter. Aber dort erwartete ihn eine große Überraschung, denn vor dem Empfangspult stand Mr. Ross; er hatte einen schweren Mantel an und eine Kappe auf dem Kopf.

Smith starrte dem alten Mann ungläubig nach, als dieser zum Lift ging und zu seinem Stockwerk hinauffuhr.

»Woher kam Mr. Ross jetzt plötzlich?« fragte er.

»Das kann ich Ihnen auch nicht sagen«, entgegnete der Portier. »Ich dachte eigentlich, er wäre in seinem Zimmer. Er ist den ganzen Tag nicht herausgekommen, und ich habe ihn auch nicht fortgehen sehen.«

Smith wartete nachdenklich in der Halle. Er war unschlüssig, was er tun sollte. Kurze Zeit später erschien ein Page und ersuchte ihn, zu Mr. Ross zu kommen.

Er folgte dem Boten und wurde gleich darauf von dem Millionär empfangen. Der alte Herr trug den Schlafrock, in dem er in Smiths Zimmer erschienen war.

»Ich muß mich bei Ihnen entschuldigen«, sagte er brummig. »Nehmen Sie Platz.«

Smith folgte der Aufforderung.

»Ich war sehr unruhig und wanderte im Hotel auf und ab. Als ich vor ungefähr einer halben Stunde in mein Zimmer zurückkehren wollte, passierte mir leider ein Irrtum, und ich geriet in Ihr Zimmer.«

»Und gleich darauf standen Sie in Reisekleidung unten in der Halle!«

Mr. Ross lächelte ein wenig.

»Sie beobachten aber auch alles, Mr. Smith! Was für einen fabelhaften Detektiv hätten Sie abgegeben!«

Meinte er das ironisch? Smith hielt das für wahrscheinlich. Zuerst hatte er sich gewundert, daß der alte Mann nach ihm geschickt hatte, aber als er draußen auf dem Gang leise Schritte hörte, wunderte er sich nicht mehr. Natürlich hatte ihn Mr. Ross in sein Schlafzimmer kommen lassen, damit der Doppelgänger des Millionärs aus dem Nebenraum schlüpfen konnte.

13

Auch im Leben der größten Verbrecher gibt es Augenblicke, in denen sie sich auf sich selbst besinnen und eine gewisse Reue über ihre Taten empfinden. Solche Depressionen können sogar so stark werden, daß sie an die Grenzen des Wahnsinns führen.

Cäsar Valentine machte jedoch eine Ausnahme. Er kannte keine Gewissensbisse und fühlte keine Reue.

Als Smith ihn am Portland Place aufsuchte, entdeckte er, daß auch dieser Mann seine Liebhabereien hatte.

Cäsar saß an dem Tisch in der Bibliothek und polierte etwas. Zwei Marmorschalen standen vor ihm. In der einen lag ein kleiner, runder Gegenstand, den Cäsar von Zeit zu Zeit mit gelbbrauner Politur bestrich und dann heftig rieb.

»Was in aller Welt machen Sie denn da?«

»Nun, für was halten Sie das denn?« fragte Cäsar.

»Es sieht aus wie ein ganz gewöhnlicher Knopf.«

»Das ist es auch«, erklärte Valentine vergnügt. »Sie haben mich niemals im Verdacht gehabt, daß ich ein Knopfmacher wäre?«

Smith schaute genauer hin und entdeckte, daß der andere tatsächlich die Wahrheit gesprochen hatte. Es war ein ganz gewöhnlicher Knopf, allem Anschein nach aus Knochen gedreht. Cäsar nahm ihn aus der Schale heraus, besah ihn von allen Seiten und legte ihn dann auf ein Stück Papier auf dem Kamin.

»Eine neue Fabrikationsmethode«, sagte er leichthin. »Man könnte sogar viel Geld damit verdienen.«

»Sie sind ein ganz verteufelter Kerl«, entgegnete Smith. »Ich weiß wirklich nicht, was ich aus Ihnen machen soll.«

Cäsar lächelte, als er die Schalen und die anderen Gerätschaften in eine Schublade des Schreibtisches räumte.

»Ich kenne jemand, der nicht weiß, was er von Ihnen halten soll!«

»Wer ist denn das?« fragte Smith schnell.

»Ein Detektivsergeant von Scotland Yard namens Steele. Er hat Sie in der letzten Zeit beobachtet – wahrscheinlich ist Ihnen das auch nicht entgangen?«

»Das wußte ich noch nicht.«

Cäsar lachte, als der andere betroffen schien.

»Wenn Sie ins Wohnzimmer gehen und durchs Fenster schauen, können Sie ihn auf der gegenüberliegenden Seite der Straße sehen.«

Smith folgte der Aufforderung und kam gleich darauf zurück.

»Sie haben recht. Das wird vermutlich dieser Steele sein. Ich kannte ihn bisher nicht.«

»Nehmen Sie Platz«, sagte Cäsar. »Ich will Ihnen einen Vorschlag machen.«

»Das ist interessant. Kann man Geld dabei verdienen?«

Cäsar nickte.

»Ja, sogar sehr viel, und genug für Sie und für mich. Ich wünsche, daß Sie Stephanie heiraten.«

Smith schaute ihn verblüfft an.

»Was, ich soll Ihre Tochter Stephanie heiraten?« fragte er ungläubig.

»Ja. Zu diesem Zweck habe ich Sie doch überhaupt in meinen Dienst genommen. Sie glaubten doch nicht, daß ich mit Ihnen nur einen Mörder dingen wollte, um meine kleinen Streitigkeiten zu erledigen?«

Smith schwieg.

»Ich habe Sie lange Zeit in Paris beobachtet. Sie sind der Mann, nach dem ich ein ganzes Jahr lang Ausschau gehalten habe. Sie besitzen Bildung, Sie waren früher ein Gentleman, Sie haben gute Manieren, und zu meinem Erstaunen fand ich, daß Sie Stephanie gut gefallen. Sie sprach sehr anerkennend von Ihnen.«

»Als ihrem zukünftigen Gatten?« fragte Smith trocken.

Cäsar schüttelte den Kopf.

»Nein, darüber habe ich noch nicht mit ihr gesprochen.«

Smiths Herz schlug schnell, und er mußte sich sehr zusammennehmen, um seine Erregung nicht nach außen hin zu verraten. Stephanie! Es war unglaublich und in gewissem Sinn geradezu schrecklich.

»Sie sind doch nicht am Ende schon verheiratet?« fragte Cäsar.

Smith schüttelte den Kopf.

»Das hätte die Sache natürlich sehr kompliziert. Aber unter den gegebenen Umständen ist es eine ziemlich einfache Geschichte.«

Er zog eine Schublade auf, nahm ein Schriftstück heraus und reichte es dem anderen.

»Das ist ein Vertrag zwischen uns beiden. Falls Ihre Frau ein Vermögen erbt, zahlen Sie mir die Hälfte des Anteils aus, der auf Sie entfällt.«

Es kostete Smith große Anstrengung, mit ruhiger Stimme zu antworten.

»Aber nehmen wir einmal an, daß meine Frau nicht damit einverstanden ist?«

»Die Sache wird schon vor Ihrer Hochzeit in Ordnung gebracht werden. Sie unterzeichnet einen Vertrag, in dem sie sich verpflichtet, drei Viertel des Vermögens Ihnen auszuhändigen.«

Smith lachte nervös.

»Sie setzen allerdings ziemlich viel als sicher voraus.«

»Sie können sich darauf verlassen, daß Stephanie zustimmen wird«, erwiderte Cäsar und klingelte.

Wenige Sekunden später erschien ein Diener.

»Bitten Sie Miss Valentine, zu mir in die Bibliothek zu kommen.«

»Was haben Sie denn vor?« fragte Smith aufgeregt, als der Mann verschwunden war. »Sie wollen doch nicht jetzt in meiner Gegenwart . . .«

»Warten Sie.«

»Aber . . .«

»Warten Sie!« entgegnete Cäsar scharf.

Stephanie kam herein, nickte Smith zu und sah dann fragend auf ihren Vater.

»Stephanie, ich habe eben eine Entscheidung über deine Zukunft getroffen.«

Sie erwiderte nichts darauf, wandte aber den Blick nicht von ihm.

Cäsar lehnte sich in seinem Stuhl zurück.

»Ich habe beschlossen, daß du meinen Freund Mr. Smith heiraten sollst.«

»Ach!« sagte sie erstaunt und verwirrt und schaute dann zu dem betretenen jungen Mann hinüber, der abrupt aufgestanden war und nicht wußte, was er in dieser Situation sagen oder tun sollte.

Er erwartete einen heftigen Ausbruch von ihrer Seite. Zweifellos würde sie sich weigern, diesen Wunsch ihres Vaters zu erfüllen, sie würde in Tränen ausbrechen . . .

Aber er täuschte sich. Stephanie war allerdings bleich geworden, aber sie war nur überrascht, nicht entsetzt.

»Ja, Vater«, sagte sie gehorsam.

»Die Hochzeit findet nächste Woche statt«, fuhr Cäsar fort. »Du erhältst eine große Mitgift, und im Fall meines Todes erbst du ein bedeutendes Vermögen.«

»Ja, Vater«, sagte sie wieder.

»Du wirst mit deinem zukünftigen – Gatten –«

Smith wurde immer verlegener.

»– einen Vertrag schließen, wonach du ihm drei Viertel des Geldes, das du von mir oder einem anderen erbst, übergeben wirst.«

Sie warf Smith einen langen, prüfenden Blick zu, dem er nicht standhalten konnte.

»Ist Mr. Smith damit einverstanden?« fragte sie ruhig.

»Ja, du begreifst meine Absicht, Stephanie?«

Sie nickte.

»Ist das alles?«

»Ja, für den Augenblick«, entgegnete Cäsar und entließ sie mit einer liebenswürdigen Geste.

Smith setzte sich wieder, als sie gegangen war. Er war nicht fähig, etwas zu sagen. Cäsar sah ihn neugierig und mit einem zynischen Lächeln an.

»Nun, Mr. Smith? Sie scheinen etwas aus der Fassung geraten zu sein?«

Smith befeuchtete die trockenen Lippen mit der Zunge.

»Wissen Sie auch, was Sie getan haben?«

»Ich glaube schon«, entgegnete Cäsar kühl. »Ich habe Ihnen eine sehr charmante Frau gegeben.«

»Sie haben Ihre Tochter mit einem Mann verlobt . . . Sie wissen doch, wer ich bin.«

Er sagte diese Worte so sonderbar, daß Cäsar ihn überrascht und forschend ansah.

»Was ist denn mit Ihnen los? Bekommen Sie plötzlich Gewissensbisse?«

»Nein, um mein Gewissen habe ich mich nie bekümmert«, erwiderte Smith und schüttelte den Kopf. »Wenn es Sie beruhigt, kann ich Ihnen auch versichern, daß ich nicht daran denke, ein neues Leben zu beginnen. Nein, ich bin nur über Ihre Denkungsart erstaunt.«

»Die ist vollkommen normal.«

Ein leises Geräusch ertönte, und Smith sah sich um. In der Nähe des Kamins stand ein kleiner polierter Kasten mit zwei Öffnungen. Hinter einem der beiden Löcher leuchtete ein rotes Licht.

»Was ist denn das?«

»Mein Kontrollapparat«, lächelte Cäsar. »Es sind außer dem Haupttelefon zwei Nebenanschlüsse im Haus, und ich habe den Kontrollapparat anbringen lassen, damit ich weiß, ob jemand mithört, wenn ich telefoniere. Das rote Lämpchen zeigt, daß einer der beiden Nebenanschlüsse benützt wird.«

Er nahm den Hörer vom Apparat, der auf seinem Tisch stand, und bedeckte die Sprechmuschel mit der Hand.

»Es ist sehr wertvoll, zu wissen, worüber die eigenen Dienstboten sprechen«, meinte er und legte den Hörer ans Ohr.

Smith beobachtete ihn und sah, wie sich seine Züge verhärteten. Cäsar sagte kein Wort und blieb reglos sitzen, bis das kleine rote Licht verschwand. Dann legte er den Hörer zurück und stand auf. Was er gehört hatte, mußte ihn in ungewöhnliche Erregung versetzt haben.

»Kommen Sie mit«, sagte er plötzlich und verließ das Zimmer. Smith folgte ihm.

Beide stiegen die Treppe zum oberen Stockwerk hinauf, wo Cäsar vor einer Tür stehenblieb, Smith näherwinkte und dann eintrat. Allem Anschein nach handelte es sich um Stephanies Zimmer. Smith erkannte das an den Möbeln und an der Ausstattung, noch bevor er das Mädchen selbst sah; sie hatte sich beim Eintritt ihres Vaters erschrocken erhoben.

Cäsars Gesicht war düster und verzerrt.

»Was willst du?« fragte sie.

»Mit wem hast du telefoniert?« entgegnete er schroff.

»Telefoniert?« erwiderte sie bestürzt. »Mit einer Freundin.«

»Das ist nicht wahr. Du hast mit Mr. Ross gesprochen«, fuhr er sie an. »Wann hast du Ross kennengelernt?«

Stephanie schwieg.

»Du hast ihm erzählt, daß du Smith heiraten sollst, und du hast dich für heute nachmittag mit ihm verabredet. Wie bist du überhaupt mit ihm bekannt geworden? Antworte mir!« schrie Cäsar und schüttelte sie heftig an den Schultern.

Smith faßte ihn am Arm und zog ihn sanft zurück.

»Verdammt, hindern Sie mich nicht! Ich werde die Wahrheit aus diesem Mädchen herausbekommen. Was hast du Ross gesagt? Ich bringe dich um, wenn du mir nicht antwortest.«

Stephanie sah flehend zu Smith hinüber, und dieser packte Cäsar fester am Arm.

»Sie gewinnen nichts, wenn Sie ihr drohen.«

»Lassen Sie mich los!« rief Cäsar wild.

Aber Smith griff erstaunlich hart zu, so daß Valentine das Mädchen loslassen mußte. Aber er hatte sich durchaus noch nicht beruhigt.

»Komm mit! Nach oben!« befahl er.

Sie gehorchte, und die beiden folgten ihr. Im obersten Stockwerk schob Cäsar sie in ein Zimmer, das an der Rückseite des Hauses lag.

»Du bleibst so lange hier eingeschlossen, bis du meine Fragen beantwortest«, sagte er, schlug die Tür heftig zu, schloß ab und steckte den Schlüssel in die Tasche. »Smith, Sie warten hier, bis ich zurückkomme. Ich werde mit dieser jungen Dame schon fertig werden!«

»Ich bin doch kein Gefängniswärter«, entgegnete Smith düster.

»Sind Sie ganz verrückt?« brüllte Cäsar. »Sehen Sie denn nicht, daß Ihr Leben auf dem Spiel steht? Wenn sie mit Ross Verbindung aufnimmt und ihm alles sagt, wenn sie weiß . . .«

Er starrte finster auf die Tür.

»Warten Sie hier. In einer halben Stunde bin ich zurück.«

Er blieb jedoch nicht so lange fort. Wütend und ärgerlich stürmte er nach einiger Zeit wieder die Treppe herauf. Smith wartete oben auf dem Podest und rauchte eine Zigarette. Die Hände hatte er in die Taschen gesteckt.

»Ich habe es Ihnen ja gesagt – sie hat mich tatsächlich an Ross verraten. Verdammt! Sie weiß es!« keuchte er atemlos.

»Was weiß sie denn?«

»Daß sie Wellands Tochter ist! Sie Dummkopf, haben Sie das nicht schon längst vermutet?«

Smith antwortete nicht.

»Sie ist Wellands Tochter und die Erbin der Ross'schen Millionen! Es kommt nicht darauf an, daß sie noch länger lebt – verstehen Sie, Smith? Wenn diese dumme Person doch den Schnabel gehalten hätte! Wie sie entdeckt hat, daß sie Wellands Tochter ist, kann ich mir allerdings nicht erklären. Wir beide hätten reiche Leute werden können. Aber es ist noch nicht zu spät, wir können das Geld immer noch in unseren Besitz bringen. Sie stecken ebenso tief in der Sache wie ich. Unser Leben steht auf dem Spiel.«

Er sah Smith scharf an.

»Nun, welchen Auftrag haben Sie denn für mich? Wenn ich ihr die Kehle durchschneiden soll, sage ich Ihnen schon jetzt, daß ich das nicht tun werde.«

Cäsar versuchte sich zu fassen.

»Das brauchen Sie nicht zu tun«, sagte er nach einiger Zeit in ruhigerem Ton. »Aber Sie müssen mir helfen – später.«

Er zog einen Schlüssel aus der Tasche, steckte ihn ins Schloß und nahm dann ein silbernes Kästchen aus der Westentasche. »Warten Sie hier.«

»Was wollen Sie tun?« fragte Smith.

Cäsar lächelte seltsam, öffnete die Tür und trat in das Zimmer. Gleich darauf stieß er einen entsetzlichen Fluch aus.

»Sie ist fort!«

»Fort?« fragte Smith erstaunt und trat auch in den Raum.

Das Zimmer war leer, das Fenster geschlossen. Eine zweite Tür existierte nicht, aber Stephanie war verschwunden.

»Sehen Sie dort! Sehen Sie!«

Smith hätte darauf schwören können, daß Cäsars Zähne vor Furcht zusammenschlugen, während er mit zitterndem Finger auf eine Wand zeigte. Dort war ein Briefumschlag angeheftet, auf dem mit Bleistift geschrieben die Worte standen:

»Cäsar, auch Sie sind nur ein sterblicher Mensch!«

Die Zahl »6« grinste Cäsar an der rechten unteren Ecke entgegen.

Am nächsten Tag war Cäsar aus London verschwunden. Er hatte ein eiliges Schreiben für seinen Verbündeten zurückgelassen und ordnete darin an, daß Smith bis zu seiner Rückkehr in das Haus am Portland Place ziehen sollte. Smith nahm diese Einladung an, ohne zu zögern, denn er war neugierig. Er bezog Cäsars eigenes Zimmer.

Bis zu einem gewissen Grad war es unangenehm, daß Cäsar alle Dienstboten entlassen hatte, denn Smith hatte verschiedene der Leute während der kurzen Zeit seiner Anwesenheit schätzen gelernt. Vor allem den Butler und einen der Diener, der alles für ihn getan hätte.

»Nur der jungen Dame zuliebe bin ich geblieben«, erklärte der Butler. »Mr. Valentine ist ein Mann, der mir sehr unsympathisch ist. Heute ist er hier, morgen ist er dort, monatelang ist überhaupt niemand im Haus mit Ausnahme von allerhand merkwürdigen Leuten – ich bitte tausendmal um Verzeihung . . .«

»Fahren Sie nur fort«, erwiderte Smith. »Ich gebe gern zu, daß ich ein sonderbarer Mensch bin.«

»Die junge Dame aber ist wirklich so liebenswürdig... Eine Lady in jeder Beziehung. Und die wundervollen Figuren, die sie modelliert!«

» Ja, das stimmt«, Smith nickte.

»Sie hat in Wachs eine Büste von mir gemacht, die war so lebendig im Ausdruck, daß man es kaum für möglich halten sollte. Sie braucht jemand nur ein- oder zweimal anzusehen, dann kann sie ihn schon porträtieren.«

Smith verabschiedete die Leute so schnell als möglich, denn er brannte darauf, Stephanies Werkstatt zu untersuchen. Vor allem mußte er herausbringen, was in dem geheimnisvollen Schrank steckte. Er glaubte allerdings schon zu wissen, was er finden würde. Und als er mit einem Nachschlüssel die Tür aufgeschlossen hatte, setzte er sich nieder und bewunderte aufrichtig die Kunstfertigkeit des jungen Mädchens.

Eine Gesichtsmaske von Mr. Ross hing an einem Haken, daneben eine Maske von Cäsar. Die Züge waren ganz genau getroffen: die feine, gerade Nase, die vollen Lippen und das runde, weichliche Kinn. Dann entdeckte er zu seiner größten Verwirrung eine Maske von sich selbst. Er nahm sie vom Haken und hielt sie vor das Gesicht. Sie war sehr dünn, und die Augenöffnungen waren so geschnitten, daß sie nicht auffielen.

Sie paßte ihm nicht genau, denn sie war für ein kleineres Gesicht gemacht; wahrscheinlich für Stephanie Welland selbst. Lange saß er, um die Lage zu überdenken. Stephanie hatte sich also im Hotel als Mr. Ross verkleidet. Sie hatte auch sein eigenes Zimmer durchsucht und war dann durch den hinteren Dienereingang aus dem Haus geflohen. Das hatte er alles bereits vermutet, aber er hatte es doch kaum für möglich gehalten, daß sie sich so gut verkleiden konnte.

Mr. Ross wußte, daß sie seine Enkelin war. Und nun war er fortgegangen – wohin? Zwei Tage war er verreist gewesen, während Stephanie seine Rolle im Hotel spielte. Smith erinnerte sich daran, daß Cäsar ihm erzählt hatte, sie wäre nach Schottland gefahren. Mit dieser wunderbaren Maske war es ja nicht schwer, das Hotelpersonal zu täuschen. Mr. Ross war unnahbar, und die Angestellten kamen nie in seine Räume, wenn er ihnen nicht klingelte. Nun, ein kleiner Teil des Geheimnisses war jedenfalls aufgeklärt.

Der Kasten, den Stephanie von den Rechtsanwälten in Amerika erhalten hatte, enthielt vermutlich Dokumente über ihre Geburt. Cäsar hatte gelogen, als er sagte, die Tochter Mr. Wellands wäre gestorben. Wahrscheinlich lebte auch Stephanies Mutter noch. Sie mußte die Frau in Ketten sein, die er in Maisons Lafitte gesehen hatte!

Schließlich erhob er sich, wickelte die Wachsmaske in Papier und trug sie in sein Zimmer.

Rein gefühlsmäßig wußte er, daß die Tage Cäsar Valentines gezählt waren. Dann war es auch mit Tre-Bong Smith vorbei. Er zuckte die Schultern bei dem Gedanken.

14

In dem Garten des kleinen Hotels, von dem aus man die schöne Bucht von Babbacombe überschauen konnte, saßen ein alter Herr und eine junge Dame beim Frühstück. Die Rasenflächen des Parks erstreckten sich bis zum Rand der Klippen; hohe Hecken und Rosengebüsche verbargen ihn vor neugierigem Blicken. Mr. Ross las eine Zeitung, während Stephanie auf das Meer hinaussah.

»Liebling«, sagte er schließlich und legte die Zeitung nieder, »nun ist es schon drei Tage her, und wir haben noch immer keine Nachricht von Monsieur Lecomte.«

Sie streichelte seine Hand.

»Wir müssen Geduld haben. Ich bin fest davon überzeugt, daß Lecomte alles tut, was er kann. Er hat Cäsars Schloß vom Keller bis zum Dachboden durchsucht, und er glaubt bestimmt, daß meine Mutter noch am Leben ist.«

»Aber er hat sie doch nicht gefunden«, erwiderte der alte Herr kopfschüttelnd. »Das ist sehr schlimm. Dieser Cäsar Valentine ist ein Teufel, und ich sage dir –«

»Ein paar Tage vorher war sie aber noch dort. Diese Frau – ich meine Madonna Beatrice – hat das doch bei ihrer Verhaftung eingestanden.«

»Hat Cäsar davon gehört?« fragte er schnell.

Stephanie verzog das Gesicht.

»Das kann uns doch gleichgültig sein. Aber bestimmt hat er meine Mutter nach England gebracht.«

»Hätten sie doch nur das Schloß durchsucht, während ich noch in Paris war. Offenbar halten sie Cäsar für einen amerikanischen Bürger. Deshalb wandten sie sich zunächst an das Konsulat der Vereinigten Staaten. Und dieser verdammte Konsul mußte erst wieder nachforschen, ob Cäsar Amerikaner oder Engländer ist. Wer ist denn eigentlich Madonna Beatrice?«

»Eine alte Dienerin der Valentines, soviel ich weiß.«

»Wir werden ihn doch noch fassen!« entgegnete der Alte und nahm seine Zeitung wieder auf.

In diesem Augenblick erschien Smith im Garten. Er trug einen hellgrauen Anzug und ging nachlässig über den Rasen auf die beiden zu. Als Stephanie ihn erblickte, erhob sie sich rasch.

»Aber wie kommt es denn, daß . . .«, sagte sie fassungslos.

»Wer ist das?« fragte Mr. Ross scharf. »Mr. Smith?«

»Es tut mir sehr leid, daß ich Sie störe«, erwiderte der junge Mann. »Ich habe nicht die geringste Absicht, Sie durch meine Gesellschaft zu belästigen, aber ich habe direkten Auftrag von meinem Freund Valentine, mich um neun Uhr hier einzufinden. Deshalb bin ich gekommen.«

Ross schaute ihn düster an.

»Es wäre mir lieb, wenn Sie wieder gingen«, sagte er barsch. »Mit Leuten Ihres Schlages will ich nichts zu tun haben.«

Vor dem Eingang zum Hotelgarten hatte inzwischen ein eleganter Wagen angehalten. Stephanie hörte es, ebenso Smith, aber sie legten beide der Sache keine Bedeutung bei. Zweifellos hätten sie das aber getan, wenn sie den Mann und die Frau gesehen hätten, die aus dem Auto stiegen.

»Gehen Sie zu Ihrem Mr. Valentine zurück«, fuhr Ross ärgerlich fort, »und bestellen Sie ihm, daß ich mich weder vor ihm noch vor seinen Meuchelmördern fürchte. Leute mit Ihrer Bildung sollten sich eigentlich nicht dazu herbeilassen, einem solchen Schurken zu dienen. Jeder anständige Mensch muß Sie mehr verachten als die armen Kerle, die in den Gefängnissen sitzen.«

Smith lächelte ironisch.

»Ihre Ansicht über meinen Charakter ist ungeheuer interessant. Ihre Enkelin wird Ihnen wahrscheinlich sagen –«

Er wurde plötzlich unterbrochen, und er allein verstand, was die kommende Szene zu bedeuten hatte. Er holte tief Atem, als eine Frau mit zögernden Schritten auf die Gruppe zukam.

Stephanie betrachtete sie erstaunt, während Mr. Ross immer noch finster zu Smith hinübersah. Die Fremde war eine hagere Frau mit eingefallenem, bleichem Gesicht. Sie streckte merkwürdigerweise die Hand aus, als ob sie halb blind wäre und ihren Weg ertasten müßte, um nicht anzustoßen. Auf ihren weißen Händen waren die blauen Adern deutlich zu sehen. Stephanie schrie plötzlich auf und eilte auf die alte Frau zu, die vor ihr zurückschrak.

»Mutter – Mutter! Kennst du mich denn nicht?« rief sie schluchzend und schloß die Fremde in die Arme . . .

Ein Kellner kam mit einem schweren Tablett den engen Gang entlang, der von der Küche durch den Rosengarten zum Rasen führte. Er war erstaunt, als er einen schlanken jungen Mann auf einer Bank sitzen sah, der ihm zuwinkte.

»Könnten Sie mir vielleicht ein Glas Wasser bringen?«

»Gewiß. Ich will nur eben erst den Kaffee zu den Herrschaften dort bringen –«

»Ach, es ist doch schnell geschehen«, erwiderte der Mann schwach, faßte in die Tasche und gab dem Kellner eine Handvoll Silbergeld. »Ich leide an einem Herzanfall. Mein Leben kann davon abhängen, daß Sie mir rasch helfen.«

Der Kellner setzte das Tablett ab, eilte zur Küche zurück und kam sofort mit einem Glas Wasser wieder.

Der Fremde nahm es mit zitternder Hand und trank es aus.

»Ich danke Ihnen«, sagte er dann. »Nun fühle ich mich schon wieder besser.«

Der Kellner brachte nun den Kaffee zu der Gesellschaft auf dem Rasen. Als er zurückkam, war der Herr gegangen.

Smith fühlte sich sehr unbehaglich und überflüssig, aber es blieb ihm nichts anderes übrig, als auszuhalten. Cäsar hätte ihm nicht telegrafiert, daß er hier genau um neun Uhr erscheinen solle, wenn nicht viel auf dem Spiel gestanden hätte. Er war zur Seite getreten und hörte wenig von der Unterhaltung der anderen. Die Frau hatte er sofort wiedererkannt.

Mr. Ross winkte ihm plötzlich, und wenn seine Stimme auch noch nicht freundlich klang, so hatte sie doch den feindseligen Ton verloren.

»Mr. Smith«, fragte er, »haben Sie etwas davon gewußt?«

»Nein. Ich hatte allerdings den Verdacht, daß die Dame in Cäsars Haus in Maisons Lafitte gefangengehalten wurde.«

»Können Sie mir nicht sagen, warum er sie freigelassen und heute morgen hierhergebracht hat?«

Smith schüttelte den Kopf.

»Ich weiß nichts. Ich habe nur Anweisung erhalten, um neun Uhr vormittags hier an dieser Stelle zu sein.«

Es war für ihn ein peinlicher Augenblick, und die Situation erforderte größte Vorsicht. Als er sich eben wieder zurückziehen wollte, winkte ihm die hagere Frau. Sie sah müde von ihrer Tochter zu dem alten Mann und verstand allem Anschein nach nicht, was um sie her vorging.

»Sind Sie Smith?« fragte sie langsam wie jemand, der nicht daran gewöhnt ist, sich mit anderen zu unterhalten. »Er sagte mir, daß Sie mich erwarteten.«

»Wo ist er denn?« entgegnete Smith schnell.

»Er war hier – in dem Wagen.« Sie zeigte in die Richtung, woher sie gekommen war. »Aber ich glaube, er ist wieder gegangen. Er wollte meinen Vater nicht sehen . . .«

Smith trat zu der Gruppe zurück, und auf einen Wink von Mr. Ross setzte er sich an den Tisch.

»Ich habe gestern auf dem Dampfer das Schriftstück unterschrieben, wie er es verlangte«, fuhr sie fort. »Und ein Steward hat es auch unterzeichnet.«

»Ein Schriftstück?« fragte Stephanie schnell. »Um was hat es sich denn gehandelt, Mutter?«

Die alte Frau legte die Stirn in Falten.

»Sie nennen mich Mutter?« Sie schaute das Mädchen merkwürdig an. »Früher hatte ich einmal ein kleines Kind.« Ihre Augen füllten sich mit Tränen.

Stephanie nahm ihre Hand und streichelte sie.

»Erzähle doch«, sagte Mr. Ross freundlich. »Sicher hat Mr. Smith nichts dagegen, uns dabei Gesellschaft zu leisten. Stephanie, schenke doch bitte den Kaffee ein. Auch eine Tasse für Mr. Smith.«

»Soviel ich weiß, ist es eine Woche her«, begann jetzt die alte Frau, die sich wieder etwas gefaßt hatte. »Cäsar kam ins Haus und sagte mir, daß er mich zu meinem Vater nach England zurückbringen wollte. Darüber freute ich mich natürlich sehr, denn es war furchtbar einsam auf dem Schloß. Alles war so geheimnisvoll, und manchmal war Cäsar grausam zu mir. Sie fürchteten, ich könnte fliehen, und ließen mich daher nur nachts ins Freie gehen. Auch dann legten sie mir noch Fesseln an Hände und Füße, daß ich kaum laufen konnte. Einmal habe ich versucht, zu entkommen.«

Smith beobachtete sie über den Rand seiner Tasse hinweg, während er einen winzigen Schluck nahm.

Stephanie wollte gerade die Tasse an die Lippen setzen, als Smith sie ihr aus der Hand schlug. Der heiße Kaffee floß über ihr hübsches Kleid, und sie sprang entrüstet auf.

»Entschuldigen Sie«, meinte er kühl. »Es tut mir leid, daß ich die Geschichte unterbrechen mußte, aber der Kaffee schmeckt schlecht.«

»Was meinen Sie?« fragte Ross verwundert.

»Ich habe den Eindruck, daß Cäsar Valentine uns alle auf einen Schlag beseitigen will. Aber ich habe noch keine Lust zu sterben.« Er roch an dem Kaffee und winkte dem Kellner, der gerade wieder auf dem Rasen erschien.

»Schmeckt der Kaffee nicht?« fragte der Mann überrascht. »Er ist doch sonst immer so gut?«

Er hob die Tasse, um zu kosten, aber Smith hinderte ihn daran.

»Wenn Sie nicht in kürzester Zeit ein toter Mann sein wollen, versuchen Sie den Kaffee nicht. Aber sagen Sie mir – haben Sie die Kanne direkt von der Küche hierhergebracht?«

»Jawohl.«

»Ist Ihnen unterwegs nicht jemand begegnet?«

»Nein – ach doch, jetzt besinne ich mich! Da war ein Herr, der fühlte sich sehr elend und bat mich, ihm ein Glas Wasser zu holen.«

»Das haben Sie natürlich getan? Und den Kaffee haben Sie zurückgelassen? Nun verstehe ich den Zusammenhang.«

»Soll ich den Kaffee forttragen?« fragte der Kellner.

»Nein, danke«, erwiderte Smith grimmig. »Lassen Sie ihn hier. Ich möchte mich davon überzeugen, ob Cäsar Valentine mich betrogen hat, aber es ist nicht nötig, daß deswegen Menschen umkommen. Bringen Sie mir eine Flasche – eine alte Whiskyflasche genügt vollkommen. Ich will den Kaffee hineinschütten.«

Es herrschte tiefes Schweigen, als der Kellner verschwunden war.

»Sie meinen doch nicht, daß er einen derartig teuflischen Plan gegen uns alle ausgeheckt hat?« fragte Ross schließlich.

»Ihm ist alles zuzutrauen. Ich bin sicher, daß er uns ermorden wollte, um alle Mitwisser seiner Schandtaten auf einmal loszuwerden.«

15

Cäsar Valentine erhielt einen Brief vom Bilton-Hotel und erkannte zu seinem größten Ärger die Handschrift von Smith. Das war ein teils bedrohliches, teils beruhigendes Zeichen, denn Smith erwähnte mit keiner Silbe, was sich am vergangenen Tag in Babbacombe abgespielt hatte.

Cäsar ging also zum Bilton-Hotel und begab sich direkt zu Mr. Smith. Merkwürdigerweise wohnte dieser in den früheren Räumen von Mr. Ross, aber Cäsar schien das nicht zu bemerken. Smith saß in einem hohen Armsessel und rauchte ruhig seine Pfeife.

»Hallo, warum sind Sie hier abgestiegen?« begrüßte ihn Cäsar. »Ich erwartete Sie im Portland Place.«

»Schließen Sie die Tür, und setzen Sie sich. Ich gehe nicht wieder in Ihr Haus – ich halte das Hotel für sicherer.«

»Was wollen Sie denn damit sagen?« erkundigte sich Cäsar mit einem freundlichen Lächeln.

»Damit will ich sagen, daß Sie mich betrogen haben. Es wird das erste- und letztemal gewesen sein. Ich spreche jetzt mit Ihnen von Mann zu Mann, und merken Sie sich genau, was ich Ihnen zu sagen habe. Ich habe mit Ihnen gemeinsame Sache gemacht, weil ich glaubte, daß wir einander vollkommen offen und ehrlich alles sagen würden und daß es keine Geheimnisse zwischen uns beiden gäbe. Sie kennen meine Vergangenheit, und ich kenne die Ihre, und nun möchte ich sämtliche Tatsachen über eine gewisse Angelegenheit wissen, bevor ich fortfahre.«

»Und wenn ich mich weigere, Ihnen Angaben darüber zu machen? Wollen Sie mich dann anzeigen?«

»Nein, zur Polizei gehe ich nicht. Andererseits habe ich keine Ursache, die Polizei zu fürchten. Sie können nicht das geringste gegen mich vorbringen.«

»Mit Ausnahme des Mordes in Paris.«

»Ach, die Geschichte!« Smith zuckte die Schultern. »Paris ist Paris, und London ist London. Cäsar, Sie haben gestern morgen versucht, mich beiseite zu schaffen. Leugnen Sie es nicht. Ich bin im Bild – ich habe den Kaffee chemisch untersuchen lassen.«

»Chemisch untersuchen lassen?« fragte Cäsar mit erkünsteltem Erstaunen.

»Ach, lassen Sie doch diese Mätzchen und spielen Sie nicht den Unschuldigen«, erwiderte Smith barsch. »Wir wollen uns an die Tatsachen halten. Sie wissen ganz genau, was Sie alles auf dem Kerbholz haben und was Ihnen bevorsteht, und wenn Sie nachdenken, werden Sie auch wissen, wer Ihr gefürchteter Feind ist.«

»Sie meinen Nummer Sechs?« fragte Cäsar scharf. »Es muß entweder Welland sein oder –«

»Oder?«

»Der Sohn von Gale.«

»Erzählen Sie mir einmal alles, was Sie von dem wissen. Das haben Sie bis jetzt noch nicht getan.«

Cäsar dachte einen Augenblick nach.

»Nun, das können Sie ruhig erfahren. Bankdirektor Gale hatte einen Sohn. Vermutlich ging dieser nach Argentinien, wo er wahrscheinlich im Augenblick noch ist. Soviel ich weiß, haben Sie mir das doch selbst erzählt?«

Smith nickte.

»Warum sollten Sie Gales Sohn fürchten?«

Cäsar antwortete auf die Frage nicht.

»Erzählen Sie mir bitte die Wahrheit über diesen Fall. Ich muß unbedingt alles darüber wissen, damit ich die Schwierigkeiten kenne, mit denen ich zu rechnen habe.«

»Gale starb«, entgegnete Cäsar düster.

»Sie beabsichtigten doch seinen Tod?«

»Ja, in gewisser Weise. Ich schuldete ihm viel Geld und mußte ihn ins Unrecht setzen. Hätte er gesprochen, so wäre ich wegen Betruges verhaftet worden. Und an dem Tag, an dem er starb, hatte er sich tatsächlich entschlossen, mich der Polizei anzuzeigen. Ich kannte seine Gewohnheit, gegen Mittag ein Stärkungsmittel einzunehmen, eignete mir eine seiner leeren Flaschen an und vertauschte sie gegen die in seinem Arbeitszimmer.«

»Und die leere Flasche hatten Sie mit Gift gefüllt?«

»Mit Blausäure. So, nun wissen Sie die ganze Wahrheit. Über die Art des Betruges brauche ich Ihnen nichts zu erzählen, aber es war ein sehr schwerer Fall. Der alte Gale hatte mit der ganzen Sache natürlich überhaupt nichts zu tun gehabt.«

Smith antwortete eine Weile nicht. Er saß auf seinem Stuhl und starrte auf den Teppich.

»Ich verstehe«, sagte er schließlich. »Ich dachte schon immer, daß Sie mir eines Tages alles sagen würden. Sie scheinen in großer Gefahr zu sein, Cäsar. Wollen Sie mich jetzt allein lassen, damit ich mir überlegen kann, was wir tun müssen?«

Auf dem Rückweg zu seiner Wohnung verwünschte sich Cäsar selbst, weil er so mitteilsam gewesen war. Smith unterhielt sich währenddessen mit dem Detektiv Steele, der das Nebenzimmer im Hotel bewohnte und das ganze Gespräch mitstenografiert hatte.

Cäsar hatte eigentlich Schlimmeres als nur Vorwürfe von seinem Verbündeten erwartet, und er hielt es für unbedingt notwendig, ihn zu beruhigen, selbst wenn er gezwungen war, dabei einige seiner dunklen Taten zu enthüllen.

Als Cäsar Valentine sein Haus betreten wollte, wurde er verhaftet und zur Polizeistation in der Marlborough Street gebracht. Man klagte ihn des vollendeten und des beabsichtigten Mordes an. Zu seiner Erleichterung entdeckte er, daß auch Smith mit Handschellen auf einer Bank im Amtszimmer saß.

Man stellte sie vor das Polizeigericht und klagte sie an, dann wurde der Fall vertagt. Sieben Tage lang waren die beiden in nebeneinanderliegenden Zellen im Brixton-Gefängnis untergebracht. Sie genossen das ungewöhnliche Vorrecht, auf dem Gefängnishof während der Spaziergänge miteinander reden zu dürfen. Dann verschwand Smith eines Morgens, und Cäsar sah ihn erst bei der Gerichtsverhandlung in Old Bailey wieder. Sein früherer Verbündeter trat dort als Zeuge gegen ihn auf und begann seine Aussage mit den Worten:

»Mein Name ist John Gale. Ich bin Beamter der Kriminalabteilung von Scotland Yard und werde in den offiziellen Akten als Nummer Sechs geführt . . .«

Der Prozeß endete mit der Verurteilung Cäsars zum Strang. Eine Woche später traf John Gale alias Smith alias Nummer Sechs Stephanie im Teesalon des Piccadilly-Hotels.

»Sie sind doch sicher sehr froh, daß alles vorbei ist«, sagte sie.

Er nickte.

»Etwas möchte ich noch gern von Ihnen erfahren«, erwiderte er. »Ich habe niemals die Haltung verstanden, die Sie mir gegenüber einnahmen.«

»Nein? Und ich dachte immer, ich wäre sehr nett zu Ihnen gewesen.«

»So meinte ich es nicht. Als Sie Cäsar Valentine in Paris beobachteten, waren Sie doch Zeugin eines offenbar schweren Verbrechens am Quai des Fleurs.«

»Gewiß.«

»Aber Sie haben dem Mann gegenüber, der diese Tat beging, niemals Schrecken und Abscheu gezeigt.«

Stephanie lachte.

»Als ich über das Geländer sah, glaubte ich natürlich zuerst wirklich, daß Sie einen Mord begangen hätten. Aber dann entdeckte ich, daß zwei französische Polizeiboote den Mann aus dem Wasser holten und daß er selbst ins Boot kletterte. Da mußte ich doch erkennen, daß das Verbrechen nur vorgetäuscht war, um Cäsar Valentine irrezuführen. Und wenn ich noch einen Zweifel gehabt hätte, wäre er zerstreut worden, als Sie mich in Portland Place aus dem Zimmer befreiten. Außerdem sah ich doch, was Sie auf den Briefumschlag schrieben.«

Er nickte.

»Es war der einzig mögliche Weg, mit Cäsar in Verbindung zu kommen, nachdem ich bemerkt hatte, daß er sich für mich interessierte. Ich wußte genau, daß er das tun würde, denn ich hatte durch Chi So genügend Schauergeschichten über meine frühere Verbrecherlaufbahn verbreiten lassen. Die Boote und der ›todgeweihte‹ Polizist warteten viele Nächte hintereinander am Quai des Fleurs, bis der günstige Augenblick endlich kam. Sie sehen, ich bin nur ein Amateurdetektiv, aber ich habe Ideen.«

»Ich bewundere Ihre ungewöhnliche Bescheidenheit«, erwiderte sie lächelnd. »Haben Sie meinen Vater gefunden?« fragte sie dann ernst.

»Schon vor mehreren Wochen.«

»Aber war es nicht grausam von Ihnen, ihn so lange von mir und meiner Mutter fernzuhalten? Sicherlich gibt es doch jetzt keinen Grund mehr, warum wir ihn nicht gleich sehen könnten?«

»Doch, es gibt einen sehr bedeutsamen Grund«, entgegnete er ruhig. »In drei Wochen bringe ich Sie zu ihm. Er weiß noch nicht, daß Sie und Ihre Mutter leben.«

»Warum denn erst in drei Wochen?«

»Das ist mein und sein Geheimnis.«

Stephanie fragte nicht weiter.

Cäsar Valentine sollte seinen Feind noch einmal treffen. Eines Morgens weckte man ihn aus tiefem Schlaf. Die Sträflingskleidung war aus seiner Zelle entfernt worden, und er erhielt den Anzug, den er bei dem Prozeß getragen hatte.

Er erhob sich und kleidete sich an, lehnte es aber entschieden ab, sich von einem Geistlichen trösten zu lassen. Äußerlich schien er vollkommen ruhig zu sein, und er frühstückte auch reichlich und gut. Um Viertel vor acht kam der Gefängnisdirektor, und hinter ihm zeigte sich John Gale.

»Hallo, Gale!« begrüßte ihn Cäsar. »Das wäre also das Ende. Aber mein Leben war sehr amüsant. Lassen Sie sich zum Schluß noch einen Rat geben: Betreiben Sie eine kleine Liebhaberei, dadurch halten Sie das Unheil von sich fern. Fabrizieren Sie zum Beispiel Knöpfe.«

Gale antwortete nicht, und der Direktor gab ein Zeichen.

Ein Beamter, der eine kurze Leine in der Hand trug, trat ein.

»Entschuldigen Sie«, sagte Cäsar, kniete zum größten Erstaunen aller Anwesenden vor seinem Lager nieder und bedeckte das Gesicht mit den Händen.

Dann erhob er sich, wandte sich um und starrte mit weitaufgerissenen Augen den Mann an, der zuletzt hereingekommen war.

»Mein Gott!« Er atmete schwer, und seine Sprache klang eigentümlich schleppend. »Sie – sind – der Henker?«

Welland nickte.

»Auf diesen Tag und auf diese Stunde habe ich gewartet«, erwiderte er und fesselte sachkundig Cäsars Hände auf dem Rücken.

»Aber Sie haben umsonst gewartet!«, rief Cäsar triumphierend. »Wieviel Knöpfe sind an meinem Rock?«

Welland und die anderen sahen, daß ein Knopf fehlte.

»Blausäure in fester Form und ein wenig Gummi geben – einen – ausgezeichneten Knopf«, stieß Cäsar mühsam hervor, dann brach er zusammen.

Sie legten ihn auf das Bett, aber er war schon tot.

ENDE

MARY FERRERA SPIELT SYSTEM

1

Ich weiß nicht genau, welcher Nation Billington Stabbat angehörte; er mochte Engländer, Amerikaner, Kanadier oder Australier sein. Zufällig nur erfuhr ich, daß er in Lima, der Hauptstadt von Peru, geboren wurde. Er konnte stundenlang über Peru sprechen und wußte in der Geschichte dieses Landes sehr gut Bescheid.

Über seine Eltern habe ich nie etwas gehört, und über sein früheres Leben ist mir nicht viel bekannt. Er war fast in der ganzen Welt umhergereist, als ich ihn während des Weltkriegs in Frankreich traf. Damals diente er bei der amerikanischen Armee und war im Großen Hauptquartier tätig. Es wird allgemein behauptet, daß er der beste Nachrichtenoffizier war, den Pershing, der amerikanische Oberbefehlshaber, hatte.

Verbrechen aufzuklären bedeutete für Billy nichts Neues. Schon in Toronto hatte er als Detektiv gearbeitet. Er war ein tüchtiger Mann, und gerade befördert worden, als der Krieg ausbrach.

Viele Leute haben von der Briscoe-Bande gehört, zum mindesten alle Kanadier. Die Mitglieder dieser Bande waren äußerst geschickte Verbrecher. George Briscoe und sein Bruder Tom waren die Führer. Alle Bankdirektoren von Halifax bis nach Victoria haßten die Briscoes. Jeder der beiden Brüder war ein Genie in seiner Art. Sie brachen die Safes auf, ohne Stemmeisen oder Schneidbrenner zu benützen. Sie gingen in die Banken, öffneten einfach die Geldschränke oder Stahlkammern, nahmen, was sie wollten, und verschlossen die Türen wieder. Niemals hinterließen sie Spuren; es fehlten nur später Geld oder Papiere in den Safes. Es sah jedesmal so aus, als ob Bankbeamte, die im Besitz der Schlüssel waren und die Kombinationen der Buchstabenschlösser kannten, den Raub begangen hätten. Ein Bankdirektor, den man verdächtigte, wurde so nervös, daß er sich erschoß.

Die Briscoes waren zäh, weitsichtig und ungewöhnlich begabt und gewandt. Aber Billy fing sie eines Tages trotzdem, und zwar überraschte er Tom mit vier Komplicen bei einem Einbruch. George verhaftete er in einem Hotel in Ottawa, aber das Beweismaterial genügte nicht zu einer Verurteilung. Tom dagegen erhielt zwanzig Jahre Zuchthaus und erhängte sich in seiner Zelle.

Eines Tages traf ich Leslie Jones auf der Treppe zu Billys Büro. Leslie ist nicht groß und hat unglaublich breite Schultern, so daß er noch viel kleiner und beinahe verwachsen aussieht. Er hat ein langes Gesicht mit einer großen Nase und einem breiten, unsymmetrischen Mund, und wenn er lacht, zieht er den einen Mundwinkel höher als den anderen, so daß aus dem Lachen ein Grinsen wird.

Ich war erstaunt, ihn hier zu sehen, freute mich aber, daß ich ihn traf. Vor dem Krieg hatte er einen Posten in einem Detektivbüro, und ich wußte nicht, daß er jetzt mit Billy zusammenarbeitete.

»Jones! Das ist aber eine großartige Überraschung! Ich dachte schon, Sie wären gestorben.«

»Nein, wie Sie sehen, bin ich noch sehr lebendig. Ich bin jetzt bei Mr. Billington Stabbat.«

»Wie sind Sie denn mit dem in Verbindung gekommen?«

»Wir lernten uns während des Krieges kennen. Er hat mir das Leben gerettet.«

»Bei welchem Gefecht denn? Ich wußte überhaupt nicht, daß Sie an der Front waren?«

»Ich habe doch nichts von einem Gefecht gesagt, sondern nur, daß er mir das Leben gerettet hat. Als ich eingezogen wurde, traf ich ihn, und er besorgte mir einen Posten beim Proviantamt in Plymouth. Er ist wirklich ein famoser Kerl. Er hat sich nicht geändert und wird sich auch nicht ändern. Er gibt sein Letztes für einen Freund, und für eine Frau würde er sogar zum Galgen pilgern. Diese Schwäche den Frauen gegenüber wird ihn auch noch ruinieren. Vorige Woche hatten wir einen großen Verlust. Wir haben eine Frau beobachtet, die ihren Mann hinterging, und als wir dann eindeutige Beweise in der Hand hatten, fiel Billy plötzlich um und arbeitete Tag und Nacht, um ein Alibi für die Frau zu schaffen. Sie war nämlich zu ihm gegangen und hatte ihm etwas vorgeweint. Zwei Tränen hingen an den Wimpern, und je zwei rollten die Wangen hinunter. Im ganzen vier Tränen. Die haben uns achthundert Pfund gekostet. Macht pro Tag zweihundert Pfund. Als Billy nachher zurückkam, konnte er nur mit gebrochener Stimme von ihr sprechen. Er sagte, der Mann, der uns den Auftrag gegeben hätte, wäre ein gemeiner, schrecklicher Kerl, der eine solche Frau gar nicht verdiente. Ja, so ist Billy«, meinte Leslie mit melancholischer Bewunderung und zog mich zur Seite, damit ein Arbeiter in weißem Kittel die Treppe hinaufsteigen konnte. »Passen Sie auf, Mr. Mont. Heute wird die Büroeinrichtung fertig. Das war eben einer von den Elektromonteuren.«

Ich sah gleichzeitig auf den Mann, der vorüberging. Er war bleich und hatte einen kurzen roten Bart.

»Jetzt muß ich aber gehen«, erklärte Leslie. »Wir müssen einen Auftrag in Whitechapel ausführen, eine Versicherungsgesellschaft hat uns damit beauftragt. Billy kann Ihnen Näheres darüber erzählen.«

Wir verabschiedeten uns, und ich stieg die Treppe hinauf.

Als ich ins Büro trat, saß Billington am Schreibtisch. Er war etwas über mittelgroß und sah gut aus – glattrasiertes Gesicht, eine hohe, gewölbte Stirn, blaue Augen und ein festes, eckiges Kinn. Manche Leute glaubten, daß er nicht lächeln könnte. Ich kannte ihn aber besser und wußte, wie herzlich er sich über einen Scherz freuen konnte. Er war durchaus kein Spielverderber.

Im Büro machte alles einen neuen Eindruck. Es roch überall nach Lack und frischer Farbe. Bill hatte sich bei der Ausstattung viel Mühe gegeben und alles behaglich und freundlich eingerichtet. Drei Fenster des großen, hohen Raumes führten nach der Bond Street. Früher hatte ein Fotograf sein Atelier hier gehabt. Das Haus besaß keinen Aufzug, und seine Kunden hatten sich häufig darüber beschwert, daß sie drei Treppen hinaufsteigen mußten.

Auf dem Boden lag ein blauer Teppich; auch die Tapete war auf diesen Grundton abgestimmt.

Ein großer Marmorkamin mit zwei mächtigen Löwenfiguren schmückte die eine Wand.

Als ich eintrat, erhob sich Billy und begrüßte mich freundlich.

»Das freut mich aber, Mont!« rief er, als er mir die Hand drückte. »Kommen Sie doch herein. Allerdings müssen Sie auf dem Teppich Platz nehmen, da die Stühle noch nicht geliefert worden sind. Wie gefällt Ihnen mein neuer Geschäftsraum?«

Nachdem er mich begrüßt hatte, kehrte er beinahe hastig hinter seinen Schreibtisch zurück.

»Setzen Sie sich doch bitte auf das Fensterbrett. Augenblicklich stehen Sie nämlich in meiner Schußlinie.«

»In Ihrer Feuerlinie?« Ich wollte meinen Ohren nicht trauen.

»Ja«, erwiderte Billy ruhig. »Haben Sie noch nie etwas von einer Schußlinie gehört?«

Ich setzte mich also auf das Fensterbrett, betastete es aber vorher vorsichtig, denn Fensterbretter trocknen in renovierten Wohnungen gewöhnlich als letztes. Dann sah ich ein rotes Seidentaschentuch auf Bills Schreibtisch, unter dem ein Browning hervorschaute. Ich wunderte mich darüber. Er sah zur Tür, und als ich mich umdrehte, entdeckte ich, daß der Handwerker mit dem roten Bart ins Zimmer gekommen war. Der Mann betrachtete das Deckengesims, seine Finger spielten mit einem Zollstock.

»George«, sagte Billington ruhig, »kommen Sie hierher und halten Sie Ihre Hände so, daß ich sie sehen kann. Wenn Sie in die Tasche fassen, schieße ich Sie sofort mausetot.«

Der andere kam langsam zum Schreibtisch, ohne den Blick von Billy zu wenden.

»Ich möchte Sie mit Sergeant Mont von Scotland Yard bekanntmachen«, fuhr Billy fort. »Dies ist Mr. George Briscoe aus Kanada. Wie geht es Ihnen denn jetzt, George?«

Der Elektriker biß sich nur auf die Unterlippe und schwieg.

»Ich habe nämlich Georges Bruder auf zwanzig Jahre ins Zuchthaus gebracht«, erzählte Billy im Unterhaltungston, als ob er irgendeine alltägliche Sache erklärte. »Deshalb ist George natürlich ein wenig böse mit mir. Vermutlich ist er herübergekommen, um mit mir abzurechnen. Sie hatten bis jetzt noch wenig Gelegenheit dazu, was?«

Briscoe erwiderte auch jetzt noch nichts.

»Wie geht es übrigens Tom?« fragte Billington.

Nun brach der Mann endlich das Schweigen.

»Tom ist tot, das wissen Sie ganz genau«, sagte er leise, aber erregt, und ich sah deutlich, daß er zitterte.

»Ach, der arme Tom! Er war wirklich ein kluger und gescheiter Junge. Der konnte mehr als Sie, George. Nun, wir können ja nicht ewig leben. Früher oder später muß jeder von uns einmal daran glauben.«

Briscoe senkte den Blick.

»Ich führe jetzt ein anständiges Leben, Mr. Stabbat. Es ist ein reiner Zufall, daß ich gerade für diese Arbeit engagiert wurde. Vor zwei Jahren kam ich von Kanada herüber, um von neuem anzufangen.«

»Vor sechs Monaten sind Sie gekommen«, entgegnete Billy freundlich, »und Sie haben die Stelle erhalten, weil Sie dem Polier eine Zehnpfundnote in die Hand drückten. Und wenn Sie sagen, Sie führen jetzt ein anständiges Leben, so muß ich Sie doch darauf aufmerksam machen, daß Sie sich im vergangenen Dezember an dem Einbruch beim Juwelier Roberts in der Regent Street beteiligt haben. Ich zweifle aber daran, daß Mr. Mont Ihnen das nachweisen kann. Und mich geht die Sache ja nichts an.« Er zuckte die Schultern. »Ich bin jetzt mit friedlichen Nachforschungen beschäftigt und beobachte böse Frauen für ihre tugendhaften Ehegatten oder böse Männer für ihre trostlosen Frauen. Als Privatdetektiv habe ich fast nur noch mit Ehescheidungssachen zu tun.«

George fuhr mit der Hand über den Bart.

»Sie sind ein tüchtiger Kerl, Stabbat«, sagte er. Seine Stimme verriet, daß er eine gute Erziehung genossen hatte. »Aber glauben Sie mir, früher oder später erwische ich Sie doch noch.«

»Wir werden ja sehen«, entgegnete Billy.

Diese Redensart führte er dauernd im Munde. Sie gab eigentlich seine Lebensauffassung wieder. Immer wartete er auf das Morgen, ob es ihm eine neue Aufgabe, Arbeit oder Vergnügen, Belohnung oder Gefahr bringen mochte.

»Ich mache Ihnen keinen Vorwurf, George«, fuhr er fort,

»weil Sie mir das Lebenslicht ausblasen wollen. Im Gegenteil. Wenn ich an Ihrer Stelle wäre, würde ich dasselbe tun. Es ist ein Ausdruck von brüderlicher Liebe, und ich achte Sie deshalb. Es ist etwas Schönes, wenn Brüder zusammenhalten. Aber es war schließlich nicht mein Fehler, daß ich Sie nicht beide zu gleicher Zeit faßte. Aber ob Sie mich erwischen oder ich Sie, das werden wir ja sehen!«

»Sie hätten einen guten Partner abgegeben, Stabbat. Es tut mir leid, daß ich gegen Sie vorgehen muß, aber es bleibt mir nichts anderes übrig.«

Billy nickte verständnisvoll.

»Ich verstehe«, erwiderte er beinahe entschuldigend. »Nun machen Sie aber weiter.«

George schien noch etwas sagen zu wollen, änderte jedoch seine Absicht und ging langsam zur Tür. Dort stand er einige Zeit, hielt die Türklinke in der Hand und dachte nach. Als er dann sprach, blitzten seine Augen gefährlich.

»Ich bin heute mit meiner Arbeit hier fertig geworden. Sie sind also von meiner Gesellschaft befreit und brauchen sich nicht mehr zu fürchten!«

Billington Stabbat lehnte sich in seinem Sessel zurück und lachte.

»Im Ernst, George, und von Mann zu Mann gesprochen, glauben Sie wirklich, daß ich mich vor Ihnen fürchte?«

Briscoe zögerte.

»Nein, ich glaube nicht«, sagte er schließlich. »Vermutlich haben Sie, seit ich hier bin, die Pistole nur aus Gewohnheit auf den Schreibtisch gelegt?«

Billy nickte.

»Also auf Wiedersehen«, verabschiedete sich George.

»Auf Wiedersehen«, entgegnete Billy freundlich.

Die Tür schloß sich hinter diesem merkwürdigen Verbrecher. Ich war sehr erstaunt, aber Billy sah mich lachend an.

2

Von mir selbst muß ich berichten, daß ich damals gerade Erholungsurlaub hatte. Bei der Verhaftung des Mörders von Canning Town kam es nämlich zu Tätlichkeiten. Der Mann schlug mit einer kurzen, schweren Eisenstange wütend um sich, und ich erhielt mehrere Hiebe, ehe es meinem Kollegen gelang, ihn durch einen Schlag mit dem Gummiknüppel bewußtlos zu machen. Der Chefinspektor bestand darauf, daß ich den Urlaub antrat, während Inspektor Jennings, der damals mein direkter Vorgesetzter war, zuerst nichts davon hören wollte. Mein Urlaub war in mancher Beziehung sehr nützlich für mich, denn ich konnte wieder einmal alte Freunde besuchen und meine kleine Abhandlung über Lombrosos »Verbrecherische Frauen« schreiben.

Ich habe in Oxford studiert und war eigentlich für den diplomatischen Dienst bestimmt, aber der Tod meines Vaters zwang mich dazu, mir meinen Lebensunterhalt selbst zu verdienen. So kam ich schließlich nach Scotland Yard. Ein alter Freund meines Vaters machte seinen Einfluß geltend, so daß ich gleich eingestellt wurde. Ich wurde verhältnismäßig schnell befördert, und nach meinen letzten Erfolgen sollte ich zum Inspektor ernannt werden.

»Was halten Sie von George?« fragte Billy, als wir allein waren.

»Ein gefährlicher Mann. Sie sagten doch, daß er den Juwelierladen in der Regent Street ausgeplündert hat?«

Billy machte eine abwehrende Handbewegung.

»Gewiß, aber wir wollen jetzt nicht fachsimpeln. Übrigens ist alles, was Sie in diesem Büro hören, vollkommen vertraulich. Es würde Ihnen auch nicht gelingen, George zu überführen. Im Handumdrehen hat der zehn Alibis bereit. Wie geht es denn eigentlich unserem lieben Jennings?«

»Kennen Sie ihn denn auch?« fragte ich überrascht.

»Und ob! Er scheint nicht gerade Ihr Freund zu sein?«

»Wir stehen nicht besonders gut miteinander.«

Jennings gehörte zu den engherzigen Leuten der alten Schule, die nichts dazulernen und nichts vergessen.

»Vor zwei Tagen war er hier. Er ist nämlich ein großer Freund von meinem Klienten, Mr. Thomson Dawkes.«

Ich nickte. Dawkes kannte ich seinem Ruf nach, und ich wußte auch, daß Jennings stolz darauf war, einen so reichen Mann zum Bekannten zu haben. Der Inspektor war in Dawkes' Landhaus gewesen und erzählte dauernd von den vornehmen Leuten, die er dort getroffen hatte.

»Darf ich fragen, warum ausgerechnet Dawkes einer Ihrer Kunden ist? Soviel ich weiß, ist er doch verheiratet.«

Billington zwinkerte vergnügt mit den Augen.

»Vielleicht ist er nicht verheiratet. Auf jeden Fall handelt es sich hier nicht um eine Ehegeschichte, sondern nur um eine geplante Verbindung, die ihm Kummer macht.«

Er nahm das Taschentuch fort und legte den Browning in eine Schublade.

»Mont, Sie können mich in diesem Büro fragen, was sie wollen. Können Sie sich nicht einmal auf ein bis zwei Wochen frei machen und sich Urlaub geben lassen?«

»Ich habe Urlaub. Deshalb bin ich doch gerade hier.« Ich erzählte ihm, wie ich zu meinen Ferien gekommen war.

»Das ist ja großartig. Sie wären der Mann, mit dem ich zusammenarbeiten möchte. Denken Sie noch manchmal an die Nacht, als die Deutschen den Höhenzug unter Feuer nahmen und wir beide in einem kalten, nassen Unterstand saßen...«

Nun tauschten wir allerhand alte Erinnerungen aus. Mir erschien es merkwürdig, daß wir jetzt über diese schrecklichen Tage und Nächte scherzen konnten. Aber das liegt wohl in der menschlichen Natur.

Plötzlich änderte er das Gesprächsthema so abrupt, wie er es aufgegriffen hatte.

»Sie kennen natürlich Thomson Dawkes. Er ist in der Stadt sehr bekannt – und ein Spieler. Ich halte ihn im allgemeinen für etwas gefährlich. Sir Alfred Cawley hat mich ihm empfohlen. Gegen den habe ich allerdings nicht das geringste einzuwenden, das ist ein netter Mensch!«

Billy drehte sich in seinem Sessel um, legte die Füße auf den Tisch und steckte sich eine Zigarre an, während er mir die Kiste zuschob. Vornehme Manieren hat er niemals gehabt, und er bedient sich stets zuerst.

»Als Dawkes während des letzten Frühjahrs in Monte Carlo war, spielte er Trente et Quarante«, fuhr er fort. »Nach einem Gewinn von ungefähr vierzigtausend Franc hatte er genug für den Tag, ging müßig in den großen Sälen umher und beobachtete die anderen Spieler. Besonders achtete er auf eine junge Dame, die schon vorher an seinem Tisch gesessen hatte.

Nach seiner Schilderung muß sie sehr schön sein. Sie war einfach, aber sehr elegant gekleidet und spielte höher als alle anderen an dem Tisch. Allem Anschein nach hatte sie ein bestimmtes System, denn neben ihr lag ein Blatt Papier mit vielen Figuren und Zahlen, das sie mehrfach zu Rate zog.

Sie verlor dauernd, aber mit einer Ruhe und Kaltblütigkeit, die Dawkes' Bewunderung erregte. Ständig spielte sie nachmittags von zwei bis fünf und abends von sieben bis Mitternacht. Dawkes erfuhr von anderen Leuten und von einem liebenswürdigen Croupier, daß sie bereits Millionen verloren hatte. Eine ungeheure Summe.«

»Das sind ja ganz außerordentliche Mißerfolge«, meinte ich. »Sie muß furchtbares Pech gehabt haben.«

»Anders kann ich mir das auch nicht erklären. Als die Spieler allmählich die Säle verließen, sprach Dawkes die junge Dame an. In Monte Carlo kommt man sich leichter näher, man kennt sich eben vom Spieltisch und weiß auch, in welcher finanziellen Lage die einzelnen sind. Er wollte sie über ihre Verluste trösten, aber zu seinem Erstaunen gab sie ihm eine kühle Antwort, ließ ihn stehen und ging zu ihrer Wohnung ins Hotel de Paris, direkt gegenüber dem Casino. Dawkes war das sehr unangenehm, denn er hielt sich für einen Mann, der den Damen im allgemeinen sympathisch ist. Er erkundigte sich in ihrem Hotel und hörte, daß sie sich dort als Mademoiselle Hicks eingetragen hatte. Das war natürlich nur ein angenommener Name, der Dawkes wenig sagte. Am nächsten Nachmittag wartete er lange Zeit auf sie, um sich besser über ihr System zu orientieren, aber sie erschien nicht im Spielsaal. Als er dann wieder in ihrem Hotel vorsprach, stellte sich heraus, daß sie bereits am Morgen nach Calais abgefahren war. Wie sie in Wirklichkeit hieß, konnte niemand sagen. In Monte Carlo hatte sie keine Freunde, hatte auch mit niemand gesprochen und weder einen Herrn noch eine Dame ins Vertrauen gezogen. Dawkes, der große Zähigkeit und Energie besitzt, ließ nicht locker, und schließlich fand sich noch eine Handtasche, die sie zurückgelassen hatte. Die eignete er sich an.

Die Tasche machte einen billigen Eindruck, hatte einen imitierten Schildpattrand und mußte erst in den letzten Tagen gekauft worden sein. In London zahlt man nicht mehr als sieben Schilling dafür. Damen, die spielen und vierzigtausend Pfund bei einem Besuch in Monte Carlo verlieren können, kaufen sich für gewöhnlich nicht derartig billige Sachen. In der Tasche fand Dawkes weiter nichts als etwas französisches Geld, zwei quittierte Hotelrechnungen und die Hälfte einer Fahrkarte dritter Klasse von Brixton nach Victoria. Auch dieser Fund ließ sich eigentlich nicht mit den außerordentlichen Verlusten der jungen Dame zusammenbringen, die allem Anschein nach doch sehr vermögend sein mußte.«

»Es klingt fast, als ob sie mit dem Geld anderer Leute gespielt hätte.«

Billy nickte.

»Der Gedanke ist mir auch sofort gekommen – aber wir werden ja sehen! Um wessen Geld konnte es sich handeln? Wie konnte eine junge Dame aus den Gesellschaftskreisen, zu denen Dawkes sie zählte, sich fremdes Geld aneignen, ohne Verdacht zu erregen? Und vor allem, warum erschien sie nicht nur einmal in Monte Carlo, sondern in regelmäßigen Abständen?«

»In regelmäßigen Abständen?« entgegnete ich erstaunt.

»Ich will Ihnen alles erzählen. Dawkes kam nach England zurück und machte dann eine Geschäftsreise nach New York. Bei seiner Rückkehr landete er in Cherbourg. Einen Platz im Schlafwagen von Paris nach Monte Carlo hatte er bestellt. Er erreichte den Bahnhof auch noch rechtzeitig und konnte den Riviera-Expreß benützen. Da er müde war, legte er sich sofort nieder. Als er am nächsten Morgen in den Seitengang hinaustrat, fand er auf einem Klappsessel die geheimnisvolle Miss Hicks. Sie sah so selbstbewußt und ruhig aus wie immer, erkannte ihn nicht oder wollte ihn nicht erkennen. Er machte auch nicht den Fehler, sich ihr unter allen Umständen aufzudrängen. Erst am zweiten Abend nach der Ankunft in Monte Carlo sprach er wieder mit ihr. Sie hatte wieder hoch gespielt und beinahe ebensoviel gewonnen, als sie das letztemal verloren hatte.

›Sie hatten aber wirklich Glück‹, sagte Dawkes zu ihr. Sie sah ihn erschrocken an.

›Ja‹, entgegnete sie schnell. ›Es ist mir heute sehr gut gegangen. Immerzu kam Schwarz heraus.‹

›Morgen wird es Rot sein‹, meinte Dawkes lächelnd.

Das glaube ich nicht‹, erwiderte sie ernst. ›Übermorgen wird die Kugel am Vormittag hauptsächlich auf Rot fallen, am Nachmittag auf Schwarz.‹

Merkwürdigerweise traf ihre Voraussage ein. Dawkes versuchte, mit ihr näher bekannt zu werden, aber sie schien ihn nicht leiden zu können. Das beweist eigentlich, daß sie intelligent sein muß. Da sie sich so abweisend gegen Dawkes benahm, interessierte er sich für sie nicht nur als Problem, sondern auch als Frau. Er schickte ihr häufig Blumen und lud sie zu einer Autofahrt ein. Aber sie lehnte seine Einladung ab.

Was danach geschah, kann ich nur vermuten. Dawkes hat mir nicht genau gesagt, wie er sich ihr gegenüber verhielt. Einmal hat sie ihm jedenfalls die Tür vor der Nase zugemacht. Wie er in eine solche Situation kam, weiß ich nicht. Einige Zeit später fuhr sie dann von Monte Carlo ab, nachdem sie große Summen gewonnen hatte, und ließ Mr. Dawkes enttäuscht und sehnsüchtig zurück. Das ist die ganze Geschichte«, schloß Billy etwas abrupt.

»Und was ist nun Ihre Aufgabe?« fragte ich überrascht, denn ich hatte ein anderes Ende erwartet.

»Ich soll die unbekannte Dame entdecken, herausbringen, wer sie ist, woher sie das Geld bekommt und so weiter.«

»Und wenn nun Mr. Dawkes alles das erfahren hat, will er dann –«

In diesem Augenblick wurden wir unterbrochen.

Die Tür flog auf, und ein großer Mann stürzte herein. Er atmete schwer, denn er war die Treppe hinaufgeeilt.

»Dort ist sie, dort ist sie!« rief er keuchend und zeigte zum

Fenster. »Sehen Sie schnell hin, jetzt haben Sie eine gute Gelegenheit, Stabbat. Direkt der Haustür gegenüber steht sie auf der anderen Seite.«

Billington sprang zum Fenster und öffnete einen Flügel.

»Wo denn?«

»Die junge Dame mit dem blauen Hut, die vor dem Juwelierladen steht – können Sie sie sehen?«

Billington legte die Hand schützend vor die Augen. Es war ein warmer, sonniger Tag, und das Büro lag nach Südwesten.

»Ja«, erwiderte er bedächtig.

»Sie geht in den Laden«, sagte der große Mann aufgeregt. »Nun haben Sie sie, Stabbat!«

Bill zögerte, streckte den Arm aus, um zu klingeln, zog die Hand aber wieder zurück.

»Ich werde selbst gehen.«

3

Bill riß hastig seinen Hut vom Haken und eilte aus dem Zimmer, während wir noch am Fenster standen.

Inzwischen war noch ein anderer Herr hereingekommen und hinter Thomson Dawkes getreten. Als ich sein rotes Gesicht und seine schweren Augenlider sah, fühlte ich mich unbehaglich.

Allem Anschein nach hatte er mich zuerst nicht entdeckt, aber nun wandte er sich mir zu.

»Hallo, Mont, ich dachte, Sie wären auf Urlaub?« sagte er unfreundlich.

»Das stimmt auch. Aber heute habe ich einen alten Freund besucht.«

»Ist er Ihr Freund?« fragte er abweisend. Ich erkannte sofort, daß Billy in nicht besonders gutem Verhältnis zu Inspektor Jennings stand.

»Ja, wir waren zusammen in Frankreich an der Front.«

»Hm, persönlich mag ich Stabbat nicht leiden. Er ist viel zu oberflächlich für meinen Geschmack. Auf keinen Fall hätte ich Mr. Dawkes den Rat gegeben, sich an ihn zu wenden. Ich riet ihm, sich mit Seinbury in Verbindung zu setzen. Das ist die beste Auskunftei hier in der Stadt.«

Zufällig wußte ich, daß Seinbury Jennings' Schwager war, aber ich hielt es im Augenblick nicht für günstig, ihn daran zu erinnern.

»Aber es haben schon viele Leute Stabbat empfohlen«, fuhr der Inspektor mit einem Achselzucken fort. »Der Mann scheint direkt in Mode zu sein.«

»Dort geht sie«, sagte Thomson Dawkes eifrig, »und Stabbat ist hinter ihr her. Das war wirklich ein glücklicher Zufall!«

Er wandte sich um und sah Jennings liebenswürdig an. Der Inspektor bemühte sich auch sofort, seine Freude über diese Begegnung zu zeigen.

Dawkes war groß und stattlich. Er hatte eine Adlernase, gutmütige Augen und volle Lippen. Sein Kinn war ein wenig zu rund für einen Mann, aber er sah wirklich gut aus.

Seine Sprache klang etwas rauh und ungeschliffen, und er äußerte sich über die junge Dame, wie es ein Gentleman eigentlich nicht hätte tun sollen. Sein Vater war ein Grubenbesitzer in Staffordshire und hatte ihm ein beträchtliches Vermögen hinterlassen. Dawkes selbst interessierte sich für Ringkämpfe, besaß einen Rennstall, eine Motorjacht und zwei große Landsitze, aber nicht die nötige Lebensart und Bildung, um in guten Kreisen verkehren zu können. Dagegen mußte er stets Schmeichler um sich haben, die alles, was er tat, gut fanden. Er war daher meistens von Leuten umgeben, die Respekt vor seinem Vermögen hatten.

Jennings stellte mich Dawkes nicht vor. Er hielt es wahrscheinlich für unter seiner Würde, einen Polizeisergeanten zu kennen. Als die beiden das Zimmer verließen, hörte ich nur die Worte: »Einer von unseren Leuten.«

Ich ließ einen Zettel auf dem Tisch zurück und ging zu meiner Wohnung in Bloomsbury. Merkwürdigerweise traf ich Leslie Jones an derselben Stelle wieder, wo ich mich von ihm verabschiedet hatte.

»Sie gehen doch noch nicht, Mr. Mont?« fragte er erstaunt. »Ich dachte, Billy hätte Zeit?«

»Er ist ausgegangen«, erklärte ich.

»Ach so! Wahrscheinlich in der Sache Dawkes? Ich sah, wie Dawkes mit Inspektor Jennings die Bond Street entlangging. Die beiden scheinen ja große Freunde zu sein.«

Als ich ihm kurz erzählte, was geschehen war, rieb er nachdenklich seine Nase.

»Hoffentlich interessiert sich Billy nicht für diese junge Dame. Wenn sie in einem Mansardenzimmer lebt und eine alte Mutter unterstützt oder einen schwindsüchtigen Bruder hat oder einen Jungen, den sie nach Eton schicken will, dann ist Billy gleich bei der Hand und tut alles für sie. Morgen bricht er in die Bank von England ein, um das nötige Geld zu beschaffen, das ihren Fehltritt wieder gutmacht. Wir werden ja sehen. Ich wette, daß Billy augenblicklich dasselbe sagt, besonders wenn sie nett ist.«

Ich lachte.

»Ich dachte nicht, daß Sie Billy so gut kennen.«

»Ich kenne ihn nur zu gut!« sagte er und lächelte grimmig.

Bevor ich mich von ihm trennte, fragte er noch, ob er mich am Abend besuchen könne, und da ich keine Verabredung hatte, lud ich ihn ein. Ich mochte Leslie ganz gern.

Pünktlich auf die Minute erschien er in meiner Wohnung. Wir spielten Karten und sprachen über Billys Heldentaten. Während Leslie gerade mitten in einer Erzählung war, trat Stabbat ins Zimmer. Meine Wirtin hatte ihn anmelden wollen, aber er hatte sie einfach beiseitegeschoben.

Er lächelte mich an und schien in angeregter Stimmung zu sein.

»Leslie ist ja auch da!« sagte er. »Großartig. Ich wollte nämlich gerade mit Ihnen sprechen.«

»Und ich mit Ihnen«, erwiderte Leslie bedeutsam. »Sie haben mir doch den Auftrag gegeben, so schnell wie möglich Informationen über den Brand bei Griddlestone einzuziehen –«

»Ach, das hat Zeit«, entgegnete Billy ungeduldig und setzte sich an den Tisch. »Hören Sie zu, Mont.«

»Was gibt es denn?« fragte ich.

»Sie begleiten mich ans schöne Mittelmeer. Miss Hicks fährt morgen früh wieder dorthin.«

»Woher wissen Sie denn das?«

»Ich habe sie gefragt«, erklärte er ruhig. »Und eben habe ich mit Dawkes gesprochen. Er kommt in ein paar Tagen nach. Die ganze Angelegenheit läßt sich wahrscheinlich auf die einfachste Art und Weise erklären. Warum sollte sie denn kein Geld haben? Und wenn sie reich ist, kann sie sich doch auch einmal eine billige Tasche kaufen. Bei wohlhabenden Leuten kommt es nicht darauf an; die können es sich leisten, auch billige Dinge zu tragen.« Er lehnte sich über den Tisch und sah mich ernst an. »Und wenn überhaupt eine Frau jemals Herz und Seele hatte, dann ist es Mary Ferrera! Sie sollten nur einmal in ihre Augen schauen, in diese klaren, tiefen Sterne –«

»Um Himmels willen!« stöhnte Leslie. »Ich habe Ihnen ja schon gesagt, was für Dummheiten er machen wird, Mr. Mont, wenn das Mädel ihn erst einmal angesprochen hat – dann ist es um ihn geschehen.«

Bill wurde nicht wütend und ärgerlich, wie ich erwartet hatte. Er lächelte nur.

»Leslie, Sie sind ein armer, phantasieloser Tropf! Passen Sie einmal auf – dieses junge Mädchen ist vollkommen unschuldig. Wir werden ja sehen! Aber sicher handelt es sich dabei um eine große Geschichte. Ich bringe schon noch alles heraus. Sie kümmern sich um das Geschäft, bis ich zurückkomme, das heißt, bis wir zurückkommen«, verbesserte er sich.

»Aber ich kann es mir doch nicht erlauben, nach Monte Carlo zu gehen! Sie glauben doch nicht etwa, daß ein Polizeisergeant –«

»Selbstverständlich vergüte ich Ihnen alle Ihre Auslagen«, unterbrach mich Billy. »Dawkes ist damit einverstanden, daß ich einen Assistenten mitnehme.«

Was mochte er Miss Hicks wohl gesagt und wie mochte er ihre Bekanntschaft gemacht haben? Leslie und ich fragten ihn eingehend danach, aber er gab nur ausweichende Antworten.

Aber daß die beiden in der kurzen Zeit bereits miteinander Freundschaft geschlossen hatten, entdeckte ich zwei Tage später, als Miss Ferrera im Speisewagen des Riviera-Expreß zum Frühstück erschien.

4

Der Zug fuhr durch das Rhonetal; soviel ich weiß, hatten wir gerade Avignon passiert, als ich Mary Ferrera zum erstenmal sah.

Ihre anmutige Erscheinung nahm auch mich sofort gefangen. Vor allem machten ihre wundervollen Augen und die Schönheit ihres Profils großen Eindruck auf mich.

Ich stellte mich vor, verschwieg aber meinen Beruf. Wahrscheinlich hatte Billy es ebenso gemacht. Aus der Unterhaltung erfuhr ich, daß sie ihn erwartet hatte.

»Ich habe Sie gestern abend in Paris nicht gesehen, obwohl ich den ganzen Zug entlanggegangen bin. Wie kommt es denn, daß ich Sie jetzt doch hier treffe?«

»Wir sind nach Dijon geflogen, ich hatte dort zu tun«, erklärte Billy.

»Sie steigen in Marseille aus, nicht wahr?«

Billy räusperte sich. »Ich habe nicht die Absicht, nach Montpellier zu fahren, wie ich Ihnen zuerst sagte. Ich gehe für einen oder zwei Tage nach Monte Carlo.«

Als sie das hörte, wurde sie ein wenig blaß.

»Ach so!« Ihr Blick konnte wirklich sehr abweisend sein. »Das tut mir leid.« Sie erhob sich und ging zu ihrem Abteil zurück, ohne ihr Frühstück angerührt zu haben.

Billy war bedrückt und bekümmert, denn er glaubte, ihre Freundschaft nun verscherzt zu haben.

Auf dem Rückweg mußten wir drei andere Wagen passieren. Im Eingang eines Abteils wartete die junge Dame auf uns.

»Würden Sie so liebenswürdig sein und einen Augenblick hereinkommen?« sagte sie und lud uns mit einer Handbewegung ein, näherzutreten.

»Ich fürchte, Sie halten mich für sehr unhöflich, aber ich erschrak, als ich hörte, daß Sie nach Monte Carlo fahren.« Sie lächelte schwach. »Ich bin nämlich eine Spielerin, und in manchen Augenblicken schäme ich mich wirklich. Ich möchte diese Schwäche vor meinen Bekannten verbergen.«

Sie sah Billy ernst an. Mich beachtete sie kaum.

»Aber Miss Ferrera...«, erwiderte er, doch sie unterbrach ihn sofort.

»In Monte Carlo wohne ich nicht unter meinem eigenen Namen. Dort nenne ich mich Miss Hicks.«

»Das dachte ich mir«, entgegnete Billy, verbesserte sich aber hastig: »Ich meine, das kann ich mir denken. Aber wirklich, Miss Ferrera –«

»Miss Hicks!«

»Also Miss Hicks, wenn Sie wünschen. Ich muß mich erst daran gewöhnen, Sie so zu nennen. Bitte glauben Sie nicht, daß ich kleinliche Ansichten über das Spiel habe. Im Gegenteil, ich spiele selbst hin und wieder.«

Sie seufzte tief auf und schien durch seine Erklärung beruhigt zu sein.

»Dann ist alles in Ordnung. Spielen Sie auch, Mr. Mont?«

»Ich habe mir bisher diesen Luxus noch nicht leisten können, aber es muß sehr interessant und anregend sein.«

»Ach, es ist die unangenehmste, langweiligste Beschäftigung, die ich kenne«, sagte sie zu meiner größten Überraschung. Dann sprach sie über andere Dinge.

Erst eine Stunde nach unserer Ankunft in Monte Carlo sah ich sie wieder, als sie aus der Lloyd-Bank herauskam.

Monte Carlo ist einer der schönsten Flecken auf unserer Erde. Welche herrlichen Spaziergänge lassen sich an der bergigen Küste machen! Das Kasino besaß keine große Anziehungskraft auf mich.

Am Abend gingen wir in die Spielsäle und fanden alle Tische stark besetzt, besonders einen am äußersten Ende des Saales, an dem Trente et quarante gespielt wurde.

»Dort sitzt sie«, sagte Bill mit leiser Stimme.

Sie hatte an der Längsseite des Tisches Platz genommen, und vor ihr lag ein großer Stoß Tausendfrancnoten. Kleine weiße Papierstreifen teilten die Scheine in Bündel zu zwölf und zwölf ab.

»Sie setzt immer den Höchstsatz«, erklärte Bill erstaunt.

Ich beobachtete sie einige Zeit, und ich hatte den Eindruck, daß sie Geld verspielte, das nicht ihr gehörte. Sie zählte die

Banknoten beinahe mit der Routine eines Croupiers, und einmal warf sie ein Bündel von zwölftausend Franc von einer Seite des Tisches zur anderen, so daß die Scheine genau auf den Platz fielen, den sie treffen wollte. Überhaupt schien sie mit allen Einrichtungen des Spiels sehr genau Bescheid zu wissen. Von Zeit zu Zeit sah sie in ein Notizbuch.

An diesem Abend gewann sie dauernd. Nur einmal schaute sie auf und begegnete Billys Blick.

Sie steckte die Banknoten in ihre große Handtasche und kam auf uns zu.

»Nun, bin ich nicht eine passionierte Spielerin?« fragte sie Billy fast herausfordernd.

»Sie scheinen heute abend viel Glück gehabt zu haben.«

»Ich habe nur hunderttausend Franc gewonnen. Das ist wohl ein ganz guter Anfang, aber ich hoffe doch, daß es morgen bedeutend mehr wird.«

Sie machte noch einige Bemerkungen über das Spiel, und wir mußten daraus entnehmen, daß sie erstaunlich gut über alle Regeln Bescheid wußte. Auch ging aus ihren Worten hervor, daß sie an ein bestimmtes Gesetz glaubte, nach dem Rot oder Schwarz gewann.

Wir begleiteten sie zu ihrem Hotel und verabschiedeten uns von ihr in der Halle. Auf dem Heimweg zu unserem eigenen Quartier erzählte mir Billy, wie er ihre Bekanntschaft gemacht hatte. Durch einen glücklichen Zufall hatte er sie vor einem Autobus retten können, der ins Rutschen gekommen war.

»Eine großartige Frau, Mont«, sagte er ernst, als wir noch ein Glas an der Bar tranken. »Zweifellos ein mathematisches Genie. Aber auch sonst ist sie sehr gebildet. Haben Sie gesehen, mit welcher Eleganz sie die Noten handhabte?«

»Wie ein Bankkassierer!« erwiderte ich mit Nachdruck.

»Sie haben Vorurteile. Nun, wir werden ja sehen!«

Wir erfuhren in Monte Carlo wenig Neues über sie. Nach vier Tagen hatten wir unsere Kenntnis noch nicht erweitern können. Nur selten hatten wir Gelegenheit, sie zu sehen. Sie erschien erst um zwei Uhr nachmittags im Spielsaal; um fünf ging sie wieder und hielt sich dann in ihrem Hotelzimmer auf. Soweit wir feststellen konnten, nahm sie alle Mahlzeiten dort ein. Vielleicht machte sie Spaziergänge, aber wir hatten bis jetzt noch nicht das Glück gehabt, sie zu treffen.

Aber eines Morgens ging Billy schon um acht Uhr zu ihrem Hotel und setzte sich dort auf eine Bank. Seine Anstrengung wurde auch belohnt, denn er sah sie, als sie von einem frühen Spaziergang zurückkam.

An demselben Tag erschien auch Mr. Thomson Dawkes auf der Bildfläche. Er logierte im Hotel de Paris und lud uns gleich am ersten Abend ein, mit ihm zu Abend zu speisen. Miss Ferrera mußte uns in seiner Gesellschaft gesehen haben, denn als Billy sie das nächstemal ansprach, verhielt sie sich kühl und ablehnend.

»Ich wußte nicht, daß Sie ein Freund von Mr. Dawkes sind«, bemerkte sie fast feindlich.

»Aber ich bin gar nicht sein Freund«, erklärte Billy. »Höchstens ein Bekannter.«

»Sie sind nicht sehr sorgfältig in der Auswahl Ihrer Bekannten.«

Als Billy Mr. Dawkes am Nachmittag auf der Terrasse traf, hätte er beinahe seinen Auftrag verloren. Er gab nämlich seiner Überzeugung Ausdruck, daß die junge Dame völlig einwandfrei sei. Etwas zu begeistert ergriff er für sie Partei, und Dawkes fühlte sich verletzt.

»Ich zahle Ihnen wöchentlich hundert Pfund, Stabbat. Wenn Sie glauben, daß es keinen Zweck hat, die Untersuchungen fortzusetzen, so sagen Sie mir das. Ich beauftrage dann einen anderen, weitere Nachforschungen anzustellen.«

Unter anderen Umständen hätte Billy Thomson Dawkes sofort hinausgeworfen und seiner Ansicht wahrscheinlich durch einen rechten Schwinger noch mehr Nachdruck verliehen. Aber nun war er überraschend ruhig und sagte mir nachher, daß er alles tun würde, die Bearbeitung dieses Falles nicht zu verlieren.

»Ich werde beweisen, daß Miss Ferrera vollkommen ehrlich handelt und daß ihr Charakter über jeden Zweifel erhaben ist.«

Ich erinnerte ihn daran, daß Mr. Dawkes ihn nicht zu diesem Zweck engagiert hatte.

»Was Dawkes haben will und was die Untersuchung ergibt,

sind zwei ganz verschiedene Dinge. Er geht doch nur darauf aus, dieses Mädchen in seine Gewalt zu bekommen – nun, wir werden ja sehen!«

Und nun entschloß sich Billy zu einem kühnen Streich. Als am fünften Abend die Spielsäle geschlossen wurden, begleitete er Miss Ferrera die Treppe des Kasinos hinunter.

»Würden Sie mir gestatten, daß ich noch etwas mit Ihnen bespreche, Miss Hicks?« fragte er, als sie ihm die Hand reichte und sich von ihm verabschieden wollte.

Sie sah ihn erstaunt und überrascht an.

»Es ist aber schon sehr spät.«

»Besser spät als überhaupt nicht«, entgegnete Billy.

Später erzählte er mir, was sich weiter zugetragen hatte.

Sie gingen zu der Terrasse, von der aus man einen so schönen Ausblick auf das Meer hat. Um diese Abendstunde lag sie verlassen, nur ein Wachmann des Kasinos war zu sehen.

»Miss Ferrera«, sagte Billy ernst, »ich möchte Sie ins Vertrauen ziehen. Wissen Sie, daß Sie beobachtet werden?«

»Meinen Sie von Mr. Dawkes?« fragte sie schnell.

»Ja, von ihm und von den Leuten, die er dazu beauftragt hat. Ich möchte Ihnen gegenüber vollkommen offen sein. Sie sollen wissen, daß ich selbst einer seiner Agenten bin.«

Sie trat einen Schritt zurück. »Es tut mir leid, das zu hören«, entgegnete sie. »Warum werde ich denn eigentlich überwacht?«

Billy setzte ihr nun auseinander, daß sie nach Mr. Thomson Dawkes' Meinung mit gestohlenem Geld spielte.

»Ginge das nicht eher die Polizei als einen Privatdetektiv an?« fragte sie kühl.

»Wie man es nimmt. Mr. Dawkes hat einen bestimmten Grund für seine Handlungsweise.«

»Das glaube ich auch.«

»Miss Ferrera, wollen Sie mir nicht Ihr Vertrauen schenken?« bat Billy.

Sie lachte.

»Nachdem Sie mir in aller Form mitgeteilt haben, daß Sie ein Agent von Mr. Dawkes sind?« erwiderte sie beinahe verächtlich und brachte Billy dadurch noch mehr aus der Fassung.

Die Unterhaltung verlief völlig ergebnislos. Miss Ferrera erklärte rundweg, daß sie tun und lassen könne was sie wolle – und daß sie sich jede Einmischung verbäte. Sie deutete sogar an, daß sie sich an den Vorstand des Kasinos wenden und sich über Mr. Dawkes' Verhalten beschweren würde.

Diese Drohung machte sie wahrscheinlich auch wahr, denn am Morgen des siebenten Tages kam Thomson Dawkes zu uns ins Hotel, während wir frühstückten. Die Leitung der Spielbank ist ängstlich darauf bedacht, daß niemand die Leute ausspioniert, die die Spielsäle besuchen.

Er war aufs höchste aufgebracht und erzählte uns, daß man ihm die Eintrittskarte zum Circle Privée entzogen hätte. Außerdem hatte man ihn benachrichtigt, daß seine Anwesenheit im Sportklub nicht erwünscht wäre.

»Ich bin sicher, daß diese verdammte Miss Hicks dahintersteckt«, sagte er. »Ich sah, wie sie gestern nachmittag um fünf Uhr aus dem Verwaltungsgebäude kam. Na, ich werde der Kröte schon beibringen, sich über mich zu beschweren!«

»Ein energisches Mädchen!« erklärte Billy begeistert, als Dawkes uns verlassen hatte. »Die hat allerdings Nerven und Mut. Ich bewundere ihre Entschlossenheit und hoffe nur, daß sie sich gegen ihn behaupten kann.«

Mr. Dawkes ging ins Hotel, um Miss Hicks zur Rede zu stellen, aber sie war nicht anwesend.

Später fanden wir heraus, daß sie noch am gleichen Morgen nach Marseille gefahren war. Und diesmal hatte sie entschieden viel Geld gewonnen.

5

Die unangenehmen Erfahrungen, die Dawkes in Monte Carlo gemacht hatte, schienen seinen Eifer nur noch zu schüren. Er wollte unbedingt hinter das Geheimnis von Miss Hicks kommen. Aber auch Billy war entschlossener denn je und ließ sich in seinem Glauben an Miss Ferrera nicht wankend machen. Ich hielt seine Überzeugung für reine Hartnäckigkeit, denn allem Anschein nach war die junge Dame wirklich eine Abenteurerin, die das Geld irgendwo entwendet hatte.

Es blieb mir allerdings unverständlich, daß sie so selbstbewußt, sicher und ruhig auftrat. Sie spielte, ohne im geringsten nervös zu werden, und schien das Resultat stets von vornherein zu wissen. Billy gegenüber äußerte ich die Ansicht, daß sie vielleicht einer internationalen Bande angehörte, die mit einem der Croupiers im Bunde stand. Aber er wurde geradezu beleidigend, als er das hörte.

»Muß denn eine junge Dame, weil sie schön und anziehend ist und außerdem Geld hat, notwendigerweise eine Diebin und Verbrecherin sein?« fragte er empört.

Ich ließ diese Annahme fallen, und auf der Rückreise nach London wurde nie wieder die Möglichkeit erwähnt, daß Miss Mary Ferrera irgendwie unehrlich sein könnte.

Leslie Jones holte uns auf dem Victoria-Bahnhof ab und beklagte sich schwer darüber, daß er so viele Kunden hatte abweisen müssen.

»Im übrigen sind inzwischen die Stühle und andere Möbel geliefert worden; unser neues Briefpapier mit dem verbesserten Firmenkopf kommt morgen früh«, erzählte er.

Am nächsten Morgen ging ich um zehn zu Billys Büro. Er war noch nicht da, und als er schließlich kam, mußte er sich in einen Fall von Versicherungsschwindel vertiefen. Aber nach einiger Zeit übergab er die Sache Leslie Jones.

Zu Billys großer Erleichterung war Mr. Dawkes in Monte Carlo geblieben. Wir verbrachten den Vormittag in der Stadt, und Billy machte den Versuch, sich mit dem Versicherungsfall zu beschäftigen. Aber es gelang ihm nicht, denn er war nicht bei der Sache.

Unvermutet trafen wir George Briscoe auf der Straße. Er war elegant und vornehm gekleidet und kaum wiederzuerkennen. Er grüßte Billy in bester Laune und winkte ihm mit der Hand zu.

»Hallo, George«, sagte Billy grinsend. »Wie stehen denn die Aktien?«

»Großartig«, erklärte Briscoe vergnügt. »Haben Sie schon mit der Arbeit begonnen, Stabbat?«

»Noch nicht.« Billy schüttelte den Kopf. »Wollen Sie mir vielleicht einen Auftrag geben?«

»O nein«, antwortete George lächelnd und zeigte seine weißen, ebenmäßigen Zähne. Aber seine Augen blitzten verdächtig auf. »Ich habe außer Ihnen keine Feinde auf der Welt. Morgen gehe ich für ein paar Tage nach Brighton.«

Billy sah ihn scharf an. Mit Briscoe war eine Veränderung vorgegangen.

»Das heißt, Sie wollen nach Kanada zurück – oder haben Sie sich vielleicht einen noch weniger zugänglichen Teil unserer schönen Erde ausgesucht?«

George lachte.

»Es ist ein guter Detektiv an Ihnen verlorengegangen«, meinte er. Dann trennten wir uns wieder.

Diese Begegnung stimmte Billy sehr nachdenklich.

»Seine frohe Laune kommt mir sehr verdächtig vor«, sagte er. »Ich möchte nur wissen, was er gegen mich im Schild führt.«

Eine Stunde später gingen wir die Northumberland Avenue entlang. Wir wollten dort zu Mittag speisen. Vor einem der großen Hotels sahen wir eine Anzahl vornehmer älterer Herren mit Zylindern, die sich lebhaft unterhielten. Anscheinend hatte irgendeine Versammlung hier stattgefunden. Plötzlich sah ich Miss Ferrera, die rasch auf uns zukam.

Auch Billy entdeckte sie sofort und hielt den Atem an. Sie hätte uns unbedingt sehen müssen, aber kurz bevor sie den Hoteleingang erreichte, wandte sie sich erstaunt um und sprach mit einem hageren, großen Mann, der den Hut nur kurz lüftete. Sie drehte sich um, so daß sie uns den Rücken kehrte. Billy und ich gingen weiter und mischten uns unter die älteren Herren, die noch eifrig über die Verhandlung redeten, die sie am Vormittag geführt hatten. Ich hörte, was Miss Ferrera sagte.

»Nein, Sir Philip, ich hatte keine Ahnung, daß Sie in London sind.« Der alte Herr brummte.

»So«, erwiderte er wenig liebenswürdig. »Nun, ich möchte Sie jedenfalls morgen in der Bank sprechen. Haben Sie Ihren Urlaub in Paris angenehm verbracht?«

»Jawohl, Sir Philip.«

»Hoffentlich!« entgegnete er. Seine Stimme klang so laut, daß wir sie auch in noch größerer Entfernung verstanden hätten. »Französisch lernt man am besten, wenn man sich im Land selbst aufhält. Also, morgen früh in der Bank.« Er lüftete wieder kurz den Hut und entließ sie.

Sie sah uns nicht, als sie vorüberging, und Billy machte auch keinen Versuch, ihr zu folgen. Wir stiegen vielmehr die Treppe hinauf und bemühten uns, den Portier in eine Unterhaltung zu ziehen.

»Was war denn hier los?« fragte Billy. »Etwa eine Kabinettssitzung?«

Der Portier lächelte.

»Nein, das war nur die Vierteljahresversammlung der Bankiersvereinigung. Die Herren treffen sich immer hier in unserem Hotel. Sie sind wohl von der Presse?«

Billy nickte.

»Wer war denn der alte Herr mit dem weißen Backenbart?«

»Welchen meinen Sie denn? Das sind doch alles alte Herren mit Backenbärten.«

»Ich meine den, der eben mit dem dicken kleinen Herrn spricht.« Verstohlen zeigte Billy auf den Mann, den Miss Ferrera mit Sir Philip angeredet hatte.

»Ach, das ist Sir Philip Frampton, der Inhaber der WestCountry-Bank. Sie haben sicher schon von ihm gehört.«

Billy stellte noch einige Fragen, damit der Portier in seinem Glauben bestärkt wurde, es wirklich mit einem Journalisten zu tun zu haben. Als dann Sir Philip in der Richtung zum Trafalgar Square fortging, verabschiedete er sich, und wir folgten dem stattlichen Herrn. Sir Philip speiste im Carlton zu Mittag, und wir taten dasselbe. Nach Tisch setzte er sich in den Palmenhof, ließ sich dort den Kaffee servieren und rauchte eine Zigarre. Nun hielt Billy den Zeitpunkt für gekommen, sich ihm zu nähern, und ging unverfroren auf ihn zu.

»Sir Philip Frampton, wenn ich nicht irre?« begann er.

»Das ist mein Name«, entgegnete der alte Herr argwöhnisch.

»Wir haben uns doch in Elston kennengelernt – erinnern Sie sich nicht mehr?«

Billy hatte inzwischen verschiedene Nachschlagewerke zu Rate gezogen und darin entdeckt, daß sich das Hauptgeschäft der Bank in Elston befand.

»Ich kann mich durchaus nicht besinnen«, erwiderte Sir Philip ein wenig kühl.

Aber Billy ließ sich nicht im mindesten abschrecken, nahm neben dem Bankier Platz, holte ebenfalls sein Etui heraus und steckte sich eine Zigarre an. Ich hielt mich bescheiden im Hintergrund.

»Ich habe einen Empfehlungsbrief an Sie«, erklärte Billy. »Ich bin nämlich ein Buchmacher und beabsichtige, eine Filiale in Ihrer Stadt zu errichten. Ich möchte dann auch ein Konto bei Ihrer Bank anlegen.«

Sir Philip wurde nun direkt feindlich.

»Solche Konten führen wir nicht«, erwiderte er kurz. »Wir sind eine sehr alte, angesehene Firma, und es ließe sich mit unseren Geschäftsprinzipien nicht vereinbaren, Kunden zu haben, die zweifelhafte oder riskante Geschäfte machen.«

Er erhob sich und ging mit seiner Kaffeetasse in eine andere Ecke.

Billy verstand den Wink.

»Natürlich bin ich fest davon überzeugt, daß Miss Ferrera nichts Unrechtes getan hat«, sagte er etwas besorgt zu mir. »Aber die Sache sieht doch merkwürdig aus, nicht wahr? Und es wäre sehr schlimm für sie, wenn man entdeckte, daß sie in Monte Carlo spielt. Nur um ihretwillen wollte ich Sir Philips Ansicht über Glücksspiele hören. Morgen muß ich nach Elston fahren.«

6

Elston ist eine kleine Stadt, die aber größere Bedeutung hat, als man nach ihrem Umfang und ihrer Einwohnerzahl annehmen sollte.

Framptons Bank ist das größte Gebäude, das an dem alten, viereckigen Marktplatz liegt. Das Leben läuft in dieser etwas verschlafenen Stadt ruhig dahin, und mir erschien es seltsam genug, daß zwischen Monte Carlo und diesem Ort eine Verbindung bestand.

Wir kamen am Vormittag an und stiegen im Hotel zum Bären ab. Billy machte sich gleich nach unserer Ankunft auf den Weg und stellte Nachforschungen an. Erst um halb sechs kehrte er wieder zurück, und ich sah sofort, daß er schlechte Nachrichten brachte.

»Mary ist bei Frampton angestellt und verdient drei Pfund die Woche. Außerdem ist sie die Nichte von Sir Philip, der sie als Tochter adoptiert hat. In der Bank nimmt sie eine sehr angesehene Stellung ein und hat die Kontrolle über die Stahlkammern.«

Ich schwieg. Diese Mitteilung hatte natürlich schwerwiegende Bedeutung. Aber über eins wunderte ich mich.

»Wenn er sie adoptiert hat, warum läßt er sie dann noch in der Bank arbeiten? Er ist doch ein sehr reicher Mann?«

»Sir Philip hält es für richtig, daß alle Leute soviel als möglich arbeiten. Sie ist seit ihrem fünfzehnten Lebensjahr bei ihm beschäftigt«, entgegnete Billy düster. »Sie war die Tochter seiner Schwester. In England hat die Adoption nicht die weitgehenden Folgen wie in anderen Ländern. Und es kann ihr gleichgültig sein, ob ihr Onkel lebt oder stirbt, denn er soll sein ganzes Vermögen wohltätigen Zwecken vermacht haben. Sie bekommt nur eine verhältnismäßig kleine Rente.«

»Wie haben Sie denn das alles herausgebracht?« fragte ich erstaunt.

»Ich habe einen Mann getroffen, der auf Miss Ferrera böse ist.«

Billy brachte den Betreffenden am Abend zum Essen mit ins Hotel. Er war klein, etwas knochig und sah aus, als ob er ein Magenleiden hätte. Die Unterhaltung mit ihm war nicht gerade sehr angenehm.

Dazu kam noch, daß seine Eltern ihm den Vornamen Pontius gegeben hatten. Für uns war hauptsächlich wichtig, daß er Miss Ferrera nicht leiden konnte. Er sprach sehr abfällig von ihr. Später stellte sich heraus, daß er Kassenchef der Bank war und daß sie seinen Sohn von einem Posten verdrängt hatte.

Mir ist es von jeher schleierhaft gewesen, wie Billy die unglaublichsten Bekanntschaften schließen konnte. Aber einen großen Teil seiner Erfolge hatte er dieser Fähigkeit zu verdanken. Als wir nach dem Essen noch bei einem Glas Portwein zusammensaßen, wurde Mr. Pontius gesprächig.

»Ich verstehe überhaupt nicht, warum Miss Ferrera immer Urlaub nach Frankreich bekommt, um Französisch zu lernen. Ich bin doch auch nicht nach Paris gereist und spreche trotzdem ein gutes Französisch. Seit Jahren führe ich die Auslandskorrespondenz für die Firma, und es liegt nicht der geringste Grund vor, dem jungen Mädchen diese Arbeit zu übertragen. Aber Sir Philip bevorzugt sie in jeder Richtung, er verhätschelt sie geradezu. Und was wird das Ende davon sein? Er kann doch nicht ewig leben, und die neuen Direktoren werden sie nicht in dieser einflußreichen Stellung lassen. Ich werde Ihnen sagen, was ich mir schon immer gedacht habe.« Er lehnte sich über den Tisch und sprach ganz leise. »Meiner Meinung nach geht sie ein großes Risiko ein!«

Mr. Pontius lehnte sich in seinem Sessel zurück, als er das gesagt hatte, um zu beobachten, welchen Eindruck seine Worte auf uns machten.

»Welches Risiko?« fragte Billy und schenkte ihm noch ein Glas Wein ein.

»Wir sind doch alle Leute von Welt und verstehen sehr gut, welchen Versuchungen die menschliche Natur ausgesetzt ist. Und wenn eine junge Dame geheime Briefe erhält . . .«

»Geheime Briefe?« fragte Billy schnell.

Mr. Pontius nickte bedeutungsvoll. Der Portwein hatte ihn gesprächig gemacht.

»Ihre Wirtin hat mir gesagt, daß sie öfter eingeschriebene Briefe bekommt. Die Adresse ist nicht in gewöhnlicher Handschrift geschrieben, sondern in großen Druckbuchstaben. Und wenn sie einen solchen Brief bekommen hat, bittet sie jedesmal Sir Philip um Urlaub nach Paris – wegen ihren französischen Sprachstudien! Aber meinen Sie, die lernt Französisch da drüben?«

»Wer vertritt sie denn während ihrer Abwesenheit?«

»Zum Teil muß ich einspringen; die Korrespondenz macht mein Junge – der ist ein sehr gescheiter Mensch –, und Sir Philip übernimmt den Rest ihrer Arbeit. Der ist viel zu gut zu ihr, das habe ich schon immer gesagt.«

Wir brachten ihn nachher noch nach Hause. Auf dem Rückweg zu unserem Hotel war Billy schweigsam. Die Mitteilungen von Mr. Pontius hatten tiefen Eindruck auf ihn gemacht, und doch kämpfte er hart mit sich, um den Glauben an Miss Ferrera nicht zu verlieren. Er mußte schwer unter diesem Zwiespalt leiden, denn sie bedeutete ihm bereits mehr, als ich damals ahnte.

Am nächsten Nachmittag trafen wir sie, als wir zum Bahnhof gingen, um Londoner Zeitungen zu kaufen. Der Frühzug von der Hauptstadt war vor einer halben Stunde angekommen, und wir hatten beobachtet, wie Sir Philip quer über den Marktplatz zur Bank ging. Wir schlenderten mit unseren Zeitungen die Straße zurück und zerbrachen uns den Kopf, wer wohl der geheimnisvolle schäbig gekleidete Mann sein mochte, der uns den ganzen Morgen gefolgt war. Als wir um eine Ecke bogen, kam sie uns plötzlich entgegen, blieb stehen und starrte uns an. Ich sah deutlich, daß sie bleich wurde. Zuerst glaubte ich, sie würde ohne ein Wort an uns vorübergehen, aber sie wandte sich doch an Billy.

»Sie stehen also immer noch in den Diensten von Mr. Dawkes?« fragte sie ruhig.

Billy wurde rot.

»Aber ich arbeite mehr für Sie als für ihn«, entgegnete er.

»Das wundert mich«, antwortete sie freundlich.

»Sie brauchen sich nicht darüber zu wundern. Ich sage Ihnen, daß ich ebenso besorgt bin –«

»Das weiß ich wohl – ich fühle es. Aber ich möchte gern wissen, was Sie von mir denken.«

Sie hatte so leise gesprochen, daß ich sie kaum verstand.

»Jetzt muß ich mich aber um die Koffer von Sir Philip kümmern.« Mit diesen Worten ging sie an uns vorüber.

Wir setzten unseren Weg fort, aber plötzlich rief sie uns nach und kam zu uns zurück.

»Mr. Thomson Dawkes braucht Ihre Hilfe nicht mehr, Mr. Stabbat«, sagte sie. »Er weiß bereits alles!«

»Weiß er, daß Sie hier wohnen und welche Stellung Sie haben?« fragte Billy bestürzt.

Sie nickte.

»Er kam mit demselben Zug wie Sir Philip und ist ihm bis zur Bank gefolgt. Als ich wegging, lehnte er an einem Schalter in den Geschäftsräumen.«

Sie wandte sich um und ging auf den Bahnhof zu.

Kurz darauf begegneten wir Thomson Dawkes, der vor dem Hotel auf uns wartete und uns mit einem triumphierenden Lächeln ansah.

»Nun, Mr. Stabbat, wir haben ja Erfolg gehabt.«

Der ironische Ton seiner Stimme war unmöglich zu verkennen.

»Wie haben Sie es denn entdeckt?« fragte Billy.

»Sie haben mich darauf gebracht«, erwiderte Dawkes lachend. »Ich hatte nämlich die Ahnung, daß Sie das junge Mädchen beschützen wollen, und ersuchte deshalb Ihren Konkurrenten Seinbury, Sie zu beobachten. Ich nahm an, daß Sie früher oder später den Wohnort von Miss Ferrera ausfindig machen, mir aber nichts davon mitteilen würden. Und auf diese Weise habe ich Sie auch tatsächlich gefangen.«

Billy strich mit der Hand über die Stirn.

»Nun, wir werden ja sehen«, entgegnete er in seiner gewohnten Weise. »Was wollen Sie denn nun unternehmen, nachdem Sie Miss Ferrera gefunden haben?«

Dawkes lächelte niederträchtig.

»Sie meinen wohl, was wir jetzt unternehmen werden«, verbesserte er Billy. »Vergessen Sie nicht, Mr. Stabbat, daß Sie in meinem Auftrag tätig sind. Am besten kommen wir wohl einmal mit der jungen Dame zusammen und reden mit ihr.«

»Etwa hier?« fragte Billy schnell.

»Nein, nicht hier. Es wäre mir aber lieb, wenn Sie Miss Ferrera einladen würden, uns morgen abend in Ihrem Londoner Büro aufzusuchen.«

»Aber warum denn?«

»Aus den verschiedensten Gründen«, erwiderte Dawkes kühl. »Erstens sollen Sie in der Nähe sein, falls ...« Er machte eine Pause, als ob ihm kein passender Ausdruck einfiele.

»Sie meinen, falls sie Ihren Vorschlag nicht annimmt. Ich weiß nicht, was Sie von ihr wollen, aber vermutlich haben Sie die Absicht, einen Vorteil für sich herauszuschlagen.«

Dawkes sah ihn merkwürdig an.

»Sie tun mir vielleicht unrecht«, sagte er.

Ich glaube, daß er in diesem Augenblick vollkommen ehrlich sprach.

»Ich will Miss Ferrera folgenden Vorschlag machen. Seit achtzehn Monaten reist sie öfters nach Monte Carlo und nahezu jedesmal ist sie mit Gewinn zurückgekommen. Sie spielt nach einem bisher unbekannten System. Die Direktion der Spielbank achtet, wie Sie wissen, auf die Systemspieler und sucht hinter ihre Geheimnisse zu kommen; aber es ist den Leuten nicht gelungen, die Methode ausfindig zu machen, die sie anwendet.«

»Ich verstehe«, erwiderte Billy ruhig. »Sie soll Sie in ihr System einweihen. Wenn sie das nun aber nicht tut?«

»Ich habe nicht die Absicht, ihr zu drohen, bitte, denken Sie immer daran«, erklärte Dawkes mit Nachdruck. »Soviel ich weiß, ist sie durchaus ehrlich und besitzt ein großes eigenes Vermögen. Wenn ich sie für eine Diebin hielte, die die Bank beraubt, würde ich es allerdings als meine Pflicht ansehen, die Polizei sofort zu benachrichtigen. Aber das kommt wohl nicht in Betracht. Wenn sie sich allerdings weigern sollte, meine Fragen in dieser Richtung zu beantworten, würde ich weitere Nachforschungen anstellen und Sir Philip selbst um Aufklärung bitten.«

Billy schwieg. Er sah den Mann nur an, wie etwa ein Sammler einen seltenen Käfer betrachten würde.

»Wenn Sie natürlich der Überzeugung sind, daß sie die Bank bestohlen hat«, fuhr Dawkes fort, »und wenn Sie mir das in aller Form mitteilen, werde ich mir selbst weiter keine Mühe mit ihr geben, sondern die Sache sofort der hiesigen Polizei melden.«

»Das glaube ich unter keinen Umständen«, erklärte Billy.

»Ich fahre nach London zurück«, sagte Dawkes und sah auf die Uhr, »und ich lasse Sie beide zurück, um mit Miss Ferrera eine Zusammenkunft zu verabreden. Sagen wir – um acht Uhr morgen abend. Dann kann sie um halb zehn zurückfahren und kommt noch vor Mitternacht wieder in Elston an.«

Billy traf sie am Nachmittag und sprach allein mit ihr. Bei seiner Rückkehr zum Hotel teilte er mir nur kurz mit, daß Miss Ferrera eingewilligt hätte, am nächsten Abend um acht Uhr zur Bond Street zu kommen.

Mit dem letzten Zug fuhren wir beide nach London zurück.

7

Ich habe mir oft überlegt, ob Dawkes wirklich nur das System von Miss Ferrera erfahren wollte. Er war ein reicher Mann, aber das machte natürlich kaum einen Unterschied. Es gibt nur wenig vermögende Leute, die nicht jede Gelegenheit ergreifen, um ihren Besitz noch zu vergrößern.

Am nächsten Morgen ging ich nicht direkt zu Billys Büro. Erst wollte ich mit Leslie Jones sprechen. Er war in viel besserer Stimmung, als ich erwartet hatte, weil es ihm gelungen war, den Versicherungsbetrug aufzudecken. Er hatte der Polizei bereits eine Anzahl wichtiger Tatsachen mitgeteilt, so daß die Schuldigen verhaftet werden konnten.

»Billy hat es aber ordentlich gepackt«, meinte er kopfschüttelnd. »Wir sind nun schon vierzehn Tage in diesem verdammten neuen Büro, und Billy hat bisher noch keine Ruhe gefunden, sich ein einziges Mal für längere Zeit an den Schreibtisch zu setzen und wirklich zu arbeiten.«

»Was macht er denn augenblicklich?«

»Er rennt wie ein gefangener Löwe auf dem neuen Teppich auf und ab. Der wird ja bald durchgetreten sein!« Leslie machte ein betrübtes Gesicht. »Und nach seinem wilden Gesichtsausdruck zu schließen, überlegt er sich allerhand Unangenehmes, das er Dawkes an den Kopf werfen will.«

»Hat er Ihnen etwas darüber gesagt?« fragte ich schnell.

»Er sagte mir nur soviel, als er es für gut hielt.« Leslie seufzte. »Aber daran bin ich schon gewöhnt, und ich lasse mir deshalb keine grauen Haare wachsen.« Trotzdem seufzte er wieder.

»Ich würde ja gar nichts sagen, wenn es ein anständiges Mädchen wäre«, begann er und schüttelte aufs neue den Kopf.

»Sie ist aber wirklich eine entzückende junge Dame«, verteidigte ich Miss Ferrera.

Er sah mich erstaunt an.

»Sie haben sich also auch von ihr einfangen lassen?« fragte er traurig. »Nun, die Sache wird ja bald vorüber sein. Ich habe einen feinen Fall für Billy. Hoffentlich beißt er an, und wenn er erst einmal wieder an der Arbeit ist, dann ist er in Sicherheit.«

Billington war in Verlegenheit um einen Ausweg. Das sah ich sofort, als ich in sein Büro trat. Er stand am Fenster und schaute düster hinaus. Wie es Leute tun, die zerstreut sind, beschäftigte er sich mit allerhand gleichgültigen Dingen. Zum Beispiel befand sich eine kleine Öffnung in der Täfelung am Fenster. Gerade, als ich hereinkam, sprang eine kleine Tür auf, und ich sah einen Hohlraum, der hinten von Mauerwerk begrenzt wurde.

»Was mag das nur sein?« fragte Billy.

Er schaute hinein, und es zeigte sich, daß ein Schacht nach unten führte. Schließlich fiel ihm die Erklärung ein.

»Ach, das war die frühere Zentralheizung. Die Warmwasserrohre kamen hier vom Keller herauf.« Er schloß die kleine Holztür.

Einige Zeit starrte er darauf, dann öffnete er sie wieder. Da kein Handgriff vorhanden war, steckte er sein Taschenmesser in den Spalt und zog den beweglichen Flügel auf.

»Eigentlich ein großartiges Versteck, wenn man etwas verbergen will.«

»Ja, man kann es nachher unten im Keller wiederfinden.«

Billy schlug die kleine Tür zu, legte das Messer auf den Schreibtisch und ging zum Kamin mit den zwei Löwen. Er stützte sich mit dem Ellbogen auf den Kopf des einen und vergrub das Gesicht in den Händen.

»Wenn sie nun tatsächlich das Geld bei der Bank unterschlagen hat – aber es ist ja nicht möglich!«

Ich sah ihn fragend an.

»Nehmen Sie einmal an«, fuhr er fort, »daß Miss Mary das Geld von der Bank geliehen hat, um ihrem Bruder zu helfen, der in Schwierigkeiten geraten ist –«

»Oder einem Freund oder einem Liebhaber.«

»Ach, seien Sie doch nicht so roh!« rief er laut. »Was denken Sie sich denn! Sie hat doch keinen Liebhaber!«

»Soviel wir wissen, hat sie auch keinen Bruder«, protestierte ich, nahm mir eine Zigarre und steckte sie an. »Also nehmen wir einmal an, daß sie tatsächlich das Geld von der Bank geliehen hat.«

Eine Weile schwieg er.

»Das wäre wirklich tragisch«, sagte er bedrückt.

Ich setzte mich und betrachtete ihn verwundert.

»Geht es Ihnen eigentlich immer so, wenn es sich um eine Frau handelt?«

Ich erwartete eine heftige Erwiderung, aber sie kam nicht.

»Ich habe stets großes Mitleid mit den Frauen gehabt, aber bis jetzt habe ich noch keine Frau geliebt«, entgegnete er ruhig.

Die Schlichtheit dieses Bekenntnisses brachte mich zum Schweigen. Er ging zum Schreibtisch, blieb neben mir stehen und legte eine Hand auf die Kante.

»Mont, wenn Thomson Dawkes heute abend beleidigend gegen sie wird, schieße ich ihn einfach nieder!« erklärte er sachlich und entschlossen.

»Aber das ist doch Unsinn! Erstens wird er nicht beleidigend, und zweitens schießen Sie ihn nicht nieder.«

»Er hat mich heute morgen angerufen und erklärt, daß er Mary allein sprechen will.«

»Das ist doch weiter nicht gefährlich. Wenn er mit der Drohung, sie bloßzustellen, etwas von ihr erreichen will, wünscht er doch sicher nicht, daß ich als Kriminalbeamter von Scotland Yard und Sie als Detektiv als Zeugen zugegen sind.«

»Mir gefällt die ganze Sache nicht.«

»Haben Sie denn schon Ihre Einwilligung zu dieser Privatunterhaltung gegeben?«

Er nickte.

»Darauf kommt es auch nicht so sehr an. Ich halte mich währenddessen in Leslies Raum auf, und sobald sie schreit, gehe ich hinein. Und ich sage Ihnen, Mont, wenn dieser gemeine Kerl sie beleidigt, mache ich ihn kalt.« Er schlug mit der Faust auf den Tisch. »Wollen Sie etwas von mir, Leslie?«

Jones hatte die letzten Worte gehört.

»Wen bringen Sie denn jetzt schon wieder um?« fragte er freundlich.

Billy lachte.

»Kommen Sie herein, Leslie, und bleiben Sie nicht an der Tür stehen.«

»Also, wen haben Sie eben erledigt?« fragte Leslie noch einmal, als er nähertrat.

»Dawkes.«

»Großartig!« entgegnete Leslie ironisch. »Ich werde Lilien schicken, Mont kann die Rosen besorgen. Dann machen wir beide Ihnen einen Abschiedsbesuch, bevor der Henker Sie an den Galgen knüpft.«

Er machte den Versuch, von dem neuen Fall zu erzählen, aber Billy wollte nichts hören, klopfte ihm nur gutmütig auf die Schulter und schickte ihn wieder fort.

»Erinnern Sie sich noch an die Fahrkarte dritter Klasse, die Dawkes in Miss Ferreras Tasche fand?« fragte er, als Leslie verschwunden war.

»Ach, meinen Sie das Billett nach Brixton? Ja, natürlich.«

»Sie hat eine Kusine in Brixton, die sie auf ihrem Weg von London nach Monte Carlo gelegentlich besucht. Diese Sache hat sich vollkommen harmlos aufgeklärt.«

Ich bemühte mich, über ein anderes Thema mit ihm zu sprechen, hatte aber nur wenig Erfolg. Immer wieder sprach er von Miss Ferrera und dem Geheimnis, das sie umgab.

»Sie trägt einen Revolver in ihrer Handtasche«, sagte er. »Aber auch das läßt sich erklären, denn sie hat immer so viel Geld bei sich, daß sie vorsichtig sein muß. Das habe ich in Monte Carlo an dem Abend erfahren, als ich mit ihr auf der Terrasse sprach. Die Tasche stieß zufällig an meine Hand, und ich fühlte die Waffe.«

»Ein tüchtiges junges Mädchen«, entgegnete ich geduldig.

Seine Einladung zum Mittagessen lehnte ich ab und versprach, um halb acht wiederzukommen. Ich erschien aber erst um Viertel vor acht, und Miss Ferrera war inzwischen schon eingetroffen.

Ich bemerkte, daß sich selbst der skeptische, harte Leslie ihrem

Einfluß nicht entziehen konnte. Billy war in gehobener Stimmung. Seine Wangen hatten sich gerötet, seine Augen glänzten, und er wandte keinen Blick von ihr. Wie gewöhnlich war sie selbstbewußt und beherrschte die Lage vollkommen. Sie erschien mir an diesem Abend noch schöner und begehrenswerter denn je.

»Er wird darauf bestehen, daß Sie ihm das System erklären«, sagte Billy gerade, als ich hereinkam. Nachdem sie mir die Hand gereicht hatte, setzte sie die Unterhaltung fort.

»Er soll nur darauf bestehen«, erwiderte sie ruhig.

»Können Sie ihm Ihr System erklären?«

Sie lächelte.

»Das ist ganz unmöglich. Erstens ist es nicht mein System, und selbst wenn es das wäre, könnte ich es nicht verraten. Es gehören schon gute mathematische Kenntnisse dazu, es zu begreifen.«

In diesem Augenblick kam Mr. Thomson Dawkes, so daß das Gespräch unterbrochen wurde. Zu meinem Erstaunen erschien er allein. Ich hatte erwartet, daß Inspektor Jennings ihn begleiten würde.

»Ich bin etwas zeitiger gekommen«, erklärte er mit einem freundlichen Lächeln. »Aber wir können ja sofort beginnen, da wir alle versammelt sind.« Er sah von Mary Ferrera zu Billy hinüber. »Ich sagte Ihnen schon, daß ich zunächst einmal allein mit Miss Ferrera sprechen möchte.«

Billy nickte und wandte sich an sie.

»Wenn Sie etwas brauchen sollten, zögern Sie nicht, nach mir zu rufen. Drücken Sie ruhig auf die Klingel.« Er zeigte dabei auf den elektrischen Knopf, der am Tisch angebracht war. »Ich komme dann sofort.«

Sie nickte, und wir verließen zusammen das Zimmer.

Nahm Thomson Dawkes Billingtons Drohung ernst? Ich glaube kaum. Er war ein Mann, der unbedingt an die Macht des Geldes glaubte und sich auf seinen großen Reichtum stützte. Auch Billy gegenüber vertrat er diesen Standpunkt und sah immer etwas verächtlich auf ihn herab. Aber nicht nur auf ihn, sondern auf alle seine Mitmenschen.

Ich kannte Billington Stabbat vielleicht besser als jeder andere, denn wir waren zusammen im Feld gewesen und hatten die größten Gefahren miteinander durchgemacht. Daher wußte ich auch genau, daß er wirklich das tun würde, was er sich vorgenommen hatte. Wenn Dawkes Mary irgend etwas zuleide tat, würde Billy keinen Augenblick zögern, ihn zu beseitigen.

Wir setzten uns gespannt in Leslies Zimmer nieder.

»Hoffentlich dauert die Unterredung nicht zu lange«, sagte Billy nach einiger Zeit nervös.

Ich erwiderte nichts. Schweigend saßen wir und sahen auf die Uhr. Der Minutenzeiger rückte langsam vor. Nach einer Viertelstunde stand Billy auf.

»Ich kann das nicht länger aushalten! Ich –«

Der Schuß, der im Nebenzimmer fiel, unterbrach ihn.

Billy sprang zur Tür und riß sie auf. Das Zimmer lag im Dunkeln, und hastig drehte er den Lichtschalter an. Ich werde niemals vergessen, welcher Anblick sich uns bot.

In der Nähe der Tür, die auf den Gang hinausführte, stand Mary Ferrera bleich und verstört. In der Hand hielt sie einen kleinen Revolver. Als das Licht anging, hob sie die Hand und sah erschreckt darauf.

»Wir haben einen Kunden verloren«, sagte Leslie.

Selbst in diesem schrecklichen Augenblick hatte er den Humor nicht ganz verloren. Zweifellos hatte er recht, denn über dem Schreibtisch ausgestreckt lag Thomson Dawkes mit einer gräßlichen Kopfwunde, aus der das Blut tropfte.

8

Weder Leslie noch Billy sprachen, und ich selbst zitterte heftig. Erst jetzt kam mir zum Bewußtsein, daß ich eine schwere Zeit durchgemacht hatte und den Erholungsurlaub wirklich dringend brauchte. Leslie riß das Löschpapier von der Schreibunterlage und legte es auf den Teppich, denn das Blut begann von der Tischplatte auf den Boden zu tropfen. Billington wandte sich an Mary Ferrera und nahm ihr den Revolver aus der Hand. Es war, als ob sie erst jetzt erwachte und die volle Wirklichkeit erfaßte. Zitternd klammerte sie sich an ihn.

»Er hat mich geküßt«, stöhnte sie, »er wollte mich festhalten ... ich drehte das Licht aus, um ihm auszuweichen. Schreien wollte ich nicht. Ich hoffte, ich könnte durch die Tür auf den Gang hinausschlüpfen, aber sie war verschlossen.«

»Ja, ja«, tröstete Billy sie. Er war so sorgsam mit ihr wie eine Mutter, streichelte und beruhigte sie und winkte mir dann.

»Bringen Sie Miss Mary fort. Gehen Sie mit ihr nach unten und besorgen Sie ein Taxi für sie.«

Ich zögerte nur einen Augenblick.

»Begleiten Sie sie nicht nach Hause«, warnte er mich. »Setzen Sie sie nur in ein Auto und sagen Sie dem Chauffeur, daß er sie nach Brixton fahren soll. Dann kommen Sie zurück, ich brauche Sie hier dringend. Mary, nehmen Sie sich jetzt zusammen«, sagte er fast bittend und nahm ihr Gesicht in beide Hände.

Ich dachte schon, er würde sie küssen, aber er sah sie nur liebevoll an.

»Sie dürfen unter keinen Umständen sagen, was hier geschehen ist, haben Sie das verstanden? Sie sind überhaupt nicht hier gewesen. Keinem Menschen erzählen Sie, daß Sie heute abend in mein Büro kamen.«

»Aber – aber ...«, begann sie.

»Sie müssen alles tun, was ich Ihnen sage.«

»Ist er tot?« fragte sie leise. »Ich habe ihn nicht –«

»Nein, nein«, beruhigte er sie wieder. »Er ist nicht tot.«

Er glaubte zu lügen, aber er sprach die Wahrheit.

Ich brachte Mary nach unten und wartete auf dem letzten Treppenpodest, bis sie sich gesammelt hatte. Erst dann rief ich ein Taxi und versprach ihr, sie am nächsten Morgen aufzusuchen.

Ich selbst befand mich in einer entsetzlichen Lage. Ich war doch vor allem Polizeibeamter, und nun half ich einer Frau bei der Flucht, die allem Anschein nach einen Mann niedergeschossen hatte. Das durfte ich nicht einmal tun, wenn sie in Selbstverteidigung gehandelt hatte. Aber merkwürdigerweise war es mir im Augenblick fast gleichgültig, daß ich alle Diensteide brach, die ich jemals geschworen hatte. Dagegen war ich sehr besorgt um Billy, denn ich wußte, was er vorhatte.

Als ich in das Zimmer zurückkam, war Leslie dabei, Dawkes' Kopfwunde mit einem Handtuch zu verbinden.

»Glücklicherweise ist er nicht tot«, sagte Billy, »aber sein Leben hängt an einem Haar. Ich glaube, die Kugel ist an seinem Schädel abgeglitten. Das eine Fenster ist vollständig zertrümmert.«

Mit vereinten Kräften trugen wir Dawkes zu einem Sofa und legten ihn dort nieder. Leslie hatte bereits mit einem Doktor telefoniert und einen Krankenwagen bestellt. Als wir den Verwundeten so gut als möglich gebettet hatten, trat Billy an den Schreibtisch, packte den Revolver, den er Miss Mary abgenommen hatte, sah sich um und ging zu dem Fenster, wo er am Vormittag die Öffnung in der Täfelung entdeckt hatte. Er machte die kleine Tür auf und warf die Waffe hinunter. Dann zog er seinen eigenen Browning aus einer Schreibtischschublade hervor.

»Was wollen Sie machen?« fragte ich.

»Das werden Sie gleich erfahren.«

Er ging schnell zum Kamin, richtete den Lauf der Pistole in die Feuerungsöffnung und gab einen Schuß ab. Putz und Stücke von Ziegelsteinen bröckelten herunter. Darauf trat er zu mir und reichte mir die Waffe.

»Sergeant Mont, als Sie die Treppe heraufkamen, hörten Sie, daß ein Schuß fiel, und als Sie ins Zimmer traten, fanden Sie Mr. Dawkes in sterbendem Zustand. Er war über den Schreibtisch gestürzt, und ich stand hier.« Bei den Worten ging er zur Tür. »Sie fragten mich, was geschehen sei, und ich erwiderte, daß ich einen Streit mit dem Mann hatte und ihn über den Haufen schoß.«

»Das werde ich nicht sagen!« protestierte ich heftig.

»Das wäre eine große Dummheit, ja eine Gemeinheit«, stieß er zwischen den Zähnen hervor. »Eben kommt schon jemand die Treppe herauf. Wollen Sie mich jetzt verhaften oder wollen Sie vielleicht warten, bis Jennings auf der Bildfläche erscheint? Mont, um Himmels willen, tun Sie das, was ich Ihnen sage. Wir sind erledigt, wenn Sie nicht sofort handeln. Ich bin fest entschlossen, Mary aus dieser Sache herauszuhalten. Sie tun mir den größten Dienst, wenn Sie mir folgen.«

Was sollte ich tun? Es blieben mir nur ein paar Sekunden zur Entscheidung.

»Stabbat«, sagte ich mit lauter Stimme, »ich verhafte Sie unter dem Verdacht, auf Mr. Thomson Dawkes geschossen zu haben.«

Die Worte wollten mir kaum über die Lippen, aber ich zwang mich dazu, sie auszusprechen.

In diesem Augenblick kam Jennings zur Tür herein und erfaßte die Lage mit einem Blick.

»Wo ist das Mädchen?« fragte er schnell.

»Sie ist nicht gekommen«, entgegnete Billington.

Dann sah Jennings Dawkes auf dem Sofa liegen.

»Mein Gott, Sie haben ihn ja erschossen!« schrie er.

»Hoffentlich nicht, geschossen habe ich allerdings auf ihn.«

»Mont, wie weit sind Sie an der Geschichte beteiligt? Haben Sie etwas davon gesehen?« fragte Jennings rot vor Erregung.

»Ich habe Stabbat eben verhaftet«, erwiderte ich und fühlte nun doch eine gewisse Genugtuung, als ich Jennings Gesicht sah. Durch die Verhaftung hatte ich die Bearbeitung des Falls für mich gesichert oder wenigstens für einen Beamten meiner speziellen Abteilung. Jennings, der sein Leben lang im Büro gesessen hatte, wünschte sich schon seit langem einen Fall, der ihn in der Öffentlichkeit bekannt machte. Er sank förmlich in sich zusammen, als ihm klar wurde, welch großartige Gelegenheit ihm entgangen war.

Am nächsten Morgen erhielt ich einen Bericht vom Hospital. Dawkes hatte eine unruhige Nacht zugebracht und das Bewußtsein noch nicht wiedererlangt. Die Untersuchung ergab, daß er eine schwere Gehirnerschütterung und wahrscheinlich auch einen Bruch des rechten Stirnbeins davongetragen hatte. Die Ärzte wollten ihn, wenn es notwendig sein sollte, noch am selben Vormittag operieren. Ich ging so früh wie möglich zur Bond Street und fand dort Leslie Jones, der unter Beaufsichtigung eines Polizisten das Büro aufräumte. Ich entließ den Beamten, sobald ich eintraf.

»Wir müssen das ganze Büro unter Verschluß nehmen. Niemand darf von jetzt ab hier hereingehen«, erklärte ich. »Und Sie werden als Zeuge auftreten müssen, Leslie.«

»Das weiß ich«, erwiderte er bedrückt. »Der arme Billy! Ich komme gerade von der Polizeistation in der Marlborough Street. Ich habe ihm das Frühstück hingebracht.«

»Wie geht es ihm denn?«

»Er hat glänzend geschlafen«, sagte Leslie kopfschüttelnd. »Das ist so ganz und gar Billy. Ich habe dem Gefängniswärter ein paar Schilling in die Hand gedrückt, damit ich ihn sprechen konnte. Ich erzählte, ich wäre sein Diener, und das stimmt ja auch in gewisser Weise.«

»Und wie haben Sie ihn angetroffen?«

»Ich fragte ihn, ob er gut geschlafen hätte, und darauf erwiderte er, daß er die ganze Nacht nicht aufgewacht sei. Er schimpfte sogar, weil ich ihm nicht gebratene Nieren brachte. ›Billy, das ist eine verteufelt schlimme Geschichte‹, sagte ich zu ihm. ›Wir werden ja sehen‹, war alles, was er darauf antwortete. – Glauben Sie, das Dawkes sterben wird?« fragte Leslie schließlich noch ängstlich.

Ich schüttelte den Kopf.

»Der Bericht vom Hospital klang allerdings nicht sehr ermutigend.«

»Dem geschähe es nur recht, wenn er ins Gras beißen müßte. Er ist ein ganz gemeiner Kerl! Wenn ich daran denke, daß dieses Mädchen in der Gewalt eines solchen Mannes war, ein so hübsches, nettes Ding . . .«

»Auch du, mein Sohn Brutus?« sagte ich vorwurfsvoll, und Leslie wurde rot.

Ich untersuchte das Büro genau. Vor allem wollte ich den wirklichen Hergang feststellen, da ich doch später bei der Verhandlung eine glaubhafte Geschichte erzählen mußte, ohne Billy oder Miss Mary bloßzustellen. Ich suchte mich selbst in die Lage von Miss Ferrera zu versetzen, stellte mich an den Platz, wo wir sie gefunden hatten und tat so, als ob ich die Waffe in Anschlag brächte. In Wirklichkeit hob ich nur die Hand und zeigte mit dem Finger, um die Schußrichtung anzugeben. Mir fiel dabei sofort auf, daß man von dieser Stelle aus unmöglich die untere

Fensterscheibe zertrümmern konnte. Thomson Dawkes hatte doch am Schreibtisch gestanden, als der Schuß abgefeuert wurde, und die Kugel hatte ihn am Kopf getroffen. In diesem Fall hätte der Schuß durch eins der oberen Fenster gehen müssen.

Es war wenig glaubhaft, daß die Kugel von seinem Kopf abprallte und so weit abgelenkt wurde, daß sie eine der unteren Fensterscheiben durchschlug. Die zertrümmerte Scheibe lag niedriger als der Kopf von Dawkes.

Allem Anschein nach hatte es keinen Zweck, nach dem Geschoß zu suchen, das durch das Fenster geflogen war und wahrscheinlich ein Dach auf der anderen Seite der Straße getroffen hatte. Später schickte ich einige Beamte aus, die auf dem gegenüberliegenden Dachstuhl eine genaue Untersuchung anstellten, aber auch sie entdeckten das Geschoß nicht. Wahrscheinlich war die Kugel also gegen das Gesimse geschlagen, auf die Straße gefallen und am frühen Morgen von den Straßenkehrern weggefegt worden.

Vom Hospital hatte ich Nachricht bekommen, daß Mr. Dawkes außer der Schußwunde am Kopf auch Kratzwunden im Gesicht hatte. Diese Tatsache konnte ich mir verhältnismäßig leicht erklären. Wahrscheinlich war Dawkes mit dem Kopf auf das Gestell gefallen, in dem Billington Federhalter und Bleistifte liegen hatte.

Die Tür zum Korridor war noch verschlossen wie am Abend vorher. Ich zog den Schlüssel heraus, steckte ihn in die Tasche und suchte die neugestrichene Tür nach Fingerabdrücken ab. Irgendwie im geheimen hoffte ich, daß noch eine dritte Person in dem Zimmer gewesen war, die den Schuß abgefeuert und Dawkes niedergestreckt hatte.

Dann erinnerte ich mich plötzlich an George Briscoe. Er hatte ja gedroht, Billy zu ermorden. George Briscoe! Aber Miss Ferrera hatte ja den Schuß zugegeben – und hatten wir sie nicht mit dem Revolver in der Hand überrascht? Aber angenommen, sie und Briscoe, der sich irgendwie im Raum versteckt haben konnte, hätten zu gleicher Zeit geschossen. Es war eine geradezu phantastische Vermutung, aber auf jeden Fall mußte ich feststellen, wo sich Mr. Briscoe während der fraglichen Zeit aufgehalten hatte. Dabei kam mir ein günstiger Umstand zu Hilfe, auf den ich nicht gerechnet hatte. Mr. Briscoe befand sich nämlich in einer Zelle der Polizeistation in Cannon Row, und zwar seit drei Uhr vergangenen Nachmittags. Man hatte ihn wegen des Einbruchs bei dem Juwelier in der Regent Street verhaftet.

Unverzüglich ging ich dorthin und besuchte ihn in seiner Zelle. Aber es bestand nicht der geringste Zweifel, daß er das beste Alibi hatte, das er sich nur wünschen konnte.

»Wer hat Sie denn verhaftet? Ich hatte nichts damit zu tun.« Ich hielt es für gut, Billy zu entlasten.

Er nickte.

»Das weiß ich alles ganz gut, Mr. Mont. Wenn Sie wissen wollen, wer mich angezeigt hat, dann kann ich Ihnen nur sagen: Cherchez les femmes! Warum sind Sie denn eigentlich hergekommen?« fragte er schnell. »Ist etwas geschehen?«

»Nichts Besonderes. Wir haben nur Mr. Thomson Dawkes mit einem Kopfschuß in Stabbats Büro gefunden. Jemand hat ihn niedergeknallt. Ich habe nachher Stabbat verhaften müssen, weil er in Verdacht steht, der Täter zu sein.«

»Donnerwetter, das sind ja allerhand Neuigkeiten! Habe ich recht gehört, daß Billy Stabbat verhaftet ist? Das ist ja großartig! Hat er es denn wirklich getan?«

»Leider ja. Ich war sogar Augenzeuge.«

»Ist Dawkes tot?«

»Nein, aber es geht ihm sehr schlecht.«

»Hoffentlich krepiert er«, meinte George Briscoe. »Es würde mir den größten Spaß machen, wenn ich durch die Gitter meiner Zelle sehen könnte, wie Stabbat zum Galgen geführt wird.«

»Na, Sie haben ja fromme Wünsche!«

Ich verließ ihn und suchte Mary in Brixton auf. In ihrer Gesellschaft wollte ich mich allerdings nicht sehen lassen, denn ich dachte an die unangenehme Erfahrung, die wir in Elston gemacht hatten. Jennings konnte mich ja irgendwie überwachen lassen, wie Dawkes Billy hatte beobachten lassen. Als ich zu ihr kam, fand ich, daß sie sich von dem Schrecken einigermaßen erholt hatte. Sie hatte eben die kurzen Berichte in den Zeitungen durchgelesen und war aufs höchste beunruhigt.

»Ich kann nicht zugeben, daß er dieses Opfer für mich bringt. Was hier steht, ist doch alles nicht wahr. Ich kann ja alles aufklären.«

»Deshalb bin ich doch gerade zu Ihnen gekommen. Sie müssen mir alle nötigen Angaben machen.«

»Ich versuche schon dauernd, mich genau auf alles zu besinnen.«

Sie ging erregt im Zimmer auf und ab. Diese unerschrockene Spielerin, die Tausende wagte und einem Mann wie Thomson Dawkes ruhig entgegentreten konnte, war vollständig durcheinander. Nicht weil sie selbst in einer schrecklichen Lage war, sondern weil dem Mann Gefahr drohte, den sie liebte.

»Ich versuche nachzudenken und mir alles wieder klarzumachen«, sagte sie verzweifelt und rang die Hände. »Als Sie mich mit Mr. Dawkes allein ließen, sprach er zuerst ruhig und freundlich mit mir, erklärte, daß er alles über mich herausbekommen hätte und sagte, das Geld, mit dem ich in Monte Carlo spielte, stamme aus der Bank. Eine Weile redete er dann ganz vernünftig über verschiedene Systeme, aber plötzlich kam er auf mich zu und riß mich an sich, bevor ich seine Absicht erkennen konnte.

›Sie können mein Schweigen leicht erkaufen, wenn Sie mich ein wenig liebhaben. Sie können so oft nach Monte Carlo reisen, als Sie es sich in Ihren kleinen hübschen Kopf setzen‹, sagte er.

Ich versuchte zu entkommen, aber er war stark – unheimlich stark. Ich sagte, ich würde schreien, aber er lachte mir nur ins Gesicht.

›So etwas Dummes werden Sie nicht tun‹, entgegnete er. ›Dazu kenne ich doch die jungen Mädchen zu genau. Nun, mein Liebling, was wollen Sie? Soll ich die Beamten hereinrufen, oder wollen Sie vernünftig sein?‹

Plötzlich gelang es mir, ihm auf den Fuß zu treten, und unwillkürlich ließ er mich los. Während des Kampfes war ich der Tür näher gekommen, die auf den Korridor und zur Treppe führte, und als er mich freigab, lief ich dorthin. Ich wollte sie öffnen, aber sie war verschlossen.

Er wollte mich gerade wieder packen, als ich den Schalter sah und das Licht ausdrehte. Es gelang mir, ihm zu entkommen, aber ich konnte nicht an ihm vorbei und das Büro erreichen, wo Mr. Stabbat wartete.«

»Warum haben Sie nicht um Hilfe gerufen?«

Sie schüttelte den Kopf.

»Dawkes kannte mich ganz genau. Ich dachte, ich könnte entkommen, ohne großen Lärm zu schlagen, und vor allem, ohne Mr. Stabbat zu Hilfe zu rufen. Ich wußte genau, daß er entrüstet sein und eine furchtbare Szene machen würde, und das fürchtete ich am meisten. Dawkes muß mich gesehen haben, als ich am Fenster vorbeischleichen wollte, denn plötzlich eilte er auf mich zu. Ich hatte gerade noch Zeit, unter seinen Armen durchzuschlüpfen, bevor er sich am Schreibtisch stieß.

›Bleiben Sie stehen!‹ rief ich. ›Ich kann Sie deutlich sehen. Ich habe einen Revolver!‹ Dabei legte ich den Sicherheitshebel um. Ich habe die Waffe stets bei mir, wenn ich meine Reisen nach Frankreich mache. Wenn ich sie doch nur gestern abend nicht mitgenommen hätte!«

»Was geschah dann?«

»Er wurde furchtbar wütend. Ich konnte ihn deutlich vor dem Fenster sehen ...« Sie schauderte. »Ich möchte nicht mehr an die Gemeinheiten denken, die er mir sagte. Ich hätte nie geglaubt, daß ein Mann wie er solche Dinge zu einer Frau sagen könnte. Was sich nachher ereignete, weiß ich kaum noch. Es drehte sich alles um mich, und ich hörte nur noch, wie er schrie: ›Jetzt klingle ich Stabbat, der wird dafür sorgen, daß Sie ins Gefängnis kommen.‹ Dann muß ich die klare Besinnung verloren haben. Ich kann mich nur noch darauf besinnen, daß ein Schuß fiel und Dawkes schwer auf dem Schreibtisch aufschlug. Ich hatte den Revolver in der Hand und lehnte an der Wand. Gleich darauf kamen Sie in das Zimmer.«

»Ist das alles, was Sie wissen und worauf Sie sich besinnen können? Sie haben also nicht direkt nach ihm geschossen? Es kann ja doch wohl auch ein unglücklicher Zufall gewesen sein. Vielleicht ging der Schuß von selbst los.«

»Ich weiß nicht, was geschah«, erwiderte sie einfach. »Ich haßte ihn, und ich hätte ihn am liebsten ermordet. Auf dieses

Gefühl besinne ich mich deutlich. Das ist alles, was ich weiß. – Wie geht es ihm?«

»Er hatte eine sehr unruhige Nacht, und die Ärzte werden ihn heute morgen operieren.«

Sie schaute erschreckt auf, aber dann zeigte sich ein verächtliches Lächeln auf ihrem Gesicht.

»Ich meine nicht Dawkes. Es kommt mir nicht darauf an, ob er lebt oder stirbt. Nein, wie geht es Mr. Stabbat? Was hält er von der ganzen Sache, und was soll daraus werden?«

Ich erzählte ihr alles, und ich glaubte, sie würde zusammenbrechen.

»Was, Sie haben ihn verhaftet – Sie!« Ihre Augen brannten. »Er hält Sie doch für seinen Freund, und Sie haben ihn wegen eines Verbrechens verhaftet, das er überhaupt nicht begangen hat, wie Sie genau wissen!«

»Wo wollen Sie hin?« fragte ich und faßte sie am Arm, als sie das Zimmer verlassen wollte.

»Ich gehe zur nächsten Polizeistation und berichte den wahren Sachverhalt.«

»Damit ruinieren Sie Billy nicht nur, sondern brechen ihm auch das Herz«, entgegnete ich ruhig. »Außerdem bringen Sie mich um meine Stellung! Sie dürfen nicht so planlos handeln. Billy hat das alles aus reiflicher Überlegung für Sie getan, weil es ihm leichter fällt als Ihnen, aus all den Schwierigkeiten herauszukommen. Vor allem will er Ihren Namen aus der Sache heraushalten – und auch den Ihres Onkels«, fügte ich hinzu.

Sie wurde bleich.

»Wußten Sie denn alles?« fragte sie schnell.

»Billy hat erfahren, daß Sie die Nichte von Sir Philip Frampton sind.«

Sie biß sich auf die Lippen und schien angestrengt nachzudenken.

»Wenn nun dieser Fall vor Gericht zur Verhandlung kommt, wie es ja unter allen Umständen geschehen muß, was wird dann aus Billy?«

Sie nannte ihn mit einer solchen Natürlichkeit beim Vornamen, daß es mir im Augenblick gar nicht auffiel.

»Er bekommt fünf, vielleicht auch sieben Jahre.«

»Fünf oder sieben Jahre?« wiederholte sie entsetzt. »Aber man kann ihm doch nichts anhaben. Das wäre grauenhaft, das wäre ein Verbrechen!«

Mary Ferrera zeigte sich anderen Frauen, die ich kannte, in diesem Augenblick überlegen. Die meisten hätten den Kopf verloren, aber sie faßte sich bald, wurde ruhiger und durchdachte den Fall vollkommen logisch. Und sie verstand auch mein Verhalten.

»Wenn sie ihn ins Gefängnis bringen«, erklärte sie schließlich so sachlich, als ob sie irgendeine Angelegenheit ihres Haushalts bespräche, »müssen wir ihn wieder herausholen.«

»Aber wie sollen wir das machen?« fragte ich bestürzt.

»Er muß eben entkommen. Das ist heutzutage ebenso leicht wie früher, ich möchte sagen, es ist noch einfacher ... Was soll ich denn seiner Meinung nach jetzt tun?«

Ich erklärte es ihr. Zwar hatte ich mit Billy nicht darüber gesprochen, denn er hatte keine Zeit gehabt, mir irgendwelche Instruktionen zu geben oder seine Wünsche zu äußern. Ich ließ sie jedoch in dem Glauben, daß es sein Plan wäre, weil sie unbegrenztes Vertrauen zu ihm hatte.

»Sie haben doch einen Paß mit einem Dauer-Visum?«

Sie nickte, sah mich aber fragend an.

»Soll ich ins Ausland gehen?«

»Ja. Am besten wäre es, wenn Sie nach Südfrankreich reisten, bis die ganze Sache hier vorüber ist. Später können Sie zurückkommen, und dann überlegen wir alles weitere mit Leslie Jones.«

»Aber wie komme ich nach Monte Carlo?« fragte sie betreten.

Ich sah sie erstaunt an.

»Ich dachte, Sie könnten dorthin reisen, wann es Ihnen paßt?«

»Nein, ich reise nur dorthin, wenn ich geschickt werde.«

Sie war also nicht ihre eigene Herrin, sondern hatte diese abenteuerlichen Fahrten im Auftrag eines anderen unternommen, auf dessen Rechnung sie auch spielte.

»Dann müssen Sie es eben einrichten, daß Sie wieder hingeschickt werden. Vielleicht ist es besser, wenn Sie zu Ihrem Onkel gehen und ihm die ganze Geschichte erklären.«

»Nein, nein«, wehrte sie entschieden ab. »Das könnte ich nicht, das darf ich nicht tun. Ich werde sehen, daß ich einen anderen Ausweg finde.«

Ich wunderte mich, entschloß mich aber, Billy nichts von dieser Neuigkeit zu sagen.

In einer Beziehung konnte ich ihr helfen. Leslie Jones hatte mir dreihundert Pfund übergeben, die er aus Billys Geldschrank genommen hatte. Er bat mich, das Geld aufzubewahren, und nun bot ich es ihr an. Zu meinem größten Erstaunen nahm sie an. Allem Anschein nach wurde sie für ihre Dienste nicht gerade glänzend bezahlt. Sie entschied sich dafür, abzureisen und an der Riviera zu bleiben, bis ich ihr telegrafierte. Zunächst aber mußte sie nach Elston fahren.

Am gleichen Abend besuchte ich Billy in seiner Zelle und berichtete ihm, was geschehen war. Er war mir sehr dankbar.

»Sie wissen nicht, welche Last Sie von mir genommen haben, Mont. Ich folgte einer augenblicklichen Eingebung, als ich Ihnen vorschlug, mich als den Schuldigen zu verhaften. Dadurch kam der Fall in Ihre Hand, und das macht die ganze Sache leichter. Wie geht es Dawkes?«

»Die Operation ist gut gelungen, aber es wird noch viele Wochen dauern, bis er eine Zeugenaussage machen kann.«

Tatsächlich trat er auch erst zwei Monate später vor Gericht in den Zeugenstand. Sein Kopf war noch vollkommen verbunden. Er erzählte alles, worauf er sich besinnen konnte.

Während seiner langen Genesung hatte er reichlich Zeit zum Nachdenken gehabt. Billy hatte beim Verhör vor dem Polizeigericht einen umfassenden Bericht gegeben, wie und warum er Dawkes niedergeschossen habe, und dieselbe Geschichte wiederholte nun Dawkes. Ich glaube, er schämte sich wegen der traurigen Rolle, die er bei der ganzen Sache gespielt hatte. Er war sich auch bewußt, daß er sich Miss Ferrera gegenüber unmöglich benommen hatte. Auf jeden Fall wurde ihr Name bei der Gerichtsverhandlung nicht erwähnt. Dawkes nahm sogar die Schuld auf sich und erklärte, daß er Billy herausgefordert hätte.

Ich hoffte zuerst, daß seine Aussagen sich günstig auswirken würden, aber ich wurde furchtbar enttäuscht.

»Sie erhalten eine Zuchthausstrafe von sieben Jahren«, lautete das Urteil des Richters.

Billy verbeugte sich kurz vor dem Gerichtshof und ging in seine Zelle zurück.

9

Durch einen außergewöhnlichen Zufall war George Briscoe der nächste Angeklagte, dessen Fall vor Gericht verhandelt wurde. Ich war nicht in der Stimmung, noch länger im Saal zu bleiben, las aber später in der Zeitung, daß er zu drei Jahren Zuchthaus verurteilt worden war.

Nun konnte ich Miss Ferrera den Ausgang des Prozesses telegrafieren. Ich war erstaunt, daß sie ihre Tätigkeit bei der Bank solange hatte unterbrechen können. Ich schrieb auch an Mr. Pontius, den Kassierer von Framptons Bank, und drückte mich sehr vorsichtig und diplomatisch aus.

Zwei Tage darauf hatte ich seine Antwort und erhielt die überraschende Nachricht, daß Miss Ferrera nach einem zweimonatigen Urlaub ihre Stellung bei der Bank aufgegeben hatte.

Er schrieb nicht, daß irgendwelche Entdeckungen gemacht worden wären. Aber er erwähnte, daß er meinen Brief nicht hätte beantworten können, wenn ich mich eine Woche früher an ihn gewandt hätte. Er teilte mir mit, daß alle Bücher von den Revisoren geprüft worden wären. Daraus schloß ich, daß keine Veruntreuung von ihrer Seite aus vorgekommen war.

Leslie Jones war sehr deprimiert, aber er suchte Zerstreuung in der Arbeit und führte das Detektivbüro weiter. Er hatte auch verhältnismäßig gute Erfolge. Billys Büro betrachtete er als eine Art Heiligtum und vermied es, in das Zimmer zu gehen, in dem das Verbrechen begangen worden war. Er ließ alles so stehen, wie Billy es verlassen hatte.

Billy war schon etwas über drei Monate im Zuchthaus, als ich Leslie einen Besuch machte. Von Mary Ferrera hatte ich nichts gehört, und ich machte mir schon Vorwürfe darüber, daß ich sie alleingelassen und mich nicht um sie gekümmert hatte.

Ich machte eine Bemerkung über Billys Büro.

»Er soll bei seiner Rückkehr alles so finden, wie er es verlassen hat«, erklärte Leslie, aber er machte dabei ein betrübtes Gesicht. »Ich habe sehr viel zu tun, Mr. Mont, und ich wäre Ihnen sehr dankbar, wenn Sie mir ab und zu ein wenig helfen wollten. Ich habe zwar zwei Assistenten eingestellt, aber wenn man nicht alles selbst machen kann, ist es nichts Rechtes«, meinte er verzweifelt. »Die Leute arbeiten wohl, machen aber viel zuviel Umstände. Sie verkleiden sich sogar! Die Sache hat nur einen Vorteil – sie sitzen immer in derselben Kneipe, so daß ich stets weiß, wo ich sie finden kann.«

»Ich habe eine Sache, die Sie erledigen könnten«, sagte ich, als ich fortging.

»Sie meinen doch nicht einen Auftrag, Mr. Mont?« fragte er erstaunt.

Ich nickte.

»Die Sache geht auch Billy sehr an. Sie wissen doch, daß Miss Ferrera in Monte Carlo gespielt hat?«

Er lächelte schwach.

»Wie können Sie so etwas fragen!«

»Nun gut. Ich bin überzeugt, daß Miss Ferrera nur im Auftrag einer anderen Person gehandelt hat, und ich möchte herausbringen, wer das ist.«

Er schob den Stuhl zurück und steckte die Hände in die Taschen seines abgetragenen Rocks.

»Ich war inzwischen zweimal in Elston.«

»Warum denn?« fragte ich überrascht.

»Während der Prozeß gegen Billy schwebte, wollte ich natürlich keine Zeit verlieren und soviel entlastendes Material als nur möglich sammeln. Billy bedeutet für mich mehr, als Sie vielleicht ahnen.« Seine Stimme zitterte einen Augenblick.

Ich hätte niemals vermutet, daß Leslie Jones derartig gefühlvoll sein konnte. Aber ich sah, daß ihm die Tränen sehr nahe waren, und er hätte mir niemals verziehen, wenn er in meiner Gegenwart die Fassung verloren hätte.

»Was haben Sie denn in Elston gemacht?«

»Ich habe mich bei den Angestellten der Bank nach Miss Ferrera erkundigt und auch erfahren, wer ihre Freunde waren. Zunächst kam es mir merkwürdig vor, daß sie nicht im Haus ihres Onkels wohnte.«

»Das ist mir auch aufgefallen. Aber früher war sie doch bei ihm?«

»Ja, aber nur acht Monate lang. Er hat ein großes Haus direkt vor der Stadt. Seine Schwester führte ihm die Wirtschaft. Aber sie starb, und bald darauf starb auch sein Schwager. Damals adoptierte er seine Nichte.«

»Warum ist sie denn von ihm fortgezogen?«

»Weil sie ihn nicht ausstehen konnte«, lautete die überraschende Antwort. »Die Leute sagen, er hätte einen unangenehmen Charakter, und man könnte unmöglich mit ihm auskommen. Seine Angestellten hassen ihn wie die Pest.«

Das war mir neu. Der Chef einer großen Firma ist ja für gewöhnlich nicht besonders beliebt, aber geradezu verhaßt ist er wohl selten.

»Er ist ein geiziger Mensch mit beschränktem Horizont und entsetzlich altmodisch. Er hält es beinahe für ein Verbrechen, wenn Damen rauchen oder im Herrensattel reiten. Die Leute in der Stadt waren mehr als erstaunt, als er tatsächlich den Wunsch seines Schwagers erfüllte und Miss Ferrera adoptierte. Danach zog sie zu ihm, konnte es aber nicht länger als acht Monate bei ihm aushalten. Sie mietete sich dann eine eigene kleine Wohnung, behielt aber ihre Stellung in der Bank bei. Noch eine andere merkwürdige Tatsache habe ich herausbekommen: Miss Ferrera erhielt siebzig Schilling die Woche ausbezahlt, und dieselbe Summe wurde auf Sir Philips Privatkonto geschrieben.«

Ich setzte mich und starrte Leslie an.

»Dann erhielt sie also im ganzen hundertvierzig Schilling die Woche, und die Hälfte kassierte Sir Philip ein?«

Leslie nickte.

»Ich glaube, daß sie damit eine Schuld ihres Vaters abzahlte.«

»Das wäre allerdings eine gute Erklärung. Aber dieser Sir Philip muß ja wirklich ein entsetzlich gemeiner Kerl sein.«

»In den beiden letzten Wochen, die Miss Ferrera bei der Bank tätig war, hat sie die volle Summe von hundertvierzig Schilling ausgezahlt erhalten. Daraus geht klar hervor, daß die Schuld ihres Vaters abgetragen war. Deshalb hat sie wahrscheinlich auch ihre Stellung aufgegeben.«

»Ich werde Sie weiter auf dem laufenden halten«, sagte ich und stand auf.

»Aber gehen Sie doch noch nicht! Bleiben Sie hier und trinken Sie Tee bei mir.«

Er klingelte und gab dem jungen Mann, der gleich darauf erschien, den Auftrag, Tee zu holen. In verhältnismäßig kurzer Zeit war die Erfrischung zur Stelle.

Leslie erzählte mir nun noch die letzten Neuigkeiten über Billy. Zunächst war Stabbat in Wormwood Scrubbs untergebracht worden, aber noch in dieser Woche sollte er nach Dartmoor transportiert werden, da das Gefängnis in London zur Zeit mit politischen Gefangenen aus Irland überfüllt war.

»Es geht ihm persönlich sehr gut, und er ist in der besten Stimmung«, sagte Leslie ganz verzweifelt. »Er arbeitet in der Schneiderabteilung zusammen mit George Briscoe!«

»Da muß er sich aber sehr in acht nehmen.«

»Ebenso Briscoe«, erwiderte Leslie bedeutungsvoll. »Es wird ihm sicher schlecht gehen, wenn er sich in Händel mit Billy einläßt.«

»Das eine kann ich an Sir Philip Frampton nicht verstehen –« begann ich gerade, als es an der Tür klopfte. Der junge Mann kam wieder herein.

»Ein Herr möchte Sie in einer geschäftlichen Angelegenheit sprechen«, meldete er.

Leslie nahm die Karte, sah kurz darauf und reichte sie mir dann.

»Sir Philip Frampton«, stand darauf.

Leslie warf mir einen vielsagenden Blick zu.

10

Ich hatte Sir Philip vorher nur flüchtig gesehen und einen äußerlich guten Eindruck von ihm gehabt. Aber als ich ihn nun aus der Nähe betrachtete, wirkte er weniger günstig auf mich. Er war sehr groß, hatte aber eine verhältnismäßig niedrige Stirn und ein von vielen Falten durchzogenes Gesicht. Sein Blick wanderte ruhelos umher, und er rieb sich nervös die Hände, als Leslie ihm einen Stuhl hinschob.

»Guten Morgen«, begrüßte er uns mit rauher, brummiger Stimme. »Wer von Ihnen beiden ist Mr. Stabbat? Ein Bekannter hat Sie mir vor einigen Monaten empfohlen, und ich hätte einen Auftrag für Sie.«

»Mr. Stabbat ist aufs Land gefahren«, erklärte Leslie. »Aber ich führe in seiner Abwesenheit das Geschäft.«

Der alte Herr sah ihn fragend an. »Können Sie dann den Auftrag entgegennehmen?«

»Jawohl.«

Ich trank meine Tasse aus und wollte gehen, aber Leslie bat mich durch einen Blick, zu bleiben. Sir Philip schien es jedoch unangenehm zu sein, daß noch ein Dritter bei der Unterhaltung zugegen war. Der Blick, den er mir zuwarf, drückte das deutlich aus.

»Ist dieser Herr auch ein Detektiv, ich meine einer von Ihren Leuten?«

»Ja, er ist ein Detektiv«, beruhigte ihn Leslie.

»Hm«, sagte Sir Philip. »Er sieht intelligent aus.«

Ich errötete über die Taktlosigkeit, während Leslie nur mit Mühe ein Lächeln unterdrücken konnte. Sir Philip kam es gar nicht zum Bewußtsein, daß wir uns im stillen über ihn amüsierten.

»Da er wahrscheinlich später doch mit der Sache zu tun bekommt, ist es vielleicht besser, wenn er von Anfang an hört, was ich zu sagen habe«, begann er. »Sie wissen wahrscheinlich, daß ich Bankier bin. Ich leite eine der größten Banken in West-England. Vor einigen Jahren starb nun einer meiner Freunde, der mir eine größere Summe schuldete.«

Leslie stieß mich unter dem Tisch an.

»Er hinterließ eine Tochter, und ich sorgte für die Waise, obwohl mich solche Familiengeschichten nicht gerade interessieren. Ich bin auch zeitlebens Junggeselle geblieben. Damals starb auch meine Schwester, die mir die Wirtschaft geführt hatte, und ich fühlte mich vereinsamt. Es war sehr schwer, mit dem jungen Mädchen auszukommen, obgleich sie mit mir verwandt und mir in mancher Beziehung verpflichtet war. Sie war sehr energisch und eigensinnig.«

Er schüttelte vorwurfsvoll den Kopf, und es war deutlich zu erkennen, daß ihm der Charakter seines Mündels durchaus nicht gefiel.

»Nach einigen unangenehmen Zwischenfällen gab ich schließlich meine Zustimmung, daß sie eine Wohnung in der Stadt bezog. Abgesehen davon muß ich aber bemerken, daß sie einen sehr verantwortungsvollen Posten in meiner Bank hatte. Vor einem Monat bat sie nun um ihre Entlassung, obwohl ich sie immer sehr zuvorkommend und großzügig behandelt hatte. Früher fuhr sie häufiger nach Paris, um ihre französischen Sprachkenntnisse zu vervollkommnen. Ich hatte ihr auch zugesagt, später die Auslandskorrespondenz durch sie erledigen zu lassen«, erklärte er nachdrücklich. »Ich sah ihren Austritt aus dem Geschäft nur sehr ungern. Damit wäre die Sache nun eigentlich erledigt gewesen. Aber als ich vorige Woche den Inhalt meines Privatsafes prüfte, fand ich, daß zwanzigtausend Pfund fehlten.«

Leslie schrieb mechanisch die Summe auf einen Notizblock.

»Zur gleichen Zeit erfuhr ich durch einen anonymen Brief, daß Miss Ferrera öfter nach Monte Carlo reiste und dort spielte, während ich sie in Paris vermutete.«

Wir schwiegen beide.

Mir tat Billy sehr leid. Nun kam doch alles heraus – aber es war noch eine dritte Person im Spiel, jemand, für den sie das alles getan hatte. Wer mochte der anonyme Briefschreiber sein, der sie bei ihrem Onkel verraten hatte? Ich dachte unwillkürlich zuerst an Mr. Thomson Dawkes, aber das hätte sich nicht mit der Haltung vereinbaren lassen, die er in letzter Zeit gezeigt hatte.

»Und was soll ich nun für Sie tun?« fragte Leslie.

»Die Frage ist nicht so leicht zu beantworten«, entgegnete der alte Herr zögernd. »Am besten würde man sie warnen, nicht wieder nach Elston zu kommen. Ich möchte nicht haben, daß sie unnötig beunruhigt wird. Sie soll auch nicht erfahren, daß ich von ihrer Doppelrolle weiß.«

»Wenn wir nun annehmen, daß sie das Geld tatsächlich genommen hat –«, begann ich.

»Das brauchen wir gar nicht mehr anzunehmen«, unterbrach er mich. »Die Sache liegt vollkommen klar. Sie war die einzige, die den Safe öffnen konnte, und ich habe die Tatsachen, die in dem anonymen Brief standen, erst nachgeprüft, bevor ich hierherkam. Ich habe die genauen Daten ihrer Besuche in Monte Carlo, und ich weiß auch, daß sie sich dort Miss Hicks nannte. Ich werde Ihnen jetzt eine Adresse geben, unter der Sie das Mädchen meiner Meinung nach bestimmt finden können. Es ist eine kleine Villa in Brixton. Also, wollen Sie den Auftrag übernehmen und ihr ohne Erwähnung der eigentlichen Zusammenhänge beibringen, daß es nicht ratsam für sie ist, sich wieder in Elston sehen zu lassen?«

Leslie nickte.

Sir Philip nahm einen kleinen Zettel mit der Adresse aus der Brieftasche. Er hätte sich ja die Mühe sparen können, denn ich wußte die Adresse auch. Es war mir allerdings neu, daß sich Miss Ferrera in London aufhielt.

»Sie können ihr noch sagen«, fuhr Sir Philip nach einer Weile fort, »daß ich ihr nicht böse bin. Das Testament, in dem ich ihr eine jährliche Rente vermachte, habe ich allerdings vernichtet.«

Wir erfuhren später, daß es sich um eine Summe von fünfundsiebzig Pfund im Jahr gehandelt hatte.

»Bevor ich nach Elston zurückkehre, werde ich ein anderes Testament aufsetzen und sie darin mit einem Erinnerungszeichen an ihren Wohltäter bedenken.«

Leslie begleitete ihn hinaus. Als er zurückkam, sah er mich fragend an.

»Was halten Sie von der ganzen Sache?«

»Ein erstaunliches Zusammentreffen. Sie werden natürlich seinen Auftrag ausführen?«

Leslie schüttelte den Kopf.

»Ich weiß nicht, was ich tun soll. Billy steht auf dem Standpunkt, daß man das Vertrauen eines Kunden unter allen Umständen respektieren muß. Im Falle von Miss Ferrera hat er allerdings eine Ausnahme gemacht, das gebe ich zu. Und ich muß auch sagen, daß ich mich in bezug auf die Anklage, die Sir Philip gegen die junge Dame erhoben hat, eigentlich nicht zum Schweigen verpflichtet fühle. Ich werde mich jedenfalls erkundigen, ob sie die Absicht hat, nach Elston zu gehen. Warum nur hat er ihr nicht selbst geschrieben oder ihr das alles persönlich mitgeteilt . . . Ach so, sie soll ja nicht erfahren, daß er über die Entwendung des Geldes unterrichtet ist.«

Ich verabschiedete mich von Leslie, der sofort Miss Ferrera aufsuchen wollte, und besuchte Mr. Thomson Dawkes. Er wohnte in einem großen Haus in der Nähe von Regent's Park, und ich hatte Glück, daß ich ihn zu Hause antraf. Als ich ihm in seinem Arbeitszimmer gegenüberstand, bemerkte ich jedoch, daß er sehr gut aussah.

»Hallo, Mr. Mont, was führt Sie denn zu mir? Kann ich etwas für Sie tun? Nehmen Sie doch bitte Platz und rauchen Sie eine Zigarre.«

»Es ist nichts Besonderes geschehen, ich wollte Sie nur etwas wegen Miss Ferrera fragen.«

Er verzog das Gesicht.

»Ich hoffte, der Name dieser jungen Dame würde nicht mehr genannt werden. Die Sache ist mir unangenehm, das wissen Sie natürlich selbst sehr gut. Sie sind ja in alles eingeweiht. Ich habe übrigens Jennings von alledem nichts gesagt.«

Ich drückte meine Dankbarkeit darüber aus und erklärte ihm dann den Grund meines Besuches.

»Sie entsinnen sich doch, daß Miss Ferrera in Framptons Bank in Elston angestellt war, und ebenso ist Ihnen bekannt, daß sie in Monte Carlo sehr hoch spielte.«

Er nickte.

»Natürlich«, entgegnete er mit einem müden Lächeln.

»Nun hat Sir Philip entdeckt, daß eine Summe von zwanzigtausend Pfund aus seinem Safe entwendet wurde. Seiner Meinung nach kommt nur Miss Ferrera als Täterin in Betracht. Er weiß auch, daß sie an der Riviera hoch gespielt hat. Das hat er durch einen anonymen Brief erfahren. Ich möchte Sie nun offen fragen, ob Sie der Schreiber sind?«

»Nein, natürlich nicht! Das wäre doch eine Gemeinheit gewesen. Wenn ich Miss Ferrera irgendwie hätte schaden wollen, so hätte ich das doch viel leichter als Zeuge bei der Gerichtsverhandlung tun können. Glauben Sie mir, nach allem, was ich durchgemacht habe, würde ich mich nicht zu einer so niederträchtigen Handlungsweise herbeilassen.«

»Davon war ich auch überzeugt, Mr. Dawkes. Aber haben Sie eine Ahnung, wer den Brief geschickt haben könnte?«

»Vielleicht ist sie in Monte Carlo von jemand erkannt worden. Es kommen ja viele Engländer dorthin . . .«

»Aber dann sollte man doch nicht annehmen, daß der Betreffende gleich einen anonymen Brief schriebe.«

»Da mögen Sie recht haben«, gab Dawkes zu. »Es ist eine sehr unangenehme Geschichte. Jeden Abend, wenn ich mich schlafen lege, muß ich an unseren armen Freund Billington Stabbat denken. Eigentlich sollte ich an seiner Stelle sein. Die Tatsache, daß Miss Ferrera auf mich geschossen hat, kann man allerdings nicht aus der Welt schaffen.«

»Ist das wirklich so sicher?«

»Darüber besteht doch nicht der leiseste Zweifel. Ich habe das Mündungsfeuer deutlich gesehen. Gibt sie es denn nicht zu?« fragte er überrascht.

Ich schüttelte den Kopf.

»Sie weiß nicht, ob sie es getan hat. Offenbar haben Sie etwas gesagt, was sie in größte Empörung brachte.«

Er hob abwehrend die Hand.

»Erinnern Sie mich bitte nicht daran, ich habe mich wirklich nicht sehr fair benommen. Wenn ich ihr das nächste Mal begegne, muß ich sie um Verzeihung bitten für alles, was vorgefallen ist.«

Als ich Mr. Thomson Dawkes verließ, war er mir lange nicht mehr so unsympathisch wie früher. Ich war ihm direkt wohlgesinnt. Meiner Erfahrung nach gibt es überhaupt kaum Menschen, die vollkommen unverbesserlich wären.

An diesem Abend erhielt ich die Nachricht, daß ich zum Inspektor befördert worden war, weil ich den Fall Stabbat so glatt erledigt hatte. Das war allerdings eine Ironie des Schicksals. Inspektor Jennings begegnete mir, als ich die Treppe in Scotland Yard hinunterging, und gratulierte mir mit saurem Gesicht.

»Ich habe gehört, daß Sie eine Stufe höher gekommen sind. Nun, es ist Ihnen ja sehr leicht gefallen. Manche von uns müssen jahrelang warten und hart arbeiten, manche werden vom Schicksal bevorzugt und überspringen andere tüchtige Beamte.«

»Ich danke Ihnen für Ihre Gratulation«, erwiderte ich höflich. »Und da wir jetzt den gleichen Rang haben und unter vier Augen miteinander sprechen, möchte ich Ihnen in aller Liebenswürdigkeit sagen, daß ich mich den Teufel um Ihre Glückwünsche kümmere.«

Er machte ein böses Gesicht und drehte mir den Rücken.

Ich speiste zu Hause und hatte die Mahlzeit noch nicht beendet, als das Telefon klingelte. Mary Ferrera sprach von einer Fernsprechzelle aus; ihre Stimme klang froh und vergnügt.

»Ich habe gerade den geheimnisvollen Mr. Leslie Jones gesehen. Er hat mich gefragt, ob ich die Absicht hätte, nach Elston zurückzukehren. Selbstverständlich kommt das nicht in Frage, aber ich möchte doch gern von Ihnen erfahren, warum er das wissen wollte.«

»Das weiß ich nicht. Leslie ist ein ziemlich neugieriger Mensch«, entgegnete ich vorsichtig.

»Er muß aber doch irgendeinen Grund gehabt haben.«

»Er tut nie etwas ohne Grund. Er ist der konsequenteste Mensch, den ich kenne.«

»Ich habe ihn heute gesehen«, sagte sie nach einer kurzen Pause.

»Ich weiß, Sie haben es mir eben gesagt.«

»Ach, ich meine doch nicht Mr. Leslie Jones. Ich habe – Billington gesehen.«

»Ist das möglich?« fragte ich überrascht. »Wo denn?«

»In Wormwood Scrubbs«, erwiderte sie etwas erregt. »Heute abend wird er nach Dartmoor gebracht. Ich muß mit Ihnen sprechen, Mr. Mont.«

»Ich komme morgen zu Ihnen.«

Mein Vorschlag schien ihr jedoch nicht zu passen.

»Sie sollen nicht den weiten Weg hierher machen. Ich komme morgen nachmittag in Ihr Büro.«

»Ich habe kein eigenes Privatbüro, und die Zimmer in Scotland Yard sind alle so düster und unfreundlich. Vielleicht könnten wir uns in Billys Büro treffen? Leslie hat sicherlich nichts dagegen und wird uns eine ausgezeichnete Tasse Tee servieren.«

Ich hatte das unbestimmte Gefühl, einen Fehler zu machen, als ich das sagte, und plötzlich fiel mir auch wieder ein, daß sich der alte Frampton ebenfalls für morgen nachmittag angemeldet hatte.

»Nein, kommen Sie morgen nicht«, sagte ich hastig.

»Um vier Uhr bin ich dort. Versuchen Sie nicht, die Sache rückgängig zu machen, Mr. Mont. Anscheinend liegt Ihnen nicht sehr viel daran, mich wiederzusehen?«

»Ich versichere Ihnen, Miss Ferrera, daß mir sehr viel daran liegt, aber –«

»Ich will von keinem Aber hören. Also, guten Abend.« Damit brach sie das Gespräch ab.

Die beiden brauchten sich ja nicht unbedingt zu treffen, überlegte ich später, denn es standen drei Büroräume zur Verfügung. Allerdings würde sie nach ihrem traurigen Erlebnis wohl kaum in Billys Zimmer gehen wollen.

Am folgenden Morgen hatte ich in Scotland Yard reichlich zu tun, fand aber doch Zeit, Leslie anzurufen und ihn von der Verabredung zu verständigen, die ich mit Mary Ferrera getroffen hatte.

»Gut, das ist in Ordnung. Übrigens ist sie schon ziemlich lang in London und hat nicht die geringste Absicht, nach Elston zu fahren. Hat sie Ihnen das auch gesagt?«

»Ja.« Ich berichtete ihm, was ich am Telefon mit ihr gesprochen hatte.

»Es ist doch großartig, daß sie ihn im Gefängnis aufgesucht hat«, meinte er bewundernd. »Er muß übrigens ganz gut behandelt werden, wenn man ihm erlaubt, zu beliebigen Zeiten Besuch zu empfangen.«

An demselben Tag wurde das Parlament eröffnet, und ich mußte in Whitehall für Ruhe und Ordnung sorgen. Zum erstenmal trug ich dabei meine neue Uniform, und wurde daher weder von Sir Philip Frampton noch von Mary Ferrera erkannt, als ich ihnen in der John Street begegnete. Sie standen an der Ecke der Chandos Street und sprachen miteinander. Später erfuhr ich, daß sie sich zufällig unten am Themseufer getroffen hatten. Der alte Herr war sehr ärgerlich. Als ich vorüberging, sagte Mary Ferrera gerade:

»Ich habe nie etwas von dir erwartet, Onkel.«

Gleich darauf sprach er wieder, und ich fing noch das Wort »Testament« auf. Das alles war erstaunlich.

Ich ging nach Hause und zog Zivilkleider an. Um drei Uhr nachmittags machte ich mich dann auf den Weg zu Leslie Jones, um meine Verabredung mit ihm und Miss Ferrera einzuhalten. Ich traf Leslie auf der Treppe. Ein guter Freund hatte ihn bei Tisch aufgehalten.

»Der Alte kommt nicht. Er hat mich heute vormittag angerufen. Wir haben also viel Zeit für Miss Ferrera.«

Als wir auf dem ersten Treppenpodest ankamen, hörten wir, daß jemand eilig herunterkam. Ich schaute hinauf und sah zu meinem größten Erstaunen Mary Ferrera. Sie war bleich und verstört, antwortete nicht, als ich sie ansprach, und trachtete nur danach, an uns vorbeizukommen. Ich starrte ihr entsetzt nach.

»Was mag bloß geschehen sein?« fragte ich Leslie. Er schwieg eine Sekunde.

»Wir werden ja sehen«, sagte er dann.

Die Tür zu Billys Privatbüro lag direkt dem Treppenaufgang gegenüber. Weiter rechts befand sich Leslies Büro und ein anderer Raum, in dem die Besucher von einem Angestellten empfangen wurden. Wir traten in Leslies Zimmer, und gleich darauf erschien der Angestellte in der Tür.

»Wer war denn hier?« fragte Leslie scharf.

»Die junge Dame, die schon öfter herkam, und der alte Herr.«

»Der alte Herr?« wiederholte Leslie ungläubig.

»Ja. Sie sind beide drüben.« Er zeigte mit dem Kopf auf die Tür zu Billys Arbeitszimmer.

»Die junge Dame ist auf keinen Fall dort. Die ist uns eben auf der Treppe begegnet.«

»Nun, der alte Herr ist jedenfalls noch da. Er kam vor etwa einer halben Stunde und fragte mich, ob er einen Brief schreiben könnte. Ich führte ihn darauf in Mr. Stabbats Büro.«

»Wie kommen Sie denn dazu?« fuhr ihn Leslie an. »Wenn Sie solchen Unsinn machen, können Sie sich gleich nach einer anderen Stelle umsehen. Was ist denn geschehen?«

»Die junge Dame kam später«, entgegnete der junge Mann mürrisch. »Sie ging in Ihr Zimmer, aber ich glaube, die Tür zu dem großen Arbeitszimmer von Mr. Stabbat stand auf. Sicher hat sie den alten Herrn dort gesehen. Auf jeden Fall ging sie hinein und schloß die Tür. Sie müssen auch jetzt noch dort sein«, erklärte er hartnäckig.

Das war also der Grund für Marys Aufregung und Ärger.

»Das ist mir furchtbar unangenehm«, sagte Leslie. »Jetzt glaubt sie wohl, wir hätten ihr eine Falle gestellt. Ich möchte nur wissen, was er zu ihr gesagt hat.«

Er riß die Tür auf und trat in Billingtons Büro. Plötzlich blieb er stehen. Mitten im Zimmer lag Sir Philip Frampton auf dem Boden. Er hatte einen Einschuß über der linken Augenbraue.

11

Leslie taumelte, und ich fürchtete, er würde ohnmächtig werden.

»Um Himmels willen!« flüsterte er, wandte sich um und packte den Angestellten an der Hand, der auch hereingekommen war. »Haben Sie einen Schuß gehört?«

»Nein«, erwiderte der junge Mann bestürzt und furchtsam. »Ich hörte wohl ein Geräusch, aber ich glaubte, die Tür wäre heftig zugeschlagen worden.«

Leslie eilte zu der Tür, die auf den Korridor führte. Sie war nicht verschlossen, nur angelehnt. Wir hätten das auch bemerkt, wenn uns nicht die plötzliche Begegnung mit Mary abgelenkt hätte.

»Wie lang ist es denn her?« fragte Leslie, aber der Angestellte konnte keine genauen Angaben machen. Es mochten vor unserer Ankunft fünf Minuten verstrichen sein, oder auch zwei. Er war seiner Sache nicht sicher.

Leslie untersuchte das ganze Büro in größter Eile, während ich mich mit einem Hospital in Verbindung setzte und einen Arzt mit einem Krankenwagen bestellte.

»Sehen Sie, Mont, er hat hier am Tisch geschrieben.«

Es lag ein Briefbogen auf der Platte, daneben ein Kuvert, das an eine Rechtsanwaltsfirma adressiert war. Der Anfang des Schreibens lautete:

Sehr geehrter Mr. Tranter,

ich habe die Bestimmungen für mein neues Testament überlegt. Das frühere habe ich vernichtet. Ich möchte –

Hier endete der Brief; die Tinte war noch naß. Leider entdeckten wir nicht, daß die Feder alt und verdorben war, obgleich das ein wichtiger Anhaltspunkt für uns gewesen wäre.

Wir hatten noch einige Minuten Zeit, bevor der Arzt erschien, und wir mußten diese kurze Spanne nützen.

»Was sollen wir jetzt tun?« fragte Leslie verzweifelt.

»Ich wüßte wirklich nicht, was wir machen sollten«, erklärte ich vollkommen hoffnungslos.

»Aber wir dürfen doch nicht untätig bleiben. Billy bricht das Herz, wenn dem Mädchen etwas passiert. Überlegen Sie doch, Mont! Um Himmels willen, denken Sie sich etwas aus! Sie war mit ihm hier im Zimmer, das können wir nicht abstreiten. Und sie lief fort, nachdem er ermordet wurde. Wer weiß denn eigentlich, daß sie hier war?« fragte Leslie plötzlich.

Ich glaubte einen Augenblick, er könne infolge der Aufregung nicht mehr klar denken.

»Der junge Mann weiß es doch«, sagte ich ruhig. »Wir müssen den Tatsachen ins Gesicht sehen. Es hat keinen Zweck, daß wir uns selbst täuschen, es bleibt nur übrig, Mary Ferrera zu verhaften oder ihr zur Flucht aus dem Land zu verhelfen. Aber diesmal läßt es sich nicht umgehen, daß ihr Name in Verbindung mit dem Mord genannt wird.«

Leslie verbarg das Gesicht in den Händen, und in dieser Haltung traf ihn auch der Doktor.

Während der Arzt den Toten untersuchte, winkte mir Leslie.

»Sie gehen am besten zu ihr und sprechen mit ihr, Mont«, sagte er unsicher. »Und dann tun Sie, was Sie für das richtige halten.«

Als ich zu ihrer Wohnung in Brixton kam, war sie nicht zu Hause, und ich mußte eine halbe Stunde warten. Sie warf den Kopf in den Nacken, als sie mich sah.

»Diesen Besuch habe ich wirklich nicht erwartet«, sagte sie ablehnend. »Aber vielleicht wissen Sie nichts von Leslies Plan.«

»Ich weiß nicht, was Sie meinen«, entgegnete ich kurz.

Sie nahm ihren Hut ab und legte ihn auf die Couch.

»Ich hätte niemals geglaubt, daß Leslie Jones einen Auftrag annehmen würde, mich zu beobachten! Und ich habe es mir niemals träumen lassen, daß Sie mit Sir Philip Frampton unter einer Decke steckten –«

»Sie dürfen nicht so verächtlich von einem Toten sprechen, Miss Ferrera«, unterbrach ich sie.

»Tot?« wiederholte sie ungläubig und wurde bleich. »Sir Philip ist doch nicht tot! Ich habe ihn noch heute nachmittag gesehen.«

»Als wir in das Büro kamen, lag er auf dem Boden und hatte eine Schußwunde im Kopf.«

Sie sank in einen Sessel.

»Erklären Sie mir das. Ich kann es noch nicht fassen«, sagte sie langsam. »Sie gingen nach oben und fanden ihn tot?«

Ich nickte.

Sie sah mich bestürzt an und sprang wieder auf.

»Dann sind Sie hergekommen, um mich zu verhaften?«

»Ich bin gekommen, um Sie entweder festzunehmen oder Ihnen bei Ihrer Flucht behilflich zu sein«, erklärte ich schroff. »Das letztere bedeutet für mich natürlich, daß ich meinen Dienst bei der Polizei aufgeben muß. Ich kann unmöglich im Amt bleiben, nachdem ich Ihnen zur Flucht verholfen habe.«

»Glauben Sie, daß ich Sir Philip ermordet habe?«

Ich sagte nichts darauf.

»Glauben Sie wirklich, daß ich es getan habe?« drängte sie.

»Wenn Sie mir versichern, daß Sie unschuldig sind, will ich Ihnen glauben«, erwiderte ich.

Es kam wieder etwas Farbe in ihr Gesicht.

»Sie sind wirklich sehr gut zu mir, Mr. Mont.« Bei diesen Worten legte sie die Hand auf meine Schulter. »Ich danke Ihnen. Ich habe Sir Philip nicht umgebracht. Er hat mich sehr geärgert, aber ich habe ihn nicht erschossen.«

»Dann müssen Sie machen, daß Sie fortkommen, denn wir fahnden doch bereits nach Ihnen –«

Sie schüttelte den Kopf.

»Ich gehe nicht fort. Armer Mont, nun müssen Sie mich auch verhaften«, entgegnete sie lächelnd. »Setzen Sie sich bitte einen Augenblick«, bat sie. »Ich muß Ihnen eine sonderbare Geschichte erzählen. Als mich Sir Philip Frampton in sein Haus nahm, tat er es nur sehr widerwillig. Aber mit der Zeit erkannte er wohl, daß er in mir einen Freund und Mitarbeiter hatte. Schließlich war ich direkt mit ihm verwandt, und außerdem war ich ihm zu großem Dank verpflichtet. Er hatte meinem Vater nämlich früher sechshundert Pfund geliehen. Nun faßte er einen Plan, den er mir nach einiger Zeit mitteilte. Sir Philip war ein großer Mathematiker und hatte sich viel mit Wahrscheinlichkeitsrechnung beschäftigt. Infolgedessen interessierte er sich auch für das Glücksspiel. In der kleinen Stadt hatte er keine Gelegenheit selbst zu spielen, außerdem hätte er seines Rufes wegen davon absehen müssen. Aber theoretisch gab er sich viel damit ab und war vielleicht die größte Autorität auf dem Gebiet des Roulette und des Trente et Quarante. Wenn er abends um sieben gegessen hatte, arbeitete er gewöhnlich alle möglichen Kombinationen des Roulettespiels aus. Er besaß sogar genaue Aufzeichnungen über die Spielresultate in Monte Carlo während der letzten dreißig Jahre. Vor sechs Jahren stellte er schließlich ein System auf, das er für unfehlbar hielt.

Eines Abends zog er mich ins Vertrauen. Ich mußte ihm versprechen, niemand etwas davon zu sagen, bevor er mir das System erklärte. Er selbst war nie in Monte Carlo gewesen, aber er hätte es zu gern praktisch erprobt. Da er sehr reich war, hätte er sich über die öffentliche Meinung hinwegsetzen können. Aber es war eine persönliche Schwäche von ihm, stets auf andere Leute zuviel Rücksicht zu nehmen und ihre Kritik zu fürchten. Deshalb schlug er mir vor, daß ich mit den von ihm ausgearbeiteten Spielplänen nach Monte Carlo reisen sollte. Sooft ich nach Südfrankreich fuhr, nahm ich eine Million Franc mit. Und mit einer einzigen Ausnahme gewann ich damit eine Million fünfhunderttausend Franc. Auch dieses eine Mal hätte ich nicht verloren, wenn Sir Philip sich nicht geirrt und mir falsche Zahlen aufgeschrieben hätte. Als ich damals zurückkam und ihm von meinem Verlust erzählte, geriet er außer sich und behauptete, ich hätte nicht nach seinem System gespielt. Schon damals wohnte ich nicht mehr bei ihm, weil er sich nicht beherrschen konnte und mir dauernd Vorwürfe machte. Ich erklärte ihm dann, daß ich nicht mehr nach Monte Carlo reisen würde. Er selbst war so bestürzt über meinen Mißerfolg, daß er viele Abende mit eifrigen Kalkulationen zubrachte. Schließlich entdeckte er seinen Irrtum, war sehr beschämt und bat mich, doch wieder für ihn an die Riviera zu reisen. Ich gab seinem Drängen schließlich nach.«

»Einen Augenblick«, unterbrach ich sie. »Eins ist mir noch nicht klar. Pontius hat mir erzählt, daß Sie geheimnisvolle Briefe erhielten, und zwar immer, bevor Sie nach Monte Carlo reisten.«

Sie lächelte.

»Das waren Zahlentabellen und Instruktionen, die er mir schickte. Mir selbst war die ganze Geschichte verhaßt, und ich hatte mich fest entschlossen, meine Stellung bei der Bank aufzugeben, sobald die Schuld meines Vaters abgetragen war. Sie wissen ja, daß ich meinen Vorsatz auch ausführte. Ich schrieb ihm einen Brief und teilte ihm mit, daß ich nicht mehr für ihn in Monte Carlo spielen würde. Das muß ihn sehr verärgert haben. Vielleicht fürchtete er auch, ich könnte ihn bloßstellen, denn in seiner Antwort beschwor er mich, nichts von seinem Geheimnis zu verraten. Er drohte mir sogar, mich bei Gericht anzuzeigen und ins Gefängnis zu bringen, wenn ich mein Schweigen brechen würde. Aber ich glaube, er hätte es nie gewagt, diese Drohung auszuführen!«

»Da irren Sie sich. Er ging zu Leslie Jones und beauftragte ihn, Sie vor einer Rückkehr nach Elston zu warnen.«

»Nun verstehe ich alles«, entgegnete sie. »Ich habe Ihnen beiden unrecht getan.«

Lange saß sie am Tisch und stützte das Kinn in die Hand.

»Ich bin wirklich nicht traurig, daß er tot ist«, meinte sie dann. »Er war ein harter, ungerechter Mann. Ich erhielt zehn Pfund für jede Reise. Die beiden letzten Male verdoppelte er meine Bezüge, so daß ich jedesmal zwanzig Pfund verdiente. Aber er zahlte mir das Geld nicht aus, sondern buchte es von dem Konto meines Vaters ab.«

Sie erhob sich schnell.

»Mr. Mont, sagen Sie mir, was ich mitnehmen muß. Sie wissen ja in solchen Dingen Bescheid.«

»Wohin wollen Sie denn?«

»Ins Gefängnis.«

Eine Stunde später verließ ich in ihrer Begleitung die Wohnung. Ich trug die kleine Handtasche, in der sie das Nötigste mitnahm, brachte sie zur Polizeistation in Cannon Row und zeigte sie dort wegen vorsätzlichen Mordes an Sir Philip Frampton an, obwohl ich von ihrer Unschuld völlig überzeugt war.

12

Ich hatte bei all diesen Ereignissen gerade keine sehr heldenhafte Rolle gespielt, aber ich tat das einzig Mögliche. Wäre ich einer jener romantischen Romanhelden gewesen, so hätte ich die Geliebte meines Freundes der ganzen Welt zum Trotz in Sicherheit gebracht. Aber als prosaischer Mensch sorgte ich nur dafür, daß sie eine Zelle mit einem guten Bett bekam, und beauftragte meine Rechtsanwälte telegrafisch, den besten Vertreter für ihre Verteidigung zu engagieren.

Ich hatte zwei Beamten den Auftrag gegeben, das Büro genau nach der Waffe und anderen Anhaltspunkten zu durchsuchen. Nachdem ich Mary Ferrera zur Polizeistation gebracht hatte, fuhr ich direkt in die Bond Street und fand dort den Sergeanten Merthyr und den Polizisten Doyne. Sie aßen in Leslies Büro belegte Brote. Leslie saß bei ihnen und verfluchte den Tag, an dem die Firma Stabbat und Jones ihre behaglichen Räume in der Cork Street aufgegeben hatte.

Er schaute ängstlich auf, als ich eintrat.

»Ich habe Miss Ferrera verhaften müssen«, sagte ich.

Er nickte traurig.

»Ja. Ich wüßte auch nicht, was Sie sonst hätten tun sollen.«

»Haben Sie etwas gefunden?« wandte ich mich an Merthyr.

Der Sergeant verneinte meine Frage.

»Haben Sie denn die Waffe, mit der Sir Philip niedergeschossen wurde? Haben Sie Miss Ferreras Wohnung durchsucht?« fragte er dann.

»Die Wohnung habe ich durchsucht, aber ich habe nichts entdeckt.«

Ich hatte mir nicht die Mühe gemacht, die Zimmer Mary Ferreras einer Prüfung zu unterziehen oder das Mädchen persönlich zu kontrollieren. Es war ja auch sehr unwahrscheinlich, daß Mary einen anderen Revolver gekauft hatte oder daß sie zwei Schußwaffen besaß. Der Revolver, den sie das erstemal bei sich hatte, lag auf dem Boden des Heizungsschachts.

Plötzlich kam mir eine Idee. Die beiden Beamten hatten sich gerade entfernt, und ich war allein mit Leslie.

»Was haben Sie denn?« fragte Leslie, der mich erstaunt ansah. »Mont, diese Geschichte wird unserer Firma ungeheuer schaden.«

»Darüber reden wir jetzt nicht. Wohin führt dieser Schacht?«

»Welchen Schacht meinen Sie?«

»Waren Sie nicht im Zimmer, als Billington den Revolver in die Öffnung an der Fensterwand warf?«

»Welche Öffnung?«

Wir traten in Billingtons Büro. Leslie drehte das Licht an, und mit Hilfe eines Brieföffners gelang es mir, die kleine Tür zu öffnen. Leslie schaute hinunter.

»Ich möchte nur wissen, wohin der Schacht führt«, sagte er nachdenklich, nahm eine Kupfermünze, ließ sie fallen und lauschte.

Er sah mich überrascht an, als er sich umdrehte.

»Sie ist direkt bis in den Keller gefallen.«

Ich erklärte ihm nun, daß es sich nach Billys Meinung hier um die frühere Heizung handelte. Leslie kannte den Portier; wir gingen beide nach unten und ließen uns von Mr. Bolt den Keller aufschließen. Der Mann zeigte uns den Raum, in dem zum Teil die Kessel noch standen. Er war durch die beiden Unglücksfälle, die im Haus passiert waren, etwas nervös geworden.

»Sie glauben doch nicht etwa, daß noch jemand umgebracht worden ist, den man unten im Keller begraben hat?« fragte er ängstlich.

»Nein, das ist nicht anzunehmen.«

Er blieb aber vorsichtshalber an der Tür und begleitete uns nicht nach innen. Wir hatten den Schacht bald gefunden, und als ich mit der Taschenlampe den Fußboden ableuchtete, entdeckte ich, was ich suchte.

»Da liegt die Waffe«, sagte Leslie, bückte sich und nahm sie auf.

Der Hahn war noch gespannt. Behutsam ließ ich ihn wieder herunter und steckte die Waffe in die Tasche.

»Hier ist auch das Kupferstück!« rief Leslie.

Wir kehrten in die Büroräume zurück, und ich legte den Revolver auf den Tisch unter die Leselampe. Bei näherer Betrachtung stellte ich fest, daß noch alle sechs Patronen vorhanden waren. Daraufhin untersuchte ich die Waffe genauer und fand, daß sie überhaupt nicht abgeschossen worden war.

Billy hatte voreilig gehandelt! Als er Mary die Waffe aus der Hand nahm und sie in den Keller warf, beseitigte er damit den Beweis ihrer Schuldlosigkeit.

Mir war es ganz klar, daß der Mann, der auf Thomson Dawkes geschossen hatte, auch der Mörder Sir Philip Framptons sein mußte. Auf keinen Fall aber konnte es Mary Ferrera gewesen sein.

»Sie werden die Sache niemals ganz aufklären können, Mont«, sagte Leslie schließlich. »Es gibt nur einen Mann, der dieses Geheimnis lösen könnte, und der sitzt jetzt in Dartmoor. Wir müssen ihn unter allen Umständen herausbringen.«

Ich sah ihn verblüfft an.

»Wie meinen Sie denn das?«

»Genauso, wie ich eben sagte. Miss Mary hat ihm doch schon früher den Vorschlag gemacht, aus dem Gefängnis auszubrechen. Ich hielt das damals nicht für möglich oder notwendig. Aber jetzt ist die Sache sehr ernst geworden, und wir müssen alles daransetzen, daß er aus dem Gefängnis kommt.«

Ich hörte wohl, was Leslie dann noch sagte, konnte mir aber nicht denken, daß der Plan gelingen würde.

»Wir werden ja sehen«, erklärte er schließlich.

Einen Gefangenen aus dem Gefängnis in Dartmoor zu befreien, das mag ja noch angehen, aber es ist unendlich schwierig, ihn aus dieser großen, einsamen Heide fortzubringen.

An diesem Abend schlief ich lange nicht ein und zergrübelte mir den Kopf, wie wir unseren Plan ausführen könnten.

Das Verhör Mary Ferreras vor dem Polizeigericht war merkwürdig und unterschied sich von allen anderen, die ich bisher ererlebt hatte. Gewöhnlich werden bei dem ersten Verhör nur die notwendigsten Zeugen vernommen, aber in diesem Fall hatte man auch den Rechtsanwalt Mr. Tranter vorgeladen, an den der Ermordete kurz vor seinem Tod geschrieben hatte.

»Haben Sie den Toten wiedererkannt?« fragte der Staatsanwalt.

»Ja.«

»Wer ist es?«

»Sir Philip Frampton.«

»Besaß er ein großes Vermögen?«

»Soviel ich weiß, war er sehr reich. Er hatte ungefähr vier- bis fünfhunderttausend Pfund.«

»Hat er ein Testament hinterlassen?«

»Nein. Vor drei Jahren haben wir in seinem Auftrag ein Testament aufgesetzt. Verschiedene der Bestimmungen paßten ihm aber in letzter Zeit nicht mehr, und er wollte sie ändern. Wir gaben ihm zu Anfang den Rat, einen Nachtrag zu machen, aber das wollte er nicht. Er vernichtete das Testament und war gerade im Begriff, ein anderes aufzustellen, als er ermordet wurde.«

»Dann existierte also im Augenblick des Todes kein gültiges Testament?«

»Nein, es war keines vorhanden.«

»Wer ist unter diesen Umständen sein Erbe?«

»Miss Mary Ferrera.«

Sie erhob sich von der Anklagebank und starrte den Rechtsanwalt mit weitaufgerissenen Augen an.

»Ich – ich wußte das nicht«, stammelte sie.

Ihr Verteidiger gab ihr einen Wink, sich wieder zu setzen.

»Welche Bestimmungen des Testaments wollte Sir Philip ändern?«

»Er hatte der Gesellschaft zur Unterdrückung des Glücksspiels fünftausend Pfund vermacht; diese Schenkung wollte er zurückziehen.«

Mit dieser unerwarteten Antwort endete die Verhandlung für diesen Tag.

Mary Ferrera war also eine reiche Frau! Das war allerdings ein sehr ungünstiger Umstand für sie, denn darin würde das Gericht wahrscheinlich ein Motiv für das Verbrechen sehen. Leslie war auch zugegen gewesen, aber nicht als Zeuge vernommen worden. Die Verhandlung wurde auf eine Woche vertagt, damit die Staatsanwaltschaft weiteres Material herbeischaffen konnte.

Ich trat mit Leslie auf die Straße.

»Ich gab Ihnen doch damals dreihundert Pfund, die Billy gehörten?« sagte er.

»Ja. Hundert Pfund überließ ich Miss Ferrera.«

»Wenn es Ihnen nichts ausmacht, möchte ich Sie jetzt um den Rest bitten. Wir müssen alles Geld zusammenkratzen, das wir bekommen können. Die Sache wird mindestens viertausend Pfund kosten.«

»Was meinen Sie denn – doch nicht die Verteidigung?«

»Ich denke vor allem daran, Billy aus dem Gefängnis zu befreien. Das ist ein Teil der Verteidigung – ja, es ist sogar die einzige Verteidigung, die uns bleibt.«

13

Als ich nach Scotland Yard kam, fand ich dort eine Nachricht von Thomson Dawkes. Er fragte an, ob er mich besuchen könne, und bat um telefonischen Bescheid.

Ich läutete ihn an und bestellte ihn sofort in mein Büro.

Eine halbe Stunde später saß er mir am Schreibtisch gegenüber.

»Ich habe in den Zeitungen von der Verhaftung Miss Ferreras gelesen. Aber ich bin davon überzeugt, daß sie unschuldig ist. Hatte Stabbat einen Feind?«

»Mehr als einen.«

Allem Anschein nach wußte Dawkes nicht, wie er mir den Zweck seines Besuches erklären sollte, aber schließlich faßte er Mut.

»Mr. Mont, Sie müssen mich richtig verstehen und dürfen das, was ich Ihnen jetzt sage, nicht falsch auslegen. Ich habe keine bösen Absichten mehr, und es tut mir aufrichtig leid, daß ich Miss Ferrera so niederträchtig behandelt habe. Und nun ist viel Geld für ihre Verteidigung nötig. Ich möchte Ihnen deshalb anbieten, von meiner Bank jede Summe abzuheben, die Sie brauchen.«

Ich drückte seine Hand.

»Ich danke Ihnen, Mr. Dawkes, aber das wird nicht notwendig sein. Haben Sie den Bericht über die Verhandlung noch nicht gelesen?«

»Nein«, erwiderte er erstaunt.

Ich teilte ihm mit, daß Miss Ferrera das große Vermögen Framptons geerbt hatte.

»Donnerwetter!« rief er überrascht. »Dann sieht die Sache aber sehr böse für sie aus. Der einzige, der diese verworrene Geschichte klären könnte, ist unser Freund Billington Stabbat.«

Ich sah ihn an und lachte.

»Mit dieser Ansicht stehen Sie nicht allein.«

»Gibt es nicht eine Möglichkeit, ihn zu befreien?«

»Sie sind tatsächlich ein Mann nach meinem Herzen. Gehen Sie doch einmal zu Leslie Jones. Er ist der Assistent von Billington Stabbat.«

»Ja, ich kenne ihn.«

Später, am Nachmittag, traf ich Leslie; er war in der besten Stimmung.

»Ich habe Dawkes getroffen. Nie hätte ich gedacht, daß der Mann so nett sein könnte.«

Er lachte und schlug sich mit der flachen Hand aufs Knie.

»Es ist doch eine verrückte Welt, Mr. Mont! Ausgerechnet Dawkes will Billy helfen!«

»Haben Sie denn schon irgendeinen festen Plan gemacht?«
»Gewiß!«

Am nächsten Tag mußte ich Leslie in einer anderen Angelegenheit anrufen, erfuhr aber von dem jungen Mann im Büro, daß er die Stadt verlassen hätte und nicht vor vierzehn Tagen zurückkommen würde. Meine Neugierde war nun erwacht, und ich läutete bei Thomson Dawkes an.

Ich erhielt den Bescheid, daß er am Vormittag nach Südfrankreich abgereist wäre.

Wir hatten Anfang Juni, und zu dieser Jahreszeit fahren Leute wie Thomson Dawkes im allgemeinen nicht an die Riviera. Um ganz sicher zu gehen, telefonierte ich mit den Kontrollbeamten in Dover und Folkestone, die die Dampfer über den Kanal begleiten, und fragte an, ob Thomson Dawkes unter den Passagieren gewesen wäre. Sie kannten ihn persönlich, verneinten aber meine Frage entschieden.

Ich hatte dann eine Unterredung mit Miss Ferrera und sagte ihr, was geschehen war. Sie sah mich überrascht an.

»Was, Mr. Dawkes will mir helfen? Das ist unmöglich, einfach unmöglich!«

Ich erzählte ihr nun, wie sehr sich Dawkes wegen seines früheren Benehmens schämte.

»Hat Leslie ihn denn als Bundesgenossen angenommen?«
Ich nickte.

»Nun, dann ist ja alles in Ordnung.«

Als ich sie das nächstemal bei der Verhandlung sah, wurde der Fall ausführlich untersucht. Auch ihre Besuche in Monte Carlo kamen zur Sprache. Glücklicherweise fiel es dem Staatsanwalt nicht ein, sie mit dem früheren Vorfall in Stabbats Büro in Verbindung zu bringen. Am Ende der Verhandlung wurde die Sache wieder auf eine Woche vertagt, und ich konnte Miss Ferrera verschiedene Male im Holloway-Gefängnis besuchen. Ich war über ihre außerordentliche Ruhe und Zuversicht erstaunt, denn ich selbst war sehr besorgt um sie.

»Meiner Meinung nach unternehmen Leslie und Dawkes etwas

Unmögliches, und ich fürchte, sie bringen sich in große Gefahr. Bis jetzt ist noch kein Sträfling aus Dartmoor entkommen.«

»Wir werden ja sehen«, sagte sie vergnügt und sah mich sonderbar an.

Als ich an diesem Abend von Scotland Yard fortgehen wollte, erhielt ich ein dringendes Telegramm. Es kam aus Princetown und war um halb vier von dem Gefängnisdirektor von Dartmoor aufgegeben worden.

»Sträfling Billington Stabbat«, lautete die Nachricht, »heute morgen ausgebrochen. Wahrscheinlich mit Hilfe von Leuten außerhalb des Gefängnisses. Sendet Beamten, der ihn kennt und ihn in Zivilkleidern identifizieren kann. Beobachtet Stadtwohnung. Sehr dringend.«

Also hatten sie doch Erfolg gehabt, und er war entkommen!

»Was haben Sie da, Mr. Mont?« fragte mich plötzlich jemand.

Ich wandte mich schnell um und sah Inspektor Jennings in der Tür. Der Chefinspektor war krank, kam diese Woche nicht ins Büro und wurde ausgerechnet von Jennings vertreten.

»Das Telegramm wird auch Sie interessieren«, sagte ich ärgerlich und reichte es ihm.

Er las es schnell durch.

»Fahren Sie hin?« fragte er, nachdem er mir einen bösen Blick zugeworfen hatte.

»Ja, ich wollte den Abendzug nehmen.«

»Ich werde Sie begleiten«, erwiderte er mit einem unangenehmen Lächeln. »Zwei sehen mehr als einer, und zwei Augen, die den Entflohenen erkennen, sind sehr gut am Platz, wenn ein Paar andere Augen kurzsichtig werden und ihn entkommen lassen wollen.«

Ich musterte ihn vom Kopf bis zum Fuß.

»Ich wußte nicht, daß Stabbat Ihr Freund ist«, entgegnete ich, »oder daß Sie sich so für ihn ins Zeug legen wollen.«

Es wäre mir vielleicht gelungen, Jennings zurückzuhalten, aber gleich darauf kam ein zweites Telegramm aus Dartmoor, und darin wurde um mehrere Beamte ersucht, die Billington Stabbat persönlich kannten.

Ich reiste also mit Jennings ab, und am nächsten Morgen

waren wir im Gefängnis von Dartmoor. Es war nicht mein erster Besuch in dieser trostlosen Gegend. Es gibt wohl kaum einen deprimierenderen Anblick als die Gefangenen, die in langen Reihen durch die Gefängnistore gehen, um in den Steinbrüchen zu arbeiten.

Wir sprachen mit dem Direktor. Billington Stabbat war in den letzten Tagen für den Außendienst verwandt worden und hatte mit mehreren anderen Gefangenen in einer Scheune gearbeitet, wo sie Heu abluden. Billington war sehr geschickt und führte sich so musterhaft, daß die Gefängnisleitung nicht zögerte, ihn auf Außenarbeit zu schicken. Die üblichen Vorsichtsmaßregeln waren getroffen, und ein bewaffneter Wärter begleitete die vier Mann, die zu der Scheune abkommandiert waren.

Das Gebäude lag in der Nähe der Hauptstraße, die quer durch das Moor nach Tavistock führt. Die Straßenränder werden dort durch ein Meter zwanzig hohe Steinmauern gebildet. Die Steine sind nicht durch Mörtel verbunden, sondern nur aufeinandergelegt. Hunderte solcher Mauern durchziehen die Gegend von Dartmoor. Viele wurden von französischen Gefangenen aus den napoleonischen Kriegen errichtet.

Der Wärter hatte sich ungefähr dreißig Schritte von dem Schuppen entfernt auf die Mauer gesetzt und das geladene Gewehr über die Knie gelegt. Er wartete, bis die Leute zum Mittagessen ins Gefängnis zurückmarschieren sollten. Während er dort saß, fuhr ein grauer Wagen die Straße entlang, in dem ein Chauffeur und eine große, stattliche Dame saßen. Der Chauffeur hielt in der Nähe des Wärters, stieg aus und beobachtete die Gefangenen bei der Arbeit. Wenige Schritte von dem Beamten entfernt lehnte er sich gegen die Mauer.

Dieser handelte nach seinen Vorschriften und forderte ihn auf, den Platz zu verlassen. Einmal ist es unerwünscht, daß Gefangene, während sie ihre Strafe absitzen, von anderen Leuten erkannt werden, zweitens besteht immer die Gefahr, daß sich jemand mit den Sträflingen in Verbindung setzt und ihnen unerlaubte Dinge zusteckt.

Der Chauffeur, der eine große Sonnenbrille trug, nickte und wandte sich ab. Plötzlich zog er einen mit Ammoniak getränkten

Schwamm unter seinem Rock hervor und stieß ihn dem Wärter mit aller Gewalt vor den Mund. Betäubt von dem entsetzlichen Geruch stürzte der Beamte zu Boden und erlitt einen Erstickungsanfall. Im gleichen Augenblick sprang Billington Stabbat aus dem Schuppen und kletterte über die Mauer. Als der Wärter sich so weit erholt hatte, daß er das Gewehr gebrauchen konnte, war die Limousine schon ein gutes Stück entfernt. Trotzdem aber gelang es ihm noch, den Wagen zu treffen.

Kurz darauf dröhnte ein Kanonenschuß, der die ganze Gegend warnte, daß ein Sträfling entsprungen war. Die kleinen Ortschaften und Dörfer in der Nähe wurden telegrafisch benachrichtigt, und überall wurden die Straßen durch Polizei scharf bewacht.

So standen die Dinge, als ich in Dartmoor ankam. Allerdings war das Auto bereits gefunden. Den Einschlag des Geschosses konnte man auf der Rückseite deutlich sehen. Die Beamten hatten den Wagen verlassen auf einer Straße gefunden. Eine Fünfzigpfundnote war mit einer Stecknadel auf dem Rücksitz befestigt, und auf einem beiliegenden Zettel wurde ersucht, diese Summe der Firma auszuhändigen, die den Wagen geliehen hatte. Als wir uns später telefonisch bei dem Autoverleih erkundigten, erfuhren wir, daß der Fremde, der das Auto mietete, sich Sir Philip Frampton genannt hätte. So frech konnte nur Leslie gewesen sein.

Ich begriff alles, nur wußte ich nicht, wer die stattliche Dame in dem Wagen gewesen war. Aber plötzlich kam mir eine Idee, und ich hätte beinahe laut losgelacht. Thomson Dawkes mußte diese Rolle gespielt haben! Allerdings hatte er zu diesem Zweck wohl seinen schwarzen Bart opfern müssen.

Ich fragte den betreffenden Wärter noch genauer über die »Dame« aus.

»Ja, sie hatte allerdings sehr grobe Züge«, meinte er und beschrieb damit zutreffend die gewaltige Nase und das runde Kinn von Dawkes. Wohin mochten sie Billy nur gebracht haben? Leslie war sehr vorsichtig und überließ im allgemeinen nichts dem Zufall. Vierzehn Tage lang hatte er die Sache vorbereitet.

Die Gefängnisdirektion ließ von einem Spezialisten alle Briefe

genau untersuchen, die Billy in der letzten Zeit erhalten hatte.
Der Fachmann fand eine Anzahl von Schreiben, deren Unterschrift »Dein Liebling Li« lautete. Sie zeichneten sich durch be-
deutende Länge aus, und dem Beamten gelang es tatsächlich, den
darin versteckten Geheimcode zu entziffern. Man mußte immer
das letzte Wort in der ersten, das zweitletzte Wort in der drit-
ten, das drittletzte in der fünften Zeile und so weiter lesen. Dadurch erhielt man folgende Nachricht:

Mary im Gefängnis unter Verdacht, Frampton erschossen
zu haben. Am zwölften Mai auf graues Auto warten und zur
Flucht bereithalten. Werde Außenabteilung entdecken, in der
Sie arbeiten.

»Gut, daß wir das wissen«, sagte Jennings, »aber wo sind sie
jetzt?«

Der Gefängnisbeamte, mit dem wir sprachen, zuckte nur die
Schultern.

»Auf jeden Fall entkommt er mir nicht«, erklärte Jennings.
Der Himmel mochte wissen, welchen persönlichen Groll er gegen
Billy haben mochte. »Ich würde ihn auf eine Meile weit erken-
nen. Man kann ihn unmöglich verwechseln. Wahrscheinlich wer-
den sie versuchen, einen Zug zu erreichen.« Er strich mit der
Hand über sein dickes Kinn. »Sie können aber nur von einer
Station abfahren, und das ist Tavistock. Wir müssen sofort hin,
Mont.«

»So, müssen Sie das?« brummte ich, aber dann wurde mir
plötzlich klar, daß es für mich besser war, bei ihm zu bleiben.
Wenn Billy entkam, trug er die volle Verantwortung.

»Sie brauchen nicht mitzukommen, wenn Sie nicht wollen«,
erwiderte er. »Wenn Sie –«

»Wenn ich etwas Besseres wüßte, würde ich es tun. Aber ich
habe es mir überlegt, ich komme mit Ihnen.«

Am Nachmittag machten die Beamten, die die Gegend ab-
suchten, eine Entdeckung. Sie fanden eine sorgfältig vorbereitete
Erdhöhle, aber sie war leer. Ich vermutete, daß Leslie auch dafür
verantwortlich war. Er war stark, so daß er solche Arbeiten
leicht ausführen konnte. Aber er mußte von seinem Plan abge-
kommen sein, weil die Gefahr, entdeckt zu werden, zu groß war.

Nachdem ich das Gelände inspiziert und alle Möglichkeiten der Flucht erwogen hatte, fiel mein Verdacht auf einen Bauern, dessen Haus auf der Heide in der Nähe von Tavistock lag. Mein Argwohn wurde dadurch geweckt, daß nach Aussagen der Anwohner vor vierzehn Tagen ein Mann, der Leslie Jones glich, das Grundbuchamt der Gegend eingesehen hatte. Ich wußte sofort, worauf er hinauswollte. Er suchte nach Leuten, denen es schlecht ging, und dieser Bauer stand dicht vor dem Bankrott. Es waren verschiedene Zahlungsbefehle gegen ihn erlassen, aber einige Zeit darauf war er wieder zahlungsfähig und kaufte sich sogar ein Auto. Den Nachbarn und Freunden erzählte er, daß in Australien ein Onkel von ihm gestorben wäre und ihm fünftausend Pfund hinterlassen hätte. Aber niemand in Dartmoor hatte jemals davon gehört, daß er Verwandte in Australien besaß.

Jennings und ich fuhren in einem kleinen Wagen nach Tavistock und stellten uns auf dem Bahnsteig auf. Wir betrachteten mißtrauisch jeden Reisenden, der von hier abfahren wollte.

Zwei, sogar drei Tage vergingen, und wir erhielten keine neuen Nachrichten über den Flüchtling. Am vierten Tag wurde ich telegrafisch nach London abberufen. Auch Jennings bekam ein Telegramm. Jedenfalls enthielt es einen Vorwurf, denn er zeigte es mir nicht. Der Zug, der um zwei Uhr siebenundfünfzig abging, war der letzte, den wir beobachteten. Mit dem nächsten kehrten wir nach London und nach Scotland Yard zurück.

Es war ein regnerischer, feuchter Tag. Der Wind fegte über die Ebene von Dartmoor; ich fand es sehr ungemütlich auf dem Bahnsteig, und Jennings war schlecht gelaunt. Es stiegen nur drei Passagiere nach London ein, und zwar eine Dame, die der Stationsmeister kannte, ein Handlungsreisender, dessen Identität ebenfalls feststand, und eine große, verschleierte Dame.

»Das ist sie«, sagte Jennings. »Die Beschreibung stimmt genau.«

Außer diesen drei Passagieren wurden nur noch zwei Sträflinge in Ketten zu dem Zug geführt, bewacht von einem bärbeißigen alten Wärter.

»Die Gefangenen sehen ganz erbärmlich aus«, erklärte Jennings, der die Leute betrachtete.

»Ich werde die große Dame einmal etwas näher in Augenschein nehmen«, sagte Jennings. Er hoffte, zum Schluß wenigstens noch einen teilweisen Erfolg zu erringen.

»Ich gebe Ihnen den guten Rat, das bleiben zu lassen«, erwiderte ich, aber er wollte nicht auf mich hören.

»Warum soll ich nicht alles tun, um diese Sache zu klären?« Ich zuckte nur die Schultern.

Im nächsten Augenblick ging er im Regen den Zug entlang und riß schließlich die Tür zu dem Abteil erster Klasse auf, in das die Dame eingestiegen war.

Sie saß allein darin.

»Entschuldigen Sie«, begann Jennings und lüftete den Hut, »wir suchen einen entsprungenen Sträfling.«

»Hoffentlich finden Sie ihn«, entgegnete sie. Er konnte an der Stimme deutlich hören, daß es eine Frau war, aber trotzdem gab er sich noch nicht zufrieden.

»Ich muß Sie bitten, Ihren Schleier abzulegen, Madame«, sagte er mit fester Stimme.

»Wie kommen Sie dazu, ein derartiges Verlangen an mich zu stellen? Das fällt mir gar nicht ein!«

»Dann bleibt mir nichts anderes übrig, als Sie aus dem Zug zu holen und Sie zu verhaften.«

Das war der Anfang einer recht unangenehmen Auseinandersetzung, die nachher noch eine Zeitlang schriftlich zwischen dem Polizeipräsidenten und der Herzogin von Babbacombe fortgesetzt wurde. Denn niemand anders war die verschleierte Dame in dem Abteil erster Klasse. Jennings wäre beinahe aus dem Dienst entlassen worden.

»Nun, wir haben unser Bestes getan«, meinte er, als wir zusammen in den Zug nach London einstiegen. »Und ich bin fest davon überzeugt, daß Stabbat nicht vom Bahnhof Tavistock entkommen ist.«

Ich erwiderte nichts. Billy hatte ich in seiner Verkleidung als Gefangenenwärter nicht erkannt. Der graue Schnurrbart war ein Meisterstück für sich. Aber ich hatte sehr wohl bemerkt, daß Leslie der Gefangene Nummer eins und der große Thomson Dawkes Sträfling Nummer zwei waren.

14

»Ach, ist Billy wirklich entkommen?« fragte Leslie mit gutge-
spielter Überraschung. »Ich möchte nur wissen, wie er aus Dartmoor herausgekommen ist.«

»Vielleicht im Flugzeug.«

»Möglich«, entgegnete Leslie und machte sich mit einer Anzahl
von Akten zu schaffen. »Das halte ich sogar für durchaus möglich.«

»Ich werde Ihnen sagen, was ich von der Sache halte«, erklärte ich.

Unsere Unterhaltung fand einen Tag nach unserer Abfahrt
von Tavistock statt.

»Es fällt einem Sträfling leicht, von Dartmoor zu entkommen,
wenn er nur die nötigen Verbündeten hat. Seine Freunde verkleiden sich als Gefangene, die in ein anderes Gefängnis abtrans-
portiert werden sollen, und der Sträfling selbst spielt den Gefangenenwärter. Niemand wird sie anhalten und ausfragen,
denn es kommt kein Mensch auf den Gedanken, daß Sträflinge
auf diese Art entfliehen könnten.«

Er sah mich mit einem rätselhaften Lächeln an.

»Das ist allerdings eine glänzende Idee, Mr. Mont. Warum
schreiben Sie eigentlich keine Kriminalromane?«

»Leslie!« sagte ich leise.

»Ja, Mr. Mont, was wünschen Sie?«

»Glauben Sie, daß Billy hierher ins Büro kommen will?«

»Wir werden ja sehen, Mr. Mont.«

»Ich fürchte nur, daß das zu einer Katastrophe führen wird.
Draußen stehen zwei Polizisten, die das Haus streng bewachen.«

Leslie legte seine Akten nieder und sah mir offen in die
Augen.

»Mr. Mont, Sie können sich auf mich verlassen. Die beiden
Polizisten waren schon hier oben und haben die Räume durch-
sucht. Seien Sie so gut und gehen Sie jetzt einmal in Billys Büro.
Dort finden Sie Señor Tobasco aus Chile.«

Ich zögerte, aber es blieb mir nichts anderes übrig. Ich hatte
mich schon zu weit in die ganze Sache eingelassen. Als ich ein-

trat, saß Billy Stabbat an seinem Schreibtisch und rauchte gelassen eine große Zigarre. Ich schüttelte ihm erfreut die Hand, und es kam mir nicht im geringsten der Gedanke, daß ich meinen Diensteid dadurch verletzte. Mein Gewissen hatte ich auf Ferien geschickt.

»Ich freue mich, Sie wiederzusehen, Billy. Aber ist das nicht viel zu gefährlich?«

»Die Tür ist ja verschlossen«, entgegnete er gleichgültig. »Außerdem gibt es einen Ausgang hier im Haus, den die Polizei nicht kennt. Vor allem müssen wir jetzt sehen, daß wir Mary freibekommen. Sie dürfen mir glauben, daß ich das fertigbringe, denn ich habe den Mörder Sir Philip Framptons gefunden.«

Ich sah ihn erstaunt an.

»Ich habe im Gefängnis einige Wochen in derselben Abteilung wie er gearbeitet.« Billy lachte vergnügt. »Ich wette, George ist ganz außer sich vor Wut, daß es mir gelungen ist, zu entfliehen. Aber er wird bald noch einen viel größeren Schrecken haben. Seinen Bruder habe ich ins Gefängnis gebracht, aber George kommt an den Galgen!«

Er faßte mich am Arm.

»Mont, Sie sind ein braver Kerl. Ich habe Sie in alle möglichen Gefahren und Unannehmlichkeiten gebracht, und ich hätte auch kein Wort gesagt, wenn Sie nicht mehr mitgespielt hätten. Was Sie für mich und Mary getan haben, soll Ihnen nicht vergessen werden. Heute will ich es wenigstens zum Teil wiedergutmachen. Bringen Sie Jennings heute nachmittag um zwei Uhr hierher, ebenso den Chefinspektor von Scotland Yard. Ich will mich ihm selbst stellen. Zum Glück kann ich beweisen, daß ich zu Unrecht verurteilt wurde. Mary ist vollkommen unschuldig. Es wird leicht sein, auch das klarzustellen. Bei mir ist die Sache schon schwieriger, denn ich habe zugegeben, daß ich schuldig bin. Ich muß eine sehr lange umständliche Erklärung abgeben.«

Ich hörte ihm erstaunt zu.

»Ist es tatsächlich Ihr Ernst, daß ich den Chefinspektor und Jennings hierherbringen soll?«

»Ja. Ich werde rechtzeitig da sein und Sie empfangen. Wir haben die Nacht hier zugebracht, nachdem wir in London ankamen. Die Kleider haben wir natürlich im Zug gewechselt. Und rasiert haben wir uns auch, bevor wir Exeter erreichten. Leslie hat seine Sache großartig gemacht. Ja, es ist wirklich mein Wunsch, daß Sie die beiden Beamten hierherbringen. Nachher können Sie wieder nach Dartmoor fahren und George Briscoe verhaften. Sie haben die Untersuchung des Falles in Händen.«

Ich wollte meinen Ohren kaum trauen, aber er sprach vollkommen ernst. Als ich fortging, schrieb er weiter an einem Brief, der bereits viele Seiten umfaßte. Ich vermutete, daß das Schreiben an Mary gerichtet war.

Es lag gerade keine sehr angenehme Aufgabe vor mir, aber ich faßte doch Mut und trug dem Chefinspektor mein Anliegen vor.

»Ich – ich habe Stabbat aufgespürt«, sagte ich und versuchte, möglichst ruhig zu erscheinen.

Er drehte sich sofort um und sah mich über seine Brillengläser hinweg an.

»Was? Wie haben Sie denn das gemacht? Und auf welcher Polizeistation haben Sie ihn abgeliefert?«

»Verhaftet habe ich ihn nicht«, erwiderte ich äußerlich ruhig. »Der Mann ist unschuldig und aus dem Gefängnis ausgebrochen, um seine Unschuld zu beweisen.«

»So?«

Eine peinliche Pause entstand.

»Wie will er sie denn beweisen?« fragte der Chefinspektor endlich.

Nun erzählte ich ihm, daß ich mit Billy vor ein paar Minuten eine lange telefonische Unterredung gehabt hätte und daß er uns in seinem Büro sprechen wollte.

»Mich will er sprechen!« rief der Chefinspektor und schlug mit der flachen Hand auf den Tisch.

»Ja, Sie und Inspektor Jennings. Ich weiß nicht, ob ich Jennings dazu bringen kann, daß er dorthin geht –«

»Kümmern Sie sich nicht darum. Das mache ich schon.«

Um halb drei fuhren wir in einem Dienstwagen zu Billy.

Jennings hatte ich nicht gesagt, worum es sich handelte. Als er in das Büro trat, sah er am Schreibtisch Billy, der eine Zigarre im Munde hatte. Ich dachte, Jennings würde der Schlag rühren.

»Stabbat!« rief er. »Ich verhafte Sie!«

Billy brachte ihn durch eine scharfe Handbewegung sofort zum Schweigen.

»Soweit sind wir noch nicht, Mr. Jennings. Ich bat Sie, heute hierherzukommen, um Ihnen verschiedenes zu zeigen.«

»Lassen Sie den Schwindel«, erwiderte Jennings, der vor Ärger krebsrot im Gesicht geworden war.

»Ich glaube aber, daß ich Sie von meiner Schuldlosigkeit überzeugen kann«, lächelte Billy.

»Das werden wir ja sehen!« schrie Jennings. Leslie und ich lachten laut auf, als wir Billys Lieblingsausspruch hörten.

»Was ist denn los?« fragte der Chefinspektor.

»Das erkläre ich Ihnen später«, entgegnete ich.

Jennings wandte sich in höchster Empörung an unseren Vorgesetzten.

»Ich weiß nicht, ob Sie wissen . . .« begann er, aber der Chef winkte ab.

»Wir wollen erst hören, was uns Stabbat zu sagen hat«, entschied er.

»Ich bat Sie, hierherzukommen, und ich will Ihnen nun erklären, wie auf zwei Leute in diesem Raum geschossen wurde. George Briscoe ist dafür verantwortlich. Sie werden wahrscheinlich schon von ihm gehört haben.«

»Ach, meinen Sie den kanadischen Verbrecher?« fragte der Chefinspektor.

»Ja. Seinen Bruder Tom habe ich überführt, aber George entging damals der Strafe und wurde vom Gericht freigesprochen. Später kam er nach England, um mit mir abzurechnen, weil ich seinen Bruder lebenslänglich ins Gefängnis gebracht hatte. Er ist einer der klügsten und tüchtigsten Mechaniker und wie sein Bruder als Experte in Schlössern unübertroffen. Er wollte sich an mir rächen und fand eine Gelegenheit dazu, als ich diese Büroräume bezog. Er bestach den Polier, der die Arbeiten beaufsichtigte, und erhielt die Anstellung, die er haben wollte. Ich erkannte ihn sofort, ließ ihn aber ruhig hier arbeiten, weil ich glaubte, er wolle mich auf der Stelle niederschießen und dann fliehen. Wenn es sich aber um Schnelligkeit beim Schießen handelt, nehme ich es mit jedem anderen auf. George hatte jedoch ganz andere Absichten.«

Jennings hatte sich inzwischen in dem Schreibtischsessel niedergelassen, den Billy freigemacht hatte.

»Hoffentlich dauert diese Geschichte nicht zu lange«, sagte er, aber der Chef brachte ihn durch einen strengen Blick zum Schweigen.

»Erzählen Sie weiter, Stabbat.«

»Er hat einen Plan zur Ausführung gebracht, der verteufelt schlau ist. Ich weiß wirklich nicht, ob ich den Mann hassen oder bewundern soll. Ich habe mich später erkundigt und erfahren, daß er zwei Tage lang allein in diesem Büro arbeitete. In dieser Zeit baute er eine automatische Pistole hier ein. Die Auslösung des Schusses erfolgt durch elektrischen Strom, und zwar immer dann, wenn man die Klingel auf dem Tisch drückt. Natürlich nahm er an, daß ich der erste sein würde, der die Klingel benützen und dadurch den tödlichen Schuß gegen mich selbst auslösen würde.«

»Ach, das ist doch alles Unsinn! Uns können Sie doch solche Märchen nicht erzählen!« rief Jennings. »Diese Klingel . . .«

In diesem Augenblick geschah es. Ich hörte, wie Billy dem Inspektor eine Warnung zuschrie und sich selbst flach auf den Boden warf. Jennings ließ sich aber nicht abhalten – er drückte auf den Knopf . . .

Eine ohrenbetäubende Detonation folgte; ein Geschoß streifte den Inspektor, der sich weit vorgebeugt hatte, an der Schulter und zerschlug dann klirrend das Fenster.

»Glauben Sie es jetzt? Der Schuß wird durch die elektrische Klingel ausgelöst«, sagte Billy, nachdem er sich langsam wieder vom Boden erhoben hatte. »Und wenn Ihr Kopf etwas höher gewesen wäre, hätte ihn das Geschoß getroffen.«

Jennings war weiß wie ein Tischtuch und zitterte am ganzen Körper, obwohl ihn die Kugel nur an der Schulter gestreift hatte. Er hatte den Schreibtischsessel zurückgeschoben und sich deshalb weit vorbeugen müssen, um zu klingeln.

»Um Himmels willen!« rief der Chefinspektor. »Woher ist der Schuß denn gekommen?«

»Aus dem Maul des rechten Löwen am Kamin. Ich werde Ihnen alles genau zeigen.«

Billy winkte Leslie, und die beiden zogen und drehten an dem Marmorkopf. Nach einiger Zeit gab er nach, und sie legten das schwere Steinstück auf den Boden, nachdem sie vorher einen Verbindungsdraht entfernt hatten. Im Innern sah man deutlich eine Pistole, die in einer Höhlung einzementiert war. Selbst ein Laie konnte den Mechanismus der elektrischen Auslösung ohne weiteres erkennen.

»Bei dem ersten Unglück, das hier passierte, sah es so aus, als hätte jemand auf meinen Freund Thomson Dawkes geschossen. Aber Dawkes selbst hatte auf den Klingelknopf gedrückt, um jemand verhaften zu lassen.«

»Ihre letzte Bemerkung klingt etwas unklar, Stabbat, aber ich glaube, ich verstehe Sie«, erwiderte der Chefinspektor.

»Die betreffende Person hatte einen Revolver in der Hand, hat ihn aber nicht abgedrückt. Das habe ich inzwischen erfahren. Zuerst hatte ich den Eindruck, daß tatsächlich ein Schuß abgegeben worden war. Was Sir Philip Frampton geschah, ist jetzt auch geklärt. Er schrieb einen Brief und fand, daß er mit der Feder nicht schreiben konnte, weil sie alt und verdorben war. Er sah sich um, entdeckte die Klingel und drückte auf den Knopf, um den jungen Mann hereinzurufen. Das Geschoß traf ihn so unglücklich, daß er sofort tot war. Er sprang noch auf und stürzte dann auf dem Teppich nieder.«

Der Chefinspektor untersuchte die Anlage genau.

»Damit wird also die Anklage gegen Miss Ferrera hinfällig. Ich glaube doch, daß sie die betreffende Person war?« Er warf mir einen merkwürdigen Blick zu. »Ich kann mich allerdings nicht entsinnen, daß Sie in Ihrem Bericht die Anwesenheit von Miss Ferrera erwähnten!«

»Ich habe sie nicht erwähnt«, entgegnete ich.

»Nun, dann haben Sie sie vielleicht nicht bemerkt oder übersehen«, fügte er mit einem feinen Lächeln hinzu und winkte Jennings.

»Sie dürfen von Glück sagen, Inspektor. Die beiden Polizisten, die Sie vor dem Haus aufgestellt haben, können Sie abberufen.

Mr. Stabbat bleibt ja wohl noch einige Stunden hier. Der Polizei-
präsident wird sich diese geniale technische Anlage sicher auch
ansehen wollen.«

Ich konnte vor Freude kaum sprechen, als ich mich an diesem
Nachmittag von Billy verabschiedete.

»Was wird Mary dazu sagen?« meinte ich.

Eigentlich erwartete ich die stereotype Antwort: »Wir werden ja sehen«, aber diesmal entgegnete er nichts, sondern drückte
mir nur stumm die Hand.

Guter Rat von Goldmann
Psychologie

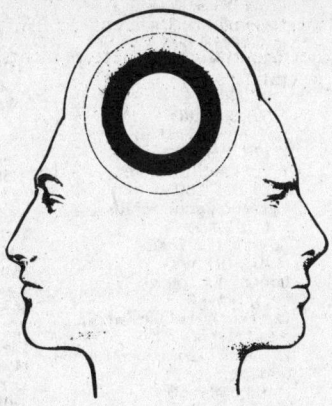

Vera F. Birkenbihl
Kommunikationstraining.
Zwischenmenschliche Beziehungen
erfolgreich gestaltet.
10559 / DM 6,80

Curt Brenger
Graphologie und ihre praktische
Anwendung. Mit 106 Schriftproben.
10521 / DM 4,80

Johannes Boeckel
Meditationspraxis
Technik und Methoden
10824 / DM 5,80

Der Ich-Test
Aufgaben zur Selbsterkenntnis.
10798 / DM 9,80

Hanns Kurth
So deute ich Träume.
Mit Beispielen und der Erklärung
von 400 Traumsymbolen.
10507 / DM 4,80
Was deine Hände sagen.
Eine Anleitung, den Charakter aus
der Hand zu deuten.
Mit 74 Abbildungen.
10512 / DM 4,80

Peter Lauster
Der Persönlichkeitstest.
Ein Test- und Beratungsprogramm
zur Entfaltung Ihrer Persönlichkeit.
10739 / DM 5,80

Max Lüscher
Der 4-Farben-Mensch oder der
Weg zum inneren Gleichgewicht.
10857 / DM 7,80

G Goldmann
Neumarkter Straße 18, 8000 München 80

Edgar Wallace

Alle Wallace-Krimis auf einen Blick

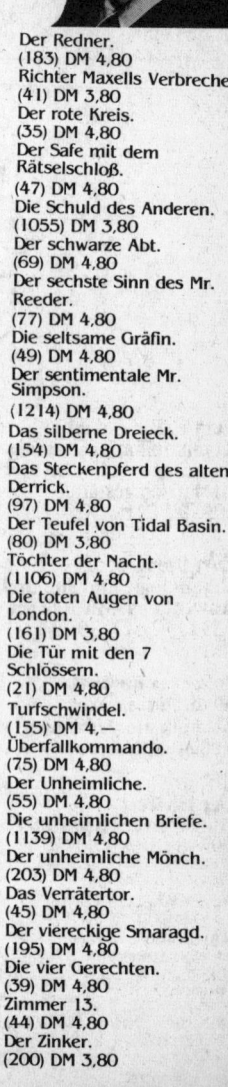

Die Abenteuerin.
(164) DM 4,80
A.S. der Unsichtbare.
(126) DM 4,80
Die Bande des Schreckens.
(11) DM 4,80
Der Banknotenfälscher.
(67) DM 4,80
Bei den drei Eichen.
(100) DM 4,80
Die blaue Hand.
(6) DM 4,80
Der Brigant.
(111) DM 4,80
Der Derbysieger.
(242) DM 4,80
Der Diamantenfluß.
(16) DM 4,80
Der Dieb in der Nacht.
(1060) DM 4,80
Der Doppelgänger.
(95) DM 4,80
Die drei Gerechten.
(1170) DM 4,—
Die drei von Cordova.
(160) DM 4,80
Der Engel des Schreckens.
(136) DM 3,80
Feuer im Schloß.
(1063) DM 3,80
Der Frosch mit der Maske.
(1) DM 5,80
Gangster in London.
(178) DM 5,80
Das Gasthaus an der
Themse.
(88) DM 3,80
Die gebogene Kerze.
(169) DM 3,80
Geheimagent Nr. sechs.
(236) DM 4,80
Das Geheimnis der gelben
Narzissen.
(37) DM 4,80
Das Geheimnis der
Stecknadel.
(173) DM 4,80
Das geheimnisvolle Haus.
(113) DM 4,80
Die gelbe Schlange.
(33) DM 4,80
Ein gerissener Kerl.
(28) DM 4,80
Das Gesetz der Vier.
(230) DM 4,80
Das Gesicht im Dunkel.
(139) DM 4,80
Im Banne des Unheimlichen
(117) DM 5,80

In den Tod geschickt.
(252) DM 3,80
Das indische Tuch.
(189) DM 4,80
John Flack.
(51) DM 4,80
Der Joker.
(159) DM 4,80
Das Juwel aus Paris.
(2128) DM 3,80
Kerry kauft London.
(215) DM 4,80
Der leuchtende Schlüssel.
(91) DM 4,80
Lotterie des Todes.
(1098) DM 3,80
Louba, der Spieler.
(163) DM 4,80
Der Mann, der alles wußte.
(86) DM 4,80
Der Mann, der seinen Namen
änderte.
(1194) DM 3,80
Der Mann im Hintergrund.
(1155) DM 4,—
Der Mann aus Marokko.
(124) DM 4,80
Die Melodie des Todes.
(207) DM 3,80
Die Millionengeschichte.
(194) DM 3,80
Mr. Reeder weiß Bescheid.
(1114) DM 3,80
Nach Norden, Strolch!
(221) DM 4,80
Neues vom Hexer.
(103) DM 4,80
Penelope von der
»Polyantha«.
(211) DM 3,80
Der goldene Hades.
(226) DM 3,80
Die Gräfin von Ascot.
(1071) DM 3,80
Großfuß.
(65) DM 4,80
Der grüne Bogenschütze.
(150) DM 4,80
Der grüne Brand.
(1020) DM 4,80
Gucumatz.
(248) DM 4,80
Hands up!
(13) DM 4,80
Der Hexer.
(30) DM 4,80
Der Preller.
(116) DM 4,80
Der Rächer.
(60) DM 4,80

Der Redner.
(183) DM 4,80
Richter Maxells Verbrechen.
(41) DM 3,80
Der rote Kreis.
(35) DM 4,80
Der Safe mit dem
Rätselschloß.
(47) DM 4,80
Die Schuld des Anderen.
(1055) DM 3,80
Der schwarze Abt.
(69) DM 4,80
Der sechste Sinn des Mr.
Reeder.
(77) DM 4,80
Die seltsame Gräfin.
(49) DM 4,80
Der sentimentale Mr.
Simpson.
(1214) DM 4,80
Das silberne Dreieck.
(154) DM 4,80
Das Steckenpferd des alten
Derrick.
(97) DM 4,80
Der Teufel von Tidal Basin.
(80) DM 3,80
Töchter der Nacht.
(1106) DM 4,80
Die toten Augen von
London.
(161) DM 3,80
Die Tür mit den 7
Schlössern.
(21) DM 4,80
Turfschwindel.
(155) DM 4,—
Überfallkommando.
(75) DM 4,80
Der Unheimliche.
(55) DM 4,80
Die unheimlichen Briefe.
(1139) DM 4,80
Der unheimliche Mönch.
(203) DM 4,80
Das Verrätertor.
(45) DM 4,80
Der viereckige Smaragd.
(195) DM 4,80
Die vier Gerechten.
(39) DM 4,80
Zimmer 13.
(44) DM 4,80
Der Zinker.
(200) DM 3,80

Das vollständige Programm

Goldmann Krimis...
...mörderisch gut

● = *Originalausgabe / Preisänderungen vorbehalten*

Sammlung dtsch. Kriminalautoren

Fortride, L.A.
Der Chrysanthemenmörder.
(4694) DM 3,80

Plötze, Hasso
Formel für Mord.
● (5609) DM 4,80
Lupara.
● (5607) DM 4,80
Die Tätowierung.
● (4877) DM 4,80
Gift und Gewalt.
● (4886) DM 4,80
Weidmannsheil, Herr Kommissar.
● (5604) DM 4,80
Eine Geisel zuviel.
● (5601) DM 4,80
Fluchtweg.
● (4833) DM 4,80
Die kalte Hand.
● (4845) DM 3,80

Rudorf, Günter
Mord per Rohrpost.
● (5603) DM 4,80

Wery, Ernestine
Die Hunde bellten die ganze Nacht.
(5608) DM 6,80
Sie hieß Cindy.
● (5606) DM 4,80
Auf dünnem Eis.
● (4830) DM 5,80
Als gestohlen gemeldet.
● (5602) DM 4,80
Die Warnung.
● (4857) DM 4,80

Lit. Krimi

Blake, Nicholas
Der Morgen nach dem Tod.
(5217) DM 5,80

Canning, Victor
Das Sündenmal.
(4779) DM 4,80
Querverbindungen.
(5207) DM 5,80

Crispin, Edmund
Morde — Zug um Zug.
(5214) DM 4,80
Der Mond bricht durch die Wolken.
(5205) DM 6,80

A Detection Club Anthology
Dreizehn Geschworene.
(5209) DM 6,80

Dibdin, Michael
Der letzte Sherlock-Holmes-Roman.
(5203) DM 4,80

Doody, Margaret
Sherlock Aristoteles.
(5215) DM 6,80

Ellin, Stanley
Jack the Ripper und van Gogh.
(5212) DM 5,80
König im 9. Haus.
(4811) DM 5,80

Freeling, Nicolas
Castangs Stadt.
(5221) DM 5,80
Die Formel.
(5213) DM 6,80
Inspektor Van der Valks
Witwe.
(4897) DM 5,80
Der schwarze Rolls-Royce.
(5206) DM 5,80

Gores, Joe
Dashiell Hammetts letzter
Fall.
(4801) DM 4,80
Der Killer in dir.
(4838) DM 4,80

Hare, Cyril
Erschlagen bei den Eiben.
(4774) DM 3,80
Er hätte später sterben
sollen.
(4782) DM 3,80

Hill, Reginald
Noch ein Tod in Venedig.
(5219) DM 4,80
Das Rio-Papier
u.a. Kriminalgeschichten.
(5216) DM 5,80
Der Calliope-Club.
(4836) DM 5,80

Hughes, Dorothy B.
Wo kein Zeuge lauscht.
(5210) DM 4,80

Maling, Arthur
Zuletzt gesehen...
(5201) DM 6,80

Neely, Richard
Der Attentäter.
(4556) DM 4,—
Lauter Lügen.
(4816) DM 4,80
Schwarzer Vogel über der
Brandung.
(4748) DM 4,80
Flucht in die Hölle.
(4866) DM 4,80
Die Nacht der schwarzen
Träume.
(4778) DM 4,80
Das letzte Sayonara.
(5208) DM 6,80

Ruhm, Herbert (Hrsg.)
Die besten Stories aus dem
weltberühmten »Black Mask
Magazine«
(4818) DM 6,80

Simon, Roger L.
Die Peking-Ente.
(5202) DM 4,80

Swarthout, Glendon
Das Wahrheitsspiel.
(5218) DM 6,80

Symons, Julian
Der Fall Adelaide Bartlett.
(5220) DM 6,80
Am Ende war alles umsonst.
(4773) DM 4,80
Roulett der Träume.
(4792) DM 4,80
Damals tödlich.
(4855) DM 5,80

Taibo II.,Francisco J.
Die Zeit der Mörder.
(5222) DM 4,80

Tynan, Kathleen
Agatha.
(5204) DM 5,80

Weverka, Robert
Mord an der Themse.
(5211) DM 4,80

Action-Krimi

Charles, Robert
Sechs Stunden nach dem
Mord.
(4760) DM 3,80

Copper, Basil
Mord ersten Grades.
(5408) DM 4,80
Geld spielt (k)eine Rolle.
(5410) DM 4,80

Crowe, John
Ein Weg von Mord zu Mord.
(4766) DM 4,80

Crumley, James
Der letzte echte Kuß.
(5414) DM 5,80

Downing, Warwick
...Zahn um Zahn.
(4747) DM 3,80

Faust, Ron
Der Skilift-Killer.
(4832) DM 3,80

Fish, Robert L.
Die Insel der Schlangen.
(5426) DM 4,80
Ein Kopf für den Minister.
(5415) DM 4,80

Gores, Joe
Überfällig.
(5419) DM 5,80
Zur Kasse, Mörder!
(5418) DM 4,80

Hallahan, William H.
Ein Fall für Diplomaten.
(4823) DM 5,80

Hamill, Pete
Ich klau' dir eine Bank.
(5413) DM 4,80

Jeder kann ein Mörder sein.
(5417) DM 4,80

Harrington, William
Scorpio 5.
(4739) DM 4,80

Hubert, Tord
Wenn der Damm bricht.
(4828) DM 4,80

Irvine, R.R.
Der Katzenmörder.
(4745) DM 3,80
Bomben auf Kanal 3.
(4850) DM 4,80

Israel, Peter
Der Trip nach Amsterdam.
(4876) DM 3,80

Jobson, Hamilton
Ein bißchen sterben.
(4888) DM 3,80
Kontrakt mit dem Killer.
(4755) DM 3,80
Richtet mich morgen.
(4808) DM 3,80

Jones, Elwyn
Chefinspektor Barlow in
Australien.
(4862) DM 3,80

Kyle, Duncan
Todesfalle Camp 100.
(5402) DM 5,80

Lacy, Ed
Mord auf Kanal 12.
(5422) DM 4,80
Verdammter Bulle.
(5416) DM 4,80
Zahlbar in Mord.
(5406) DM 4,80
Geheimauftrag Harlem.
(5404) DM 4,80

Lecomber, Brian
Schmuggelfracht nach
Puerto Rico.
(4861) DM 5,80

MacDonald, John D.
Die mexikanische Heirat.
(5420) DM 4,80

MacKenzie, Donald
Nicht nur Schnappschüsse.
(5425) DM 4,80

Martin, Ian Kennedy
Regan und das Geschäft
des Jahrhunderts.
(4834) DM 3,80

Marshall, William
Bombengrüße aus Hongkong.
(4738) DM 3,80
Dünne Luft.
(4722) DM 4,80
Das Skelett auf dem Floß.
(5403) DM 4,80

**Pronzini, Bill /
Malzberg, Barry**
Jagt die Bestie!
(5423) DM 5,80

Rifkin, Shepard
Die Schneeschlange.
(4863) DM 3,80

Ross, Sam
Der gelbe Jaguar.
(5411) DM 4,80

Simon, Roger L.
Das Geschäft mit der Macht.
(4874) DM 3,80
Hecht unter Haien.
(4880) DM 3,80

Stein, Aaron Marc
Der Kälte-Faktor.
(4841) DM 4,80
Unterwegs in den Tod.
(4835) DM 4,80
Auftrag mit heißen
Kurven.
(5412) DM 4,80

Straker, J.F.
Mord unter Brüdern.
(4870) DM 4,80

Topor, Tom
Verblichener Ruhm.
(5424) DM 5,80

Wainwright, John
Joey.
(4810) DM 3,80
Requiem für einen Verlierer.
(4733) DM 3,80
Gutschein für Mord.
(4848) DM 4,80
Nachts stirbt man schneller.
(5407) DM 4,80

Waugh, Hillary
Fünf Jahre später.
(4875) DM 3,80

Way, Peter
Der tödliche Irrtum.
(5421) DM 4,80

Weverka, Robert
Mord an der Themse.
(5409) DM 4,80

Wilcox, Collin
Der tödliche Biß.
(5401) DM 4,80
Das dritte Opfer.
(4689) DM 4,80
Der Profi-Killer.
(5405) DM 4,80

**Wilcox, Collin /
Pronzini, Bill**
Montag mittag San Francisco.
(4884) DM 5,80

Wren, M.K.
Gewiß ist nur der Tod.
(4839) DM 4,80

Rote Krimi

Bagby, George
Ein Goldfisch unter Haien.
(4768) DM 3,80
Die schöne Geisel.
(4853) DM 3,80
Toter mit Empfehlungs
schreiben.
(4864) DM 3,80

Beare, George
Die teuerste Rose.
(4843) DM 3,80

Blake, Nicholas
Das Biest.
(4889) DM 4,80

Brett, Simon
Generalprobe für Mord.
(4826) DM 3,80

Bunn, Thomas
Leiche im Keller.
(4846) DM 5,80

Carmichael, Harry
Liebe, Mord und falsche
Zeugen.
(4847) DM 4,80
Der Tod zählt bis drei.
(4785) DM 3,80

Christie, Agatha
Alibi.
(12) DM 4,80
Dreizehn bei Tisch.
(66) DM 4,80
Das Geheimnis von Sittaford.
(73) DM 4,80
Das Haus an der Düne.
(98) DM 4,80
Mord auf dem Golfplatz.
(9) DM 4,80
Nikotin.
(64) DM 4,80
Der rote Kimono.
(62) DM 4,80
Ein Schritt ins Leere.
(70) DM 4,80
Tod in den Wolken.
(4) DM 4,80

Dolson, Hildegarde
Schönheitsschlaf mit
Dauerwirkung.
(4825) DM 4,80

Durbridge, Francis
Der Andere.
(3142) DM 3,80
Die Brille.
(2287) DM 4,80
Charlie war mein Freund.
(3027) DM 4,—
Es ist soweit.
(3206) DM 4,80
Das Halstuch.
(3175) DM 4,—

Im Schatten von Soho.
(3218) DM 4,—
Keiner kennt Curzon.
(4225) DM 4,—
Das Kennwort.
(2266) DM 4,—
Kommt Zeit, kommt Mord.
(3140) DM 4,—
Ein Mann namens Harry
Brent.
(4035) DM 3,80
Melissa.
(3073) DM 4,—
Mr. Rossiter empfiehlt sich.
(3182) DM 4,80
Paul Temple —
Banküberfall in Harkdale.
(4052) DM 3,80
Paul Temple —
Der Fall Kelby.
(4039) DM 3,—
Paul Temple jagt Rex.
(3198) DM 4,80
Paul Temple und die
Schlagzeilenmänner.
(3190) DM 4,80
Der Schlüssel.
(3166) DM 4,80
Die Schuhe.
(2277) DM 4,80
Der Siegelring.
(3087) DM 4,—
Tim Frazer.
(3064) DM 3,80
Tim Frazer und der
Fall Salinger.
(3132) DM 4,80
Wie ein Blitz.
(4205) DM 3,—
Tim Frazer weiß Bescheid.
(4871) DM 4,80
Die Kette.
(4788) DM 4,80
Zu jung zum Sterben.
(4157) DM 3,—

Fleming, Joan
Das Haus am Ende der
Straße.
(4814) DM 3,80

Fletcher, Lucille
Taxi nach Stamford.
(4723) DM 3,80

Francis, Dick
Der Trick, den keiner kannte.
(4804) DM 4,80
Die letzte Hürde.
(4780) DM 4,80

**Gardner, Erle Stanley
(A.A. Fair)**
Alles oder nichts.
(4117) DM 4,80
Der dunkle Punkt.
(3039) DM 4,80
Goldaktien.
(4789) DM 4,80
Die goldgelbe Tür.
(3050) DM 4,—

Heiße Tage auf Hawaii.
(3106) DM 4,80
Im Mittelpunkt Yvonne.
(4749) DM 4,80
Kleine Fische zählen nicht.
(4802) DM 4,80
Lockvögel.
(3114) DM 4,80
Per Saldo Mord.
(3121) DM 4,80
Ein schwarzer Vogel.
(2267) DM 4,80
Der schweigende Mund.
(2259) DM 5,80
Ein pikanter Köder.
(3129) DM 3,80
Sein erster Fall.
(2291) DM 4,80
Treffpunkt Las Vegas.
(3023) DM 4,80
Wo Licht im Wege steht.
(3048) DM 4,—
Der zweite Buddha.
(3083) DM 4,80
Das volle Risiko.
(4852) DM 4,80
Die Pfotenspur.
(4309) DM 4,—

Gilbert, Michael
Geliebt, gefeiert und getötet.
(4911) DM 5,80
Das leere Haus.
(4868) DM 4,80

Goodis, David
Schüsse auf den Pianisten.
(4894) DM 4,80

Gordons, The
Letzter Brief an Cathy.
(4898) DM 5,80
Beeile dich zu leben.
(4765) DM 4,80
FBI-Aktien.
(2260) DM 4,80
FBI-Aktion »Schwarzer Kater«.
(4661) DM 3,—
FBI-Auftrag.
(3053) DM 3,—
Feuerprobe.
(4670) DM 4,—
Geheimauftrag für Kater D.C.
(3072) DM 3,—
Der letzte Zug.
(3074) DM 4,80

Gunn, Victor
Das achte Messer.
(201) DM 4,80
Auf eigene Faust.
(162) DM 4,—
Die Erpresser.
(148) DM 4,80
Das Geheimnis der
Borgia-Skulptur.
(205) DM 4,—
Die geheimnisvolle Blondine.
(1232) DM 4,-
Gelächter in der Nacht.
(175) DM 4,—

Gute Erholung, Inspektor
Cromwell.
(1137) DM 4,—
Im Nebel verschwunden.
(140) DM 4,80
In blinder Panik.
(1104) DM 4,—
Inspektor Cromwell
ärgert sich.
(2036) DM 4,—
Inspektor Cromwells
großer Tag.
(143) DM 4,—
Inspektor Cromwells Trick.
(294) DM 4,—
Die Lady mit der Peitsche.
(261) DM 4,80
Lord Bassingtons Geheimnis.
(3028) DM 3,—
Der Mann im Regenmantel.
(2093) DM 4,—
Der rächende Zufall.
(186) DM 4,—
Das rote Haar.
(1289) DM 4,—
Roter Fingerhut.
(267) DM 4,—
Schrei vor der Tür.
(2155) DM 4,—
Schritte des Todes.
(3049) DM 4,80
Die seltsame Idee der
Mrs. Scott.
(1122) DM 4,—
Spuren im Schnee.
(147) DM 4,—
Der Tod hat eine Chance.
(166) DM 4,—
Tod im Moor.
(1083) DM 3,80
Die Treppe zum Nichts.
(193) DM 4,—
Der vertauschte Koffer.
(216) DM 4,80
Der vornehme Mörder.
(3062) DM 4,—
Was wußte Molly Liskern?
(1205) DM 4 —
Das Wirtshaus von Dartmoor.
(4772) DM 4,80
Wo waren Sie heute nacht?
(1012) DM 4,—
Die Rosenblätter.
(284) DM 4,80
Zwischenfall auf dem
Trafalgar Square.
(254) DM 4,—

Healey, Ben
Letzte Fähre nach Venedig.
(4914) DM 4,80

Hensley, Joe L.
Giftiger Sommer.
(4869) DM 3,80

Hill, Peter
Mord im kleinen Kreis.
(4824) DM 3,80

Howard, Hartley
Der große Fischzug.
(4887) DM 4,80
Jenseits der Tür.
(4649) DM 4,80
Einmal fängt jeder an.
(4777) DM 3,80
One-Way Ticket.
(4813) DM 3,80
Der Abschiedsbrief.
(4890) DM 4,80
Der Teufel sorgt für die
Seinen.
(4759) DM 4,80
Keine kleine Nachtmusik.
(4783) DM 3,80
Fünf Stunden Todesangst.
(4867) DM 3,80
Fahrkarte ins Jenseits.
(4730) DM 4,80
Nackt, mit heiler Haut.
(4715) DM 4,80

Hughes, Dorothy B.
Der Tod tanzt auf den
Straßen.
(4900) DM 4,80

Knox, Bill
Frachtbetrug.
(4909) DM 4,80
Zwischenfall auf Island.
(4899) DM 4,80
Tödliche Fracht.
(4906) DM 4,80
Whisky macht das Kraut
nicht fett.
(4873) DM 4,80
Gestrandet vor der Bucht.
(4842) DM 3,80

Law, Janice
Zwillings-Trip.
(4817) DM 3,80

Lewis, Roy
Morgen wird abgerechnet.
(4856) DM 3,80
Nichts als Füchse.
(4761) DM 3,80

Lockridge, F.R.
Lautlos wie ein Pfeil.
(4051) DM 3,80
Schluß der Vorstellung.
(4750) DM 4,80
Sieben Leben hat die Katze.
(4820) DM 4,80

Lutz, John
Augen auf beim Kauf.
(4803) DM 3,80

MacKenzie, Donald
Der Fall Kerouac.
(4901) DM 4,80
Notizbuch der Angst.
(4883) DM 3,80
Die tödliche Lektion.
(4822) DM 3,80

Citadel-Filmbücher

Die Filmreihe ohne Alternative.
Herausgegeben von Joe Hembus.

Programm- und Preisänderungen vorbehalten

(10201) DM 19,80

(10202) DM 19,80

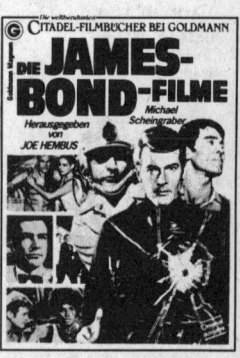

(10203) DM 19,80

(10204) DM 19,80

(10205) DM 19,80

(10206) DM 19,80

**Gary Grant
und seine Filme**
10217 / DM 19,80

**Ronald Reagan
und seine Filme**
10215 / DM 14,80